Robin Jones Gunn

Träume unter Palmen

Roman

Robin Jones Gunn

Träume unter Palmen

Roman

SCHULTE & GERTH

Die amerikanische Originalausgabe erschien im Verlag
Multnomah Publishers,
Sisters, Oregon, USA, unter dem Titel „Whispers“.

Aus dem Amerikanischen übersetzt von Eva Weyandt

Best.-Nr. 815 920
ISBN 3-89437-920-0
2. Auflage 2004
Umschlagmotiv: Joachim Rapp, MEV
Umschlaggestaltung: Immanuel Grapentin
Satz: Die Feder GmbH, Wetzlar
Druck und Verarbeitung: Ebner & Spiegel, Ulm
Printed in Germany

„Oh, das wäre aber tragisch“, meinte Teri, die hinter Scott herging. „Stell dir vor: Du wartest zwanzig Jahre darauf, dich zu verlieben. Und dann dauert die Liebe nur einen Monat, weil du stirbst.“

Scott drehte sich zu ihr um und warf ihr einen vielsagenden Blick zu.

„Komm schon, Scott!“ neckte sie und klopfte auf seinen Rucksack. „Wo bleibt dein Sinn für Romantik?“

„Ich habe es satt, unserem ‚Naturburschen‘ zuzuhören, während alle anderen schon viel weiter sind.“ Er beschleunigte seinen Schritt. „Wir sehen besser zu, daß wir sie einholen. Du würdest doch nicht wollen, daß ich jetzt meinen Sinn für Romantik verliere, oder?“

Teri drehte sich um zu Gordon, der unmittelbar hinter ihr ging. Sie zuckte die Achseln und grinste verlegen, als wolle sie sich für Scotts Bemerkung entschuldigen.

Gordons tiefblaue Augen waren mit festem Blick auf sie gerichtet. „Ich würde sogar zwanzig Jahre warten“, sagte er so leise, daß nur sie es hören konnte.

Der Herr aber war nicht im Winde. Nach dem Wind kam ein Erdbeben, aber der Herr war nicht im Erdbeben. Und nach dem Erdbeben kam ein Feuer; aber der Herr war nicht im Feuer. Und nach dem Feuer kam ein stilles, sanftes Sausen.

1. Könige 19,11–12

Kapitel Eins

Teri Moreno warf ihr dichtes braunes Haar über die Schultern und beobachtete die Gruppe von Touristen bei der Gepäckausgabe. Sie hatte gehofft, Mark unter den Leuten am Flughafen zu entdecken, aber es war die Stimme ihrer Schwester, die sie willkommen hieß.

„Teri, hier bin ich!"

Anita lief ihr mit einer weißen Blumengirlande über dem Arm entgegen. „Endlich bist du da!" rief sie atemlos und umarmte Teri. „Es tut mir so leid, daß wir nicht rechtzeitig hier waren. Hier, die ist für dich." Sie legte ihr die zarte Blumengirlande um den Hals. „Dan stellt gerade den Wagen ab. Wir sind zu spät losgefahren. Es tut mir leid."

„Das macht doch nichts", erwiderte Teri, hielt die zarten Blüten an ihre Nase und sog ihren Duft ein, der ihr wieder zahllose Erinnerungen an den vergangenen Sommer ins Gedächtnis rief. Sie schaute an ihrer Schwester vorbei und fragte beiläufig: „Mark konnte wohl nicht kommen?"

„Nein, aber wir sind zum Abendessen verabredet. Du siehst großartig aus!" sagte Anita und drückte Teris Arm. „Hast du abgenommen?"

Teri spürte den Blick ihrer Schwester auf ihren Oberschenkeln und erwiderte: „Eigentlich nicht." Ein Gefühl des Unbehagens überfiel sie wieder. Sie kannte das bereits. Nie hatte sie es geschafft, dieselbe Jeansgröße wie ihre große Schwester zu tragen, und es würde ihr wohl auch nie gelingen.

„Du siehst auch prima aus", meinte Teri. „Mir gefällt deine neue Frisur. So kurz hast du dein Haar noch nie getragen, oder? Das steht dir."

Anita spielte mit den Enden ihres geschmeidigen dunklen

Haares. „Gefällt es dir? Ich habe es vor einer Woche schneiden lassen. Ich muß mich noch daran gewöhnen, aber ich glaube, es gefällt mir. Dan mag es auf jeden Fall."

In diesem Augenblick erschien Dan. Er war genauso alt wie Anita: siebenundzwanzig. Aber durch sein dunkles welliges Haar und seine kleine, stämmige Gestalt wirkte er jünger.

„Wie war dein Flug?" fragte Dan und nahm Teri in den Arm. Mit einem Kopfnicken forderte er sie auf, ihm zur Gepäckausgabe zu folgen.

„Prima. Ohne besondere Vorkommnisse."

„Na, ich kann dir jedenfalls versprechen, daß du in den fünf Wochen hier auf Maui jede Menge erleben wirst", meinte Anita. „Wir werden viel Spaß miteinander haben! Ich habe alles mögliche für uns geplant."

Teri fragte sich im stillen, ob Anita auch Mark in ihre Pläne einbezogen hatte. „Da ist mein Koffer", erwiderte sie nur.

Dan hob den Koffer mit Leichtigkeit vom Band. Er arbeitete als Hotelpage im „Halekuali", einem der teuersten Freizeitzentren auf der Westseite Mauis, und hatte somit Erfahrung im Koffertragen. „Ist das dein einziges Gepäckstück?"

„Ja", erwiderte Teri.

„Wie ich sehe, hast du gelernt und dieses Mal nicht so viel mitgebracht. Auf Maui brauchst du sowieso kaum mehr als einen Badeanzug", sagte Dan, als er sie zum Parkplatz führte.

„Ein Badeanzug und jeden schwer verdienten Pfennig, den ich zusammenkratzen konnte", fügte Teri hinzu. Erneut sog sie tief den süßen Duft der Blumen um ihren Hals ein. Als sie die Gepäckabfertigung verließen, wirbelte ihr der starke Wind das Haar durcheinander und trocknete ihre vom Schweiß durchnäßte Bluse.

„Ah!" Mit zurückgelegtem Kopf und geschlossenen Augen begrüßte Teri die frische Inselbrise. „Es ist so schön, wieder hier zu sein. Weißt du, wie oft ich von diesem Augenblick geträumt habe? Hier zu stehen, diesen Wind in meinem Haar zu spüren und den Duft der Blumen einzuatmen!" Impulsiv nahm sie Anita in den Arm. „Ich kann es kaum glauben, daß ich hier bin!"

„Warum bleibst du dieses Mal nicht für immer hier?" fragte Anita.

„Wie gerne würde ich das!" erwiderte Teri.

„Ich meine es ernst. Warum ziehst du nicht her?"

„Na ja, ein unbedeutender Grund ist, daß ich ja irgendwie leben muß."

„Lehrer werden immer gebraucht", meinte Dan. „Die Bezahlung ist zwar nicht besonders, aber du könntest ja an den Wochenenden als Bedienung arbeiten, wie wir anderen auch."

„Ich glaube nicht, daß die Nachfrage für Spanischlehrer hier besonders groß sein wird", meinte Teri.

„Das können wir ja herausfinden", entgegnete Dan. Er schloß den Kofferraum des weißen Kombis auf und verstaute den Koffer. Das Auto war früher ein Mietwagen gewesen, den er zu einem günstigen Preis von einem Freund gekauft hatte, weil die rechte Hintertür eingedrückt war. Die Tür war immer noch nicht repariert. Teri bemerkte den Rost in der Delle, der vor einem Jahr noch nicht dagewesen war. Sie stieg durch die Tür ein, die noch in Ordnung war. Obwohl ihre Schwester und ihr Schwager beide jeweils zwei Jobs hatten, waren sie finanziell nicht in der Lage, den Wagen zu reparieren. Wie konnte sie es sich dann leisten, an einem Ort zu wohnen, wo das Leben so teuer war?

„Ich weiß nicht", meinte Teri. „In Oregon führe ich ein bequemes Leben. Maui ist herrlich für einen Urlaub, aber ich weiß nicht, ob ich tatsächlich hier leben könnte."

„Sicher könntest du", drängte Anita.

Dan bezahlte die Parkgebühren und reihte sich in den Verkehr ein.

„Bist du sehr hungrig, oder kannst du noch eine Weile aufs Abendessen warten? Du weißt ja, die Fahrt zu unserer Seite der Insel dauert eine Stunde, und dann müssen wir bestimmt noch eine weitere halbe Stunde auf das Essen warten", meinte Dan.

„So groß ist mein Hunger nicht", beruhigte Teri ihren Schwager. In anderer Hinsicht jedoch war sie ungeduldig. Sie konnte es kaum erwarten, den Anblick dieses bezaubernden Inselparadieses in sich aufzunehmen. Mit geöffneten Fenstern fuhr Dan auf die zweispurige Schnellstraße, die die beiden Seiten der Insel miteinander verband. Anita plauderte munter drauf los, doch Teri hörte nur mit halbem Ohr hin. Sie war vollkommen versunken in den Anblick, der sich ihr bot.

Zuerst kamen die Zuckerrohrfelder im Tal in Sicht, die vom Wind hin- und hergewiegt wurden. Zur Linken erhob sich der Haleakala, der riesige Vulkan der Insel, der von einem Wolkenkranz wie mit einem Heiligenschein umhüllt war. Die Straße führte am äußeren Rand der Westseite der Insel entlang, schlängelte sich durch Vulkanfelsen hindurch und an abgelegenen Buchten mit Sandstrand vorbei.

Teri nahm die Schönheit des blauen Ozeans und den imposanten Anblick der nahegelegenen Nachbarinseln in sich auf, die aus dem Pazifischen Ozean aufragten: Kahoolawe, Lanai und die große grüne Insel Molokai, die nur etwa vierzehn Kilometer nördlich von Dans und Anitas kleinem Haus gelegen war. Ein ganzes Jahr lang hatte Teri im regnerischen Oregon auf dieses Fest für ihre Sinne gewartet; ein Jahr voller romantischer Träume, Hoffnungen und Wünsche. Und nun war Teri Angelina Raquel Moreno nach Maui gekommen, um zu sehen, ob sich diese Träume erfüllen würden.

Kapitel Zwei

„Ich dachte, wir würden zuerst zu euch fahren", meinte Teri, als Dan verkündete, sie hätten das Restaurant nun fast erreicht.

„Dazu haben wir keine Zeit mehr", gab Anita zurück. „Außerdem kommen wir auf dem Weg zu unserem Haus am Restaurant vorbei."

„Warum können wir denn nicht zuerst zu euch fahren? Was machen schon zehn oder zwanzig Minuten aus?" fragte Teri, die sich darum bemühte, daß ihre Stimme ruhig klang.

„Wir haben Mark gesagt, wir würden ihn um diese Zeit im Restaurant treffen. Vermutlich wartet er bereits auf uns."

„Aber ich bin doch gar nicht richtig angezogen", hielt Teri dagegen. „Ich würde mich gern umziehen."

„Fürs Leilani?" fragte Anita. „Du siehst prima aus. Du willst doch nicht wie eine *haoli* auftreten, die sich zum Abendessen feingemacht hat?"

„Eine was?"

„*Haoli.* Das ist der hawaiische Ausdruck für ‚Tourist' oder ‚Ausländer'."

Dan fügte hinzu: „Wörtlich bedeutet es ‚Fremder'. Die Einheimischen ziehen sich nicht besonders elegant an. Annie hat recht; du siehst prima aus."

Teri war ganz anderer Meinung. Nach fünf Stunden im Flugzeug fühlte sie sich schmuddelig. In ihren Jeans war ihr zu warm, und ihre weiße Baumwollbluse war zerknittert. Sie hatte gut aussehen wollen, wenn sie Mark wiedersah, und zu diesem Zweck hatte sie sich extra zwei neue Sommerkleider eingepackt. Sie war jetzt genauso nervös wie damals vor einem Jahr, als Anita und Dan mit Mark eine Verabredung für sie getroffen hatten und sie ihn zum ersten Mal gesehen hatte.

„Waren wir im vergangenen Sommer schon mal in diesem Restaurant?“ fragte Teri und überlegte, was für ein Lokal das wohl sein könnte.

„Ich glaube nicht. Wir sind nur in das gegangen, wo Danny arbeitet.“

„Richtig.“ Teri erinnerte sich wieder.

„Das Leilani ist hier im Kaanapali.“ Anita zeigte durch das geöffnete Fenster, als Dan an einem Golfplatz mit herrlich grünem Rasen vorbeikam und nach links abbog. Sie fuhren die Auffahrt zu einer riesigen Freizeitanlage mit wunderschön angelegtem Gelände und einer Reihe von hohen Gebäuden in der Nähe des Strandes hinauf.

„Das ist unser Lieblingsrestaurant“, erklärte Anita und lächelte Dan an. „Immer, wenn wir mal ausgehen, kommen wir hierher.“

Dan fuhr in die Tiefgarage und fand sofort auf dem ersten Parkdeck einen Parkplatz. Sie stellten den Wagen ab und eilten in das Einkaufszentrum, wo Dutzende Touristen durch die Geschäfte bummelten.

Teri folgte ihrer Schwester und Dan den zementierten Gehweg zum Strand entlang. Je näher sie dem Restaurant kamen, desto unsicherer wurde sie. Sie bogen nach rechts ab, gingen an mehreren erleuchteten Fackeln vorbei und gelangten zum Restaurant Leilani. Dan hielt für Anita und Teri die Tür auf.

Teri hielt den Atem an. Sie spürte, wie ihr Herz pochte, nicht nur vom schnellen Gehen, sondern von der Vorfreude, Mark wiederzusehen.

Sie erinnerte sich noch daran, wie sehr ihre erste Begegnung sie aus dem Gleichgewicht gebracht hatte. Nicht, daß Mark so besonders gut ausgesehen hätte. Er hatte eine breite Nase, einen großen Mund und ein rechteckiges Kinn. Aber irgendwie wirkte er trotzdem auf sie sehr anziehend. Er öffnete seinen Mund nicht, wenn er lächelte, nur seine Mundwinkel verzogen sich ein wenig. Für Teri hatte sein Lächeln etwas Geheimnisvolles, Tröstliches. Es war ein schöner Gegensatz zu ihrem eigenen breiten Lächeln, bei dem sie alle ihre Zähne entblößte.

Irgend etwas war bei dieser ersten Begegnung zwischen ihnen passiert. War es Liebe auf den ersten Blick? Das vielleicht nicht gerade, aber ganz sicher hatte Mark in ihr Gefühle ausgelöst, die stark genug waren, sie wieder hierherzuziehen. Zwölf Monate lang hatte sie ihn nicht aus ihren Gedanken verbannen können.

Als sie das Restaurant betraten, sah sich Teri schnell alle Personen im Wartebereich an, bis sie Mark entdeckt hatte. Sie richtete ihren Blick auf ihn. Als er sie erblickte, verzogen sich seine Mundwinkel zu einem breiten Grinsen, doch er rührte sich nicht. Teri schossen die Gedanken durch den Kopf:

Was denkt er? Spürt er ebenfalls ein Feuerwerk? Was empfinde ich eigentlich dabei, ihn wiederzusehen? Ich weiß es nicht. Soll ich zu ihm gehen und ihn umarmen? Warum rührt er sich denn nicht?

„Da ist Mark ja", sagte Anita, die ihn gerade erspäht hatte. Sie zwängte sich durch die Menschen zu ihm. Teri folgte ihr.

Mark umarmte zuerst Anita und gab ihr den traditionellen Aloha-Kuß auf die Wange. Dann umarmte er Teri. Sie empfand nichts dabei. Alles in ihr schien gelähmt zu sein. Konnte es sein, daß sie in den ganzen Monaten der Vorfreude mehr aus ihrer Beziehung gemacht hatte, als tatsächlich da war? Und nun, da sie wieder zusammen waren, erlebte sie ihre wahren Gefühle, oder war sie einfach zu betäubt?

„Schön, dich zu sehen", sagte Mark. Er hatte einen Sonnenbrand auf der Nase. Sein braunes Haar war von mehr blonden Strähnen durchzogen, als ihr in Erinnerung geblieben war.

„Schön, dich zu sehen!“ sagte Teri lebhaft. „Wie geht es dir?“

„Prima. Und dir?“

„Gut. Mir geht es wirklich gut. Es ist schön, endlich wieder hier zu sein.“ *Du liebe Zeit*, ermahnte Teri sich selbst, *was redest du da für einen Blödsinn? Warum verläuft unsere Begegnung so unbeholfen? Gar nicht so, wie ich erwartet hatte!*

In diesem Moment wurde ein Name von der jungen Frau am Empfangstisch ausgerufen: „Hunter, ein Tisch für vier. Hunter.“

„Das sind wir“, sagte Mark.

„Sieht so aus, als seien wir gerade rechtzeitig gekommen“, meinte Dan, nahm Anita an der Hand und folgte der Hosteß zu ihrem Tisch. Mark ließ Teri den Vortritt und folgte den dreien.

Sie bekamen einen Fensterplatz im zweiten Stock des Restaurants. Die Fenster waren nicht verglast und hatten auch kein Fliegengitter, so daß die laue Abendluft vom nur wenige hundert Meter entfernten Meer ungehindert hereinströmen konnte.

„Perfekt“, sagte Anita, als Dan ihr den Stuhl zurechtschob. „Ich liebe dieses Lokal. Ich bin froh, daß du hier bist, Teri. So haben wir eine Entschuldigung, wieder einmal hierherzukommen.“

Mark schob Teri den Stuhl zurecht. Sie fühlte sich ein wenig unbehaglich, so als hätten sie und ihre Schwester ein Doppelrendezvous zu ihrem ersten Ball.

Sie betrachtete Marks Gesicht, als er sich setzte. Sie konnte nicht sagen, was er dachte, sein Gesichtsausdruck war undurchdringlich. Im vergangenen Jahr hatte er natürlich keine Versprechungen gemacht. Ganze sieben Telefonanrufe und ein paar Kartengrüße waren alles, womit Teri ihre Erwartungen genährt hatte.

„Wir müssen uns unbedingt Platz lassen für den Nachtisch

des Hauses“, sagte Anita, bevor sie sich in ihre Speisekarte vertiefte.

Auch Teri beschäftigte sich nun mit ihrer Speisekarte. Sie war froh, daß sie sich dahinter verstecken konnte. Sehr schnell hatte sie sich für ein Gericht entschieden, aber sie hielt die Speisekarte auch weiterhin wie einen Schutzschirm geöffnet vor sich, während sie versuchte, ihre Gedanken und Gefühle zu ordnen. Sie mußte ein unverfängliches Gespräch beginnen. Das würde die Atmosphäre auflockern. Es war ganz natürlich, daß diese erste Begegnung zu Beginn etwas gespannt verlief. Was hatte sie auch erwartet? Daß er vor Freude Luftsprünge machen würde, wenn er sie sah? Mark war sehr zurückhaltend. Sie wußte das. Vermutlich war er genauso nervös wie sie. Wenn nur Dan und Anita nicht hier wären! Dann wäre alles so wie im vergangenen Sommer.

„Hast du dir schon etwas ausgesucht? Oder brauchst du noch mehr Zeit?“ Der Kellner stand an ihrem Tisch, um ihre Bestellung entgegenzunehmen. Nun konnte Teri sich nicht mehr hinter der Speisekarte verstecken. Sie ließ sie sinken, gab ihre Bestellung auf und versuchte, sich zu entspannen.

„Und wie steht es mit deinem Forschungsprojekt?“ fragte Teri Mark, sobald der Kellner gegangen war. Teri wußte, daß Mark Meeresbiologe aus Leidenschaft war. Sie war sicher, daß das ein gutes Gesprächsthema war.

„Es läuft recht gut. Wir konzentrieren uns jetzt mehr auf die kleinen Wale. Ich weiß nicht mehr, ob ich dir das erzählt habe.“

„Nein“, erwiderte Teri lächelnd. Sie hoffte, daß Mark sich entspannte, auch wenn ihr selbst das bisher noch nicht gelungen war. „Du hast es nicht erwähnt. Was studiert – oder erforscht – ihr denn?“

Mark beugte sich vor und sprach zu allen dreien. „Im Grunde genommen ist es eine Studie der Wale von der Geburt bis zu ihrem ersten vollen Lebensjahr.“

„Und dafür gibt euch jemand Geld?“ wunderte sich Anita.

„Es ist ziemlich wichtig“, erwiderte Mark. „Wußtet ihr, daß die Bartenwale die einzigen sind, die mit dem Kopf zuerst geboren werden? Alle anderen Wale und auch die Delphine werden mit dem Schwanz zuerst geboren.“

„Und was ist der Grund dafür?“ fragte Dan.

„Das weiß keiner. Darum beschäftigen wir uns ja damit. Seht ihr, der Geburtsvorgang kann mehrere Stunden dauern. Da Wale Säugetiere sind und natürlich Luft einatmen, könnten sie ertrinken, wenn sie mit dem Kopf zuerst geboren würden. Aber die Bartenwale werden mit dem Kopf zuerst geboren und ertrinken nicht. Der Grund dafür ist noch nicht erforscht.“

„Ich kann nicht glauben, daß du dafür bezahlt wirst zu beobachten, wie Wale geboren werden“, meinte Anita.

„Hast du schon eine Geburt miterlebt?“ fragte Teri.

Mark wandte sich Teri lächelnd zu und antwortete: „Zwei. Ich habe einige großartige Aufnahmen machen können, die uns sehr weitergeholfen haben.“

„Moment mal, verstehe ich das richtig?“ warf Dan ein. „Du ziehst deine Taucherausrüstung an und schwimmst mit einer Videokamera herum, während die Wale geboren werden, und die Mütter tun dir nichts? Ich dachte, sie hätten einen starken Beschützerinstinkt!“

„Normalerweise ist das auch so“, erwiderte Mark. „Aber Mabel und ich sind gute Freunde. Seit fast drei Jahren halte ich mich in ihrer Nähe auf, darum hat es sie vermutlich nicht gestört, daß ich auch bei der Geburt dabei war. Außerdem war sie ziemlich beschäftigt. Ich glaube nicht, daß sie viel Notiz von mir genommen hat. Pua und Nui waren auch dabei.“

„Pua und Nui?“ fragte Dan.

„Wale“, antwortete Mark in einem Ton, der darauf schließen ließ, daß er in einer Unterhaltung normalerweise nicht zwischen Walen und Menschen unterschied. „Das sind Blauwale wie Mabel. Sozusagen selbsternannte Tanten. Fast wie Hebammen. Es dauerte fast eine Stunde, aber der kleine Jona kam unversehrt heraus, die ganzen acht Meter."

„Und er wurde mit dem Schwanz zuerst geboren?" fragte Teri.

„Nein, mit dem Kopf zuerst. Er ist ein Bartenwal."

„Ich dachte, er sei ein Blauwal", bemerkte Teri, als gerade der Salat gebracht wurde.

„Das ist er auch. Sieh mal, es gibt zwei Arten von Walen, die Bartenwale und die Zahnwale. Die Bartenwale ernähren sich von Plankton und kleinen Meerestieren. Die Blauwale gehören zu der Familie der Finnwale, die wiederum zu den Bartenwalen gehören. Es gibt vier Arten von Finnwalen. Mabel ist ein Zwergwal."

Teri verteilte ihre Salatsoße auf dem Salat und versuchte, nicht so verwirrt auszusehen, wie sie sich fühlte. Das alles war Fachchinesisch für sie.

„Die Finnwale haben eine dreieckige Rückenflosse in der Nähe des Schwanzes." Mark deutete über seine Schulter und blickte Dan und Anita an, um zu sehen, ob sie ihm folgen konnten.

„Aha." Teri setzte ein Strahlen auf und meinte: „Ich schätze, ich habe noch eine Menge über Wale zu lernen. Das alles ist so neu für mich."

„Eigentlich ist es gar nicht so kompliziert, wie ich es darstelle", meinte Mark.

„Ich würde wirklich gern mal mit dir rausfahren", sagte Teri.

Mark riß die Augen auf.

„Ich meine, auf deinem Schiff oder Boot oder wie immer du es nennst." Teri lachte über sich. „Ich bin ein solcher Neuling, ich weiß nicht einmal, wie du es nennst."

„Es ist ein Boot", gab Mark Auskunft.

„Na ja, irgendwann mal, wenn es gerade paßt, würde ich gern mit dir auf deinem Boot rausfahren und mehr über deine Freunde, die Blauwale, Finnwale, Bartenwale mit der dreieckigen Rückenflosse auf dem Schwanz erfahren."

„Die Rückenflosse befindet sich eigentlich auf ihrem Rücken. In der Nähe des Schwanzes." Mark lächelte sie an. Aber er ging auf Teris Vorschlag, ihn einmal zu begleiten, nicht ein.

Das fiel ihr auf, und sie erwähnte es später am Abend Anita gegenüber, als sie in deren Wohnzimmer zusammen saßen.

„Schien er dir nicht auch ein wenig zurückhaltend zu sein?" fragte Teri. „Er hat mich gar nicht aufgefordert, ihn einmal im Boot zu begleiten."

„Das muß nicht unbedingt etwas zu bedeuten haben."

„Ja, aber er schien mir so distanziert und ganz anders, als ich es erwartet hatte. Denkt ihr, daß es ihm mittlerweile schwerfällt, mit Menschen umzugehen, weil er soviel mit Walen zusammen ist?"

„Das ist doch verrückt."

„Nein, das ist es nicht. Mark scheint mir sehr verändert zu sein. Ganz anders als im vergangenen Jahr. Oder denkt ihr, daß ich mich so verändert habe?"

„Nein."

„Dann hat er sich verändert. Ich glaube, daß er emotional anderweitig gebunden ist."

„Wie kommst du denn darauf?" fragte Anita.

Teri hörte das leise Summen des Deckenventilators. „Es ist nicht dasselbe. Ganz und gar nicht."

„Warum ziehst du voreilige Schlüsse, Teri? Du hast ihm keine Chance gegeben. Wegen eines Abendessens gibt man noch keine Beziehung auf. Hast du nicht irgend etwas empfunden, als du ihn gesehen hast?"

„Nicht dasselbe wie letztes Jahr. Aber letztes Jahr schien das von Anfang an auf Gegenseitigkeit zu beruhen. Ich glaube, ich habe heute abend gezögert, irgendwelche Gefühle zuzulassen, weil ich gar nicht weiß, wie *er* fühlt."

„Vielleicht hat er ähnlich reagiert", meinte Anita. „Ihr beide macht alles so kompliziert. Du mußt abwarten und sehen, was passiert. Morgen seht ihr euch ja wieder."

„Ich sehe ihn *vielleicht*. Hast du nicht gehört, was er gesagt hat? Falls das Boot im Hafen bleibt, kommt er vielleicht zu dem Fest morgen. Ich hatte den Eindruck, daß er, falls er überhaupt auftaucht, erst auf die allerletzte Minute kommt. Er hat wirklich alles sehr vage gehalten, nicht?"

„Was hast du denn erwartet? Eine sofortige Bindung? Teri, du analysierst die ganze Romantik aus der Geschichte heraus! Du weißt genau, daß du dazu neigst. Sieh zu, daß aus dieser Angelegenheit keine zweite Luis-Affäre wird."

„Das wird es nicht", verteidigte sich Teri sofort.

„Warum schläfst du nicht darüber und wartest ab, was morgen passiert? Ich gehe jetzt auf jeden Fall zu Bett." Anita umarmte sie, bevor sie zum Schlafzimmer ging, wo Dan bereits schlief. „Gute Nacht!"

Während Teri ihr Bett zurechtmachte und zwischen die kühlen Laken schlüpfte, fragte sie sich, ob Anita so schnell verschwunden war, weil sie nicht über Luis sprechen wollte. Teri rollte sich zusammen und ließ ihre Gedanken wandern. Luis war ein wundervoller Mann. Alle hatten gedacht, sie würden heiraten. Sie hatten den gleichen Hintergrund, hatten an der Universität dieselben Fächer studiert, mochten dieselben Dinge und gingen fast ein Jahr miteinander. Doch eines Tages waren sie sich einig, ihre Beziehung zu beenden, wenn auch keiner von ihnen einen stichhaltigen Grund dafür angeben konnte. Ihre Familie und Freunde waren schockiert.

Teri erinnerte sich, daß sie gesagt hatte, sie müßten entweder heiraten oder ihre Beziehung beenden, so ginge es nicht mehr weiter. Es war zu einfach, zu bequem und zu langweilig. Sie waren eher wie Cousin und Cousine, die zusammen ihre

Ferien verbrachten, nicht wie zwei Menschen, die sich leidenschaftlich liebten. Es sprühten keine Funken. Und das war es, was Teri in einer Beziehung brauchte.

Seit dem Bruch zwischen Luis und Teri im letzten Studienjahr hatte es keinen Mann mehr in Teris Leben gegeben, der ihr viel bedeutet hatte. Und nun, da sich möglicherweise eine Beziehung zwischen ihr und Mark anbahnte, fragte sich Teri, ob ihre Schwester vielleicht wirklich recht gehabt hatte und sie tatsächlich alle Romantik aus ihren Beziehungen herausanalysierte. Trotzdem, sie brauchte Funken.

Kapitel Drei

Die Ruhe in der Nacht und eine lange, heiße Dusche taten Teri sehr gut. Gegen Mittag des folgenden Tages sah sie ihre Begegnung mit Mark schon sehr viel positiver. Sie wollte sich dem Inseltempo anpassen, Geduld zu haben und die Dinge so zu nehmen, wie sie kamen.

Der erste Punkt auf ihrem Freizeitprogramm war das „Luau", ein Fest für die Mitarbeiter des Halekuali.

„Werden wir den ganzen Tag fort sein?" fragte Teri. „Oder mußt du noch arbeiten?" Anita arbeitete zu Hause in ihrem Schlafzimmer, wo sie in einer Ecke einen kleinen Computer aufgestellt hatte. Sie übernahm eine Reihe von Arbeiten für die Gemeinde, erledigte Schreibarbeiten, übersetzte für einen Verlag Kindergeschichten ins Spanische und tippte regelmäßig medizinische Berichte für eine große Gruppe von Ärzten in Honolulu ab. Außerdem arbeitete sie Freitag abends noch als Kellnerin in einem kleinen Restaurant.

„Ich habe fast alles fertig. Die Berichte kann ich morgen noch fertig tippen. Aber ich muß noch schnell in die Stadt fahren und die Berichte aufgeben, die ich heute morgen fertig geschrieben habe. Kommst du mit?"

„Ich glaube, ich bleibe lieber hier."

„Ich gehe auch noch einkaufen; wir sollen nämlich einen Salat mitbringen. In etwa einer Stunde bin ich wieder hier, dann können wir aufbrechen."

Teri machte sich ein wenig im Haus nützlich, räumte ihr zusammenklappbares Bett weg, spülte das Geschirr und saugte jedes Zimmer. Dabei entdeckte sie den entscheidenden Vorteil eines kleinen Hauses: Das Saubermachen konnte in weniger als einer Stunde erledigt werden. Danach ließ sie sich auf der Couch nieder und schaltete das alte Fernsehgerät ein. Sie fühlte sich wohl und ganz entspannt.

Sobald Anita zurückkam, machte sie schnell einen gemischten Salat. Und schon ging's los. Ein weiterer herrlicher Tag im Paradies. Dünne weiße Wolken hingen über den Bergen im Westen der Insel, und auf der linken Seite funkelte das Meer.

Das Halekuali war auf einer flachen Halbinsel an der Nordspitze der Insel erbaut. Das Freizeitzentrum erstreckte sich über mehr als vier Millionen Quadratmeter und verfügte über vier Swimmingpools, einen Privatstrand und ein Fünf-Sterne-Hotel. Nur die obere Gesellschaftsschicht konnte sich den Luxus eines Aufenthaltes in diesem Haus erlauben, das „Königen angemessen" war, wie der Name bereits sagte.

Sobald sie in die mit Palmen gesäumte Auffahrt einbogen, die zur Haupthalle führte, fühlte sich Teri fehl am Platze. In Oregon hatte sie zwar eine Millionärin zur Freundin, so daß man nicht sagen konnte, sie hätte nie mit reichen Leuten zu tun gehabt. Aber Jessica gab niemals mit ihrem Reichtum an. Während der ersten Monate in der kleinen Stadt Glenbrooke hatte sie ihn sogar vor Teri und vielen anderen versteckt. Trotzdem, Teri kannte den Unterschied zwischen den Reichen und denen, die nicht dazugehörten. Dan war hier nur angestellt. Und damit war auch für Teri ihre Position hier geklärt: Sie war die Verwandte eines Angestellten.

„Macht dir das denn nichts aus?“ fragte sie Anita, als sie in einen Seitenweg abbogen, der zum Angestelltenparkplatz im hinteren Teil führte.

„Was meinst du?“

„Na ja, hier ist alles so extravagant. Ich weiß nicht, ob ich in einem solchen Haus arbeiten könnte. Ich würde mich immer wie ein Tagelöhner fühlen.“

„Ich empfinde nicht so. Auf Maui gibt es die *kama'ainas* und die *haoles*. Ich denke, wir haben den Vorteil, die *kama'ainas* zu sein.“

„Und was ist das?“

„*Kama'ainas*? Die Leute, die hier leben. Wir sind diejenigen, die hier wohnen, nicht nur für eine Woche zu Besuch sind. Und was macht es schon, wenn wir die Touristen bedienen müssen? Danny sagt, wir könnten uns glücklich schätzen, weil wir hierbleiben können, während sie auschecken müssen. Und das ist der Punkt. Touristen kommen und gehen. Wir bleiben.“ Anita stellte den Wagen ab. „Nein, ich sehe uns nicht als Tagelöhner. Wir sind *kama'ainas*.“

Teri fragte sich, ob sie sich wohl genauso fühlen würde, sollte sie jemals nach Maui ziehen.

„Kannst du das Salatdressing nehmen?“ fragte Anita. „Ich nehme die Handtücher und den Salat. Du hast doch deinen Badeanzug mitgebracht, oder?“

„Natürlich. Ich habe ihn an. Ich habe so das Gefühl, daß ich für den Rest meines Besuches nichts anderes tragen werde.“

Anita führte sie zu einem der Pools, wo auf einem herrlich grünen Rasen lange Tische unter Kokospalmen aufgestellt worden waren. Es sah aus wie ein Bild aus einem Urlaubsprospekt. Sie stellten ihren Salat zu den anderen Speisen und mischten sich unter die anwesenden Angestellten.

Teri haßte diesen ersten Schritt bei Gesellschaften, vor allem, wenn sie niemanden kannte. Von Natur aus war sie ein offener Mensch, und es machte ihr nicht einmal etwas aus, vor einer Gruppe zu sprechen. Aber Smalltalk bei einer Party war ihr verhaßt.

„Möchtest du sehen, wo das Schwein gebraten wird?" fragte Anita.

„Meinst du das im Ernst?"

„Natürlich. Es wird dafür eine besondere Grube gegraben. Man nennt sie *imu*. Bei den wöchentlichen Luaus hier werden die Schweine auf traditionelle Weise gegart. Die Haiwaianer nennen es *kalua*, das ist eine Kombination von Rösten und Dämpfen. Die Grube wird mit heißen Steinen ausgelegt, und zwar sehr heißen Steinen! Darüber werden Palmblätter gelegt und ein Bambusrohr eingeführt, damit Wasser für den Dampf hineingeleitet werden kann. Dieses Luau hier wird bis ins kleinste Detail gemäß den Traditionen der Insel durchgeführt."

„Das will ich meinen. Ich hoffe, wir werden auch von Hula-Hula-Tänzern unterhalten."

„Natürlich. Auch Feuertänzer. Wir bekommen das gesamte Programm."

„Wirklich?"

„Ja. Die Angestellten werden hier wirklich gut behandelt. Und einmal im Jahr arrangiert das Management diese große Party, damit die Angestellten genau so ein Luau erleben können wie die Touristen. Und das alles für den Eintrittspreis von einem gemischten Salat. Nicht übel, oder?"

Teri schüttelte den Kopf und versuchte in die dampfende Grube zu sehen, wo das Schwein garte. Es war mit Palmenzweigen abgedeckt und verbreitete einen sehr verheißungsvollen Duft.

„Das arme kleine Schwein", meinte Teri.

„Riecht gut, nicht? Es wird über hawaiischer Kiawe-Holzkohle geröstet. Wie ich schon sagte, genau wie früher." Anita spielte mit ihrem kurzen schwarzen Haar. „Ich mache mich mal auf die Suche nach Danny und sage ihm, wo wir sind. Sein Dienst ist in einer Stunde zu Ende."

Teri bemerkte einen Mann, der wenige Meter entfernt allein beim Pool stand. Er hielt ein Getränk in der Hand und ließ seinen Blick über die Menge schweifen, als suche er jemanden. Irgendwie kam er Teri seltsam vertraut vor, und sie starrte ihn an.

„Kommst du mit?"

„Nein, ich denke, ich warte hier", erwiderte Teri.

„Dann treffen wir uns in etwa zwanzig Minuten wieder hier. Bist du sicher, daß du gern allein bleiben möchtet?"

Teri sah ihre Schwester entrüstet an.

„Ist ja schon gut! Ich dachte, frag lieber. Ich weiß, daß du nicht so gern auf Partys gehst, wo du niemanden kennst. Hier, suche doch Liegestühle am Pool für uns und lege diese Handtücher drauf, ja?"

„Sicher", erwiderte Teri und klemmte sich Anitas Handtücher unter den Arm. „Ich suche mir einen Platz und genieße die Aussicht." Sie bemühte sich, den Mann nicht anzusehen, solange sie mit ihrer Schwester sprach.

„In Ordnung. Bis dann."

Teri sah ihrer Schwester nach und beobachtete dann weiter den Mann. Niemand ging zu ihm hin. Niemand begrüßte ihn. Es war, als sei er ein Fremder wie sie, ein *haole,* der niemanden bei diesem Fest für die Hotelangestellten und deren Freunde kannte. Irgendwie war Teri von diesem Mann fasziniert.

Sein dichtes blondes Haar war glatt zurückgekämmt, und er war braungebrannt und hatte die Figur eines Rettungsschwimmers. Er sah ungewöhnlich gut aus, wie ein Filmstar, doch gleichzeitig wirkte er nicht so unnahbar.

Teri vergewisserte sich noch einmal, daß Anita auch wirklich fort war, dann machte sie sich auf den Weg zum Pool und zu dem geheimnisvollen Mann.

Entwickelte sich nicht gerade zwischen ihr und Mark eine Beziehung? Warum hoffte sie, dieser Fremde würde ihr Beachtung schenken?

Langsam ging Teri an ihm vorbei. Er sah sie an, und sie lächelte ihn freundlich an und ging weiter. Jetzt wußte sie, daß sie ihn schon einmal gesehen hatte, sie konnte nur nicht sagen, wo.

Vielleicht ist er ja wirklich ein Filmstar, wohnt im Hotel und hat sich nur zu dieser Party für die Angestellten verirrt.

Teri fand zwei Liegestühle und breitete ihre Handtücher darüber aus. Sie wollte mit dem Rücken zu dem Mann sitzen, damit sie nicht in die Versuchung geriet, nachzusehen, ob er sie bemerkt hatte.

„Ich kenne Sie doch", ertönte da eine tiefe Stimme hinter ihr. Teri fuhr zusammen.

Sie hatte nicht gehört, daß der Mann sich genähert hatte. Sie drehte sich um und sah ihn an. „Hallo."

„Ich bin sicher, ich kenne Sie", sagte er, „aber mir fällt einfach nicht ein, wo wir uns kennengelernt haben."

Sie standen neben den Liegestühlen und betrachteten einander. Teri überlegte. „Mir kamen Sie auch bekannt vor. Aber ich weiß auch nicht, woher." In ihrem Inneren sprühten Funken.

„Ich bin Scott Robinson", stellte er sich vor. „Haben wir uns vielleicht in Trujillo kennengelernt?"

„In Trujillo?"

„Peru. Die Ausgrabungsstätte des Grabes des Moche-Priesters?"

Teri konnte ihr Lachen nicht unterdrücken. Scott wirkte überrascht.

„Ich habe wirklich schon einige sehr einfallsreiche

Annäherungsversuche erlebt", lachte sie, „aber dieser hier übertrifft alles."

„Ich meine es ernst", beharrte er.

„Nein, ich bin noch nie in Peru gewesen", erwiderte Teri und bemühte sich, ihr Lachen zu unterdrücken. „Aber Sie waren bereits dort?"

„Vor drei oder vier Jahren. Sie erinnern mich an jemanden, der dort bei den archäologischen Ausgrabungen geholfen hat."

„Ich kann Ihnen garantieren, daß ich es nicht gewesen bin", sagte Teri lächelnd. „Ich bin Lehrerin in Oregon, schon seit drei Jahren. Und ich unterrichte auch nicht Archäologie, sondern Spanisch."

„Vielleicht habe ich Sie mit jemandem verwechselt", entschuldigte sich Scott. „Es ist Ihr Haar. In solchem Haar kann ein Mann versinken."

Teri fühlte sich, als ob ein ganzes Feuerwerk in ihrem Inneren stattfand.

„Wir müssen uns irgendwo schon einmal begegnet sein", wiederholte Teri, die Angst hatte, er könnte sich umdrehen und gehen. „Sie kommen mir auch so bekannt vor. Und irgendwie kenne ich auch Ihren Namen, ich weiß nur nicht woher. Ich bin Teri. Teri Moreno. Sagt Ihnen der Name etwas?"

„Teri", wiederholte er. Seine Stimme war voll und tief. „Teri Moreno." Mit geschlossenen Augen wiederholte er ihren Namen, so als würde er den Namen eines Gewinners in einem Preisausschreiben verkünden. „Teri Moreno!" Er öffnete die Augen, und sein Gesicht leuchtete auf, als er ausrief: „Du warst doch auf meiner Schule in Escondido in Kalifornien!"

„Richtig! Du warst ein erstklassiger Fußballspieler."

Teri begann wieder zu lachen. „Scott Robinson. Ich kann es nicht glauben. Ich kann mich nicht erinnern, während unserer Schulzeit auch nur ein Wort mit dir gewechselt zu haben, aber natürlich kannte ich dich! Meine Schwester Anita hat im selben Jahr wie du die Schule abgeschlossen. Sie hat Danny Romero geheiratet. Kennst du sie?"

„Danny Romero. Ich glaube schon."

„Sie leben hier. Dan arbeitet im Halekuali. Ich bin nur zu Besuch."

„Erstaunlich", meinte Scott. „Ich habe gerade gestern angefangen, hier zu arbeiten. Vielleicht arbeiten Dan und ich ja in derselben Schicht. Das wäre doch was, nicht?"

Teri sah, wie Anita gerade über den Rasen auf sie zukam. Teri winkte und rief: „Annie, hier drüben."

Als Anita näherkam, betrachtete sie Scott, als würde sie ihn ebenfalls erkennen.

„Hallo", sagte Scott.

Teri unterbrach ihn. „Sag ihr nicht deinen Namen. Mal sehen, ob sie selbst drauf kommt."

„Du hast die Schule in Escondido besucht, nicht?"

„Der Punkt geht an dich", meinte Teri. „Weiter."

„Du warst in der Fußballmannschaft." Anita schien nach dem Namen zu suchen. „Und du warst immer mit Rick Doyle zusammen."

„Drei Punkte", meinte Teri. „Erinnerst du dich noch an seinen Namen?"

Anita preßte die Lippen zusammen. „Nein", gestand sie schließlich. „Ich weiß, ich sollte mich erinnern, aber acht Jahre sind eine lange Zeit."

„Scott Robinson", stellte er sich vor. „Und ich erinnere mich auch noch an dich. Anita Moreno."

„Anita Moreno *Romero*", betonte sie. „Erinnerst du dich noch an Danny Romero? Wir haben in dem Sommer nach unserem Abschluß geheiratet und sind dann nach Maui gezogen. Danny wird gleich hier sein. Ich hoffe, ihr beide habt Gelegenheit, euch kennenzulernen."

„Vielleicht arbeiten wir sogar zusammen", bemerkte Scott. „Ich habe gestern hier angefangen."

„Unglaublich, nicht?" fragte Teri an ihre Schwester gewandt. „Und stell dir vor: Bevor er hierhergekommen ist, hat er irgendwelche alten Maya-Ruinen in Peru ausgegraben. Das ist schon etwas anderes als das Leben in Escondido, nicht?"

„Eigentlich waren es Mochica-Ruinen nördlich von Trujillo. Und das war vor mehreren Jahren. Ich bin mit Bob Newcomb von San Diego hierhergesegelt. Erinnert ihr euch an ihn? Er war in der Schule zwei Jahre über mir."

Sowohl Teri als auch Anita schüttelten den Kopf. „Zu alt für mich", meinte Teri.

„Hoffentlich bist du nicht der Meinung, ich sei zu alt für dich", lächelte Scott und sah sie mit seinen grauen Augen an.

Anita räusperte sich und trat einen Schritt zurück. „Ich denke, ich unterhalte mich mal mit ein paar Freunden dort drüben. Wenn Danny kommt, werde ich dich holen, Scott. Ich weiß, daß er dich gern wiedersehen wird." Anita entschuldigte sich und sah Teri mit einem Blick an, der besagen sollte: *Drei ist einer zuviel.*

Teri war verwirrt. Sie konnte die Funken in ihrem Innern weder leugnen noch ignorieren. Aber was war mit Mark?

Kapitel Vier

„Bist du schon am Strand gewesen?" fragte Scott, nachdem Anita gegangen war.

„Nein. Wollen wir einen Spaziergang machen?" Teri war

erstaunt, daß sie so mutig war. Sie wollte einfach nicht, daß er ging. Sie wollte sich mit ihm unterhalten, um zu sehen, wie tief ihre Gefühle gingen. Gestern abend beim Abendessen mit Mark hatte sie den Eindruck gehabt, in sehr seichtem Wasser zu segeln, und die zarten Anfänge einer möglichen Beziehung schienen im Sand zu verlaufen.

„Na, wie war das jetzt mit den Annäherungsversuchen?" neckte Scott.

„Ich dachte, es wäre schön, ein wenig zu plaudern. Du weißt schon, erzählen, was in den vergangenen Jahren geschehen ist, wenn du einverstanden bist."

„Ich bin mehr als einverstanden", stimmte Scott zu. „Da Bob der einzige Mensch auf dieser Insel ist, den ich kenne, bist du ein willkommener Freund."

„Du kennst doch Dan und Anita", meinte Teri, als sie sich umdrehten und gemeinsam den Pfad entlangschlenderten, der zum Strand führte.

„Okay, dann kenne ich jetzt also insgesamt vier Leute."

Mehr als eine Stunde lang schlenderten sie am Strand entlang und unterhielten sich angeregt. Scott berichtete von seinen ereignislosen Studienjahren an der Uni. Er hatte Geschichte studiert. Zwei Jahre lang war er auf einem Kreuzfahrtschiff gefahren und schließlich in Peru gelandet, wo er fast drei Jahre lang bei einer Ausgrabung mitgearbeitet hatte. Dann war er nach Kalifornien zurückgekehrt, um eine Anstellung zu finden, gab jedoch schließlich auf. Er hielt es für das beste, mit Bob zu den Inseln zu segeln, und da war er. Sie waren mit Bobs fünfzehn Meter langem Segelboot *Mondfisch* hierhergesegelt. Fünf Wochen hatten sie gebraucht, und die Fahrt war relativ gut verlaufen.

„Das hört sich interessant an. Bei mir sind die letzten acht Jahre nicht so aufregend verlaufen", begann Teri und erzählte ihm von ihrem Studium an einer christlichen Uni und ihrem Umzug nach Glenbrooke in Oregon, wo sie in den vergangenen drei Jahren gewohnt hatte. „Mehrmals war ich mit einer Missionsgruppe in Mexiko", berichtete Teri. „Und im letzten Sommer war ich für eine Woche hier auf Maui. Aber das sind auch schon alle Reisen, die ich bisher unternommen habe."

„Ich kann dir sagen", meinte Scott, „Maui *no ka oi.*"

„Ich spreche nur Spanisch und Englisch", entschuldigte sich Teri. „Du wirst mir dein Hawaiisch übersetzen müssen."

„Das ist ein bekanntes Sprichwort hier. Hast du es noch nicht gehört? Es bedeutet: Maui ist das beste."

„Ich kann dir nur zustimmen. Mir gefällt es außerordentlich gut hier", schwärmte Teri. „Peru klingt aber auch nicht schlecht."

Sie blieben stehen und sahen Seite an Seite hinaus auf das Meer mit den weißen Masten der Segelboote, die sich vom Blau des Wassers und des Himmels abhoben.

„Segelst du gern?" fragte Scott.

„Ich bin noch nie gesegelt."

„Du mußt unbedingt einmal segeln", sagte er. „Was hast du am Freitag morgen vor?"

„Ich weiß es noch nicht." Teri wußte nicht so genau, was sie antworten sollte, weil sie ahnte, was er fragen würde.

„Der *Mondfisch* liegt ganz in der Nähe. Ich kann ihn jederzeit benutzen. Morgen muß ich arbeiten, aber am Freitag würde ich gern mit dir rausfahren."

„Gern", erwiderte Teri ohne zu zögern.

„Ist sechs Uhr zu früh?"

„Ganz und gar nicht. Soll ich zum Hafen kommen?"

„Ich kann dich abholen. Wo wohnt deine Schwester?"

„In Napili. Weißt du, wo das ist?"

Scott lächelte. „Da wohne ich auch."

Sie tauschten die Adressen aus und stellten fest, daß sie nur drei Straßen voneinander entfernt wohnten. „Das ist ja prima", sagte Scott, als sie zum Pool zurückgingen. „Ich denke, mir wird es hier gefallen.“ Er legte den Arm um Teris Schulter, drückte sie leicht an sich und ließ sie dann wieder los.

Teri fühlte, wie eine eigenartige Wärme sie durchrieselte. Bei dem Gedanken, am Freitag mit Scott Robinson segeln zu gehen, war sie freudig erregt. Doch dann hob Teri den Blick, und das Lächeln auf ihrem Gesicht gefror. Nur wenige Meter entfernt stand Mark neben Anita. Er blickte zu ihr herüber und hatte bestimmt gesehen, wie Scott sie an sich gedrückt hatte.

O nein, was wird Mark jetzt denken? Und was wird Scott denken, wenn ich ihm Mark vorstelle?

Scott bemerkte Anita sofort und fragte: „Ist das Dan, der neben Anita steht?“

„Nein, das ist Mark Hunter. Er ist Meeresbiologe und lebt auf einem Boot, das in Lahaina vor Anker liegt. Ihr zwei habt vielleicht einige Gemeinsamkeiten, das heißt, falls du jemals einen Wal aus der Nähe gesehen hast.“

„Schon oft“, entgegnete Scott.

Sie waren nur noch wenige Meter entfernt, und Scott lächelte Anita an, dann streckte er die Hand aus, um sich Mark vorzustellen. „Wie ich höre, wissen Sie einiges über Wale“, sagte er.

„Das könnte man sagen“, erwiderte Mark. Er blickte Teri an.

„Hat Anita dir erzählt, daß wir mit Scott zusammen in die Schule gegangen sind?“ Teri hoffte, Mark würde das Ganze nicht als das ansehen, was es war. Dann wieder wünschte sie, er würde Scott als Konkurrenten betrachten, so daß er sich gezwungen sah, sein eigenes Verhältnis zu ihr zu bestimmen. Wollte er eine Beziehung zu Teri oder nicht?

„Ist Dan in der Nähe?“ fragte Scott.

„Er spielt mit einigen anderen dort drüben Volleyball“, erklärte Anita.

„Hättest du etwas dagegen, mir zu zeigen, wo sie sind?“

Anita blickte von Scott zu Teri und Mark. Teri versuchte ihr eine stumme Botschaft zu übermitteln, die besagte: *Bitte laß mich mit Mark allein. Bitte geh mit Scott.*

„Ich wollte gerade hinübergehen." Anita hatte verstanden. „Willst du mitkommen?"

„Sicher." Scott wandte sich an Teri. Er bedachte sie mit einem Blick, der sehr viel zärtlicher war, als man von einem alten Bekannten erwarten konnte. „Bis später", sagte er und folgte Anita zum Volleyballfeld.

„Du hast es also geschafft", sagte Teri zu Mark, als sie allein waren. Sie ging zu den Liegestühlen hinüber und setzte sich. Sie hoffte, daß sie einigermaßen normal wirkte, denn innerlich war sie ziemlich aufgewühlt.

Mark setzte sich auf den Stuhl neben sie und schwieg.

„Ist das nicht ein wundervoller Ort?" fragte Teri, darauf bedacht, das Gespräch in Gang zu halten.

Mark nickte.

„Weißt du, wann es Essen gibt?"

„Bald, denke ich."

„Gut", seufzte Teri. „Das ist gut." *Du meine Güte, dieses Gespräch bringt gar nichts. Was ist passiert? Im vergangenen Sommer war alles doch ganz anders. Ich verstehe gar nichts mehr.*

„Ich muß gleich wieder zurück", sagte Mark. „Vermutlich sehen wir uns am Sonntag im Gottesdienst."

Teri holte Luft und wiederholte: „Sonntag?" Warum wartete Mark so lange, um sie wiederzusehen? Sie hatte geplant, die ganze Zeit mit Mark zusammenzusein. Aber natürlich verteilte sich ihre Aufmerksamkeit nun auch noch auf Scott. In vier Tagen war Sonntag. Bis dahin hatte sie ihre Gefühle vielleicht im Griff, vor allem, wenn sie am Freitag mit Scott zusammen war.

„Ja, am Sonntag", stimmte sie zu.

Sie plauderten noch zehn Minuten, doch das Gespräch war sehr steif. Sie wurden einfach nicht warm miteinander.

„Ich glaube, ich muß los", sagte Mark nach mehreren unbehaglichen Pausen. „Also, bis dann." Er lächelte, als er sich erhob und sagte: „Bis Sonntag."

Teri schloß die Augen, seufzte tief und betete leise: *Vater, was ist hier los? Nichts ist so, wie ich erwartet habe. Was ist nur los mit Mark? Und warum tritt Scott auf einmal in mein Leben? Ich weiß nicht, was du vorhast. Ich bin nicht hergekommen, um mir einen Mann zu angeln. Oder doch? Ich habe das Gefühl, als würde ich mich wie ein Teenager verhalten. Meine Gefühle sind ganz durcheinander. Vielleicht ist keiner dieser Männer der Richtige. O Vater, zeige mir doch bitte, was ich tun soll!*

Bevor sie noch „Amen" flüstern konnte, spürte sie etwas Kaltes an ihrem Bein. Erschrocken fuhr sie zusammen und stieß einen Schrei aus.

„Oh, entschuldigen Sie!" sagte ein Mann und versuchte, die Eiswürfel aufzusammeln und in seinen Plastikbecher zurückzuwerfen. Klebrige Cola tropfte an ihrem Unterschenkel herunter und durchnäßte das Strandlaken.

„Ich habe nicht aufgepaßt, wo ich hinlaufe", sagte er mit starkem, vermutlich australischem Akzent.

„Ist schon gut", murmelte Teri und fegte die schmelzenden Eiswürfel vom Handtuch.

„Wenn Sie nichts dagegen haben, daß ich das sage, es sah beinahe so aus, als würden Sie beten", bemerkte der Mann.

Teri sah zu ihm auf, wobei sie ihre Augen mit der Hand gegen die Sonne schützte, und antwortete: „Das habe ich auch."

Sein Gesicht war tief gebräunt und gefurcht wie das eines Abenteurers, und er hatte den Ausdruck eines Menschen, der einem Löwen begegnet und entkommen ist. Er war älter als Teri, aber nur ein wenig, schätzte sie. Sein braunes Haar war auf der Seite gescheitelt, aber ein paar einzelne Strähnen fielen ihm in die breite Stirn. Die Farbe seiner Augen war schwer zu bestimmen, weil er blinzelte, wenn er lächelte, und

Krähenfüße hatte, die sich bis zu den Schläfen zogen. Und genau das tat er: Er lächelte Teri an.

„Gordon“, stellte er sich vor und reichte Teri die Hand. „Gordon Allister. Nett, Sie kennenzulernen.“

Teri wußte nicht, was sie von diesem Burschen halten sollte. Hatte er seine Cola absichtlich verschüttet, damit er sich mit ihr bekannt machen konnte?

„Und wie heißen Sie?“ fragte er und setzte sich neben sie, so als hätte sie ihn dazu aufgefordert.

„Mein Name?“ Teri mußte ihn einfach necken. „Tut mir leid, nicht verzeichnet. Meine Telefonnummer auch nicht.“

Gordon brach in lautes Gelächter aus. Teri fragte sich, ob sie von den anderen Leuten angestarrt wurden; sein Lachen war so laut. Aber sie konnte nicht umhin, ebenfalls zu lächeln. Wenn er lachte, schien das aus tiefster Seele zu kommen. Seine Augen verengten sich, und seine Wangen wölbten sich.

„Ich nehme an, Sie sind es nicht gewöhnt, ‚aufgegabelt‘ zu werden, wie man so schön sagt.“

„Nein“, sagte Teri so fest wie möglich.

Gordon erhob sich. Teri war stolz darauf, so gut mit diesem ‚Aufreißer‘ fertig geworden zu sein. Er blinzelte ihr leicht zu und sagte: „Sie könnten durchaus die Richtige sein.“

„Die Richtige wofür?“

Er schlenderte an ihr vorbei. Sein verrücktes Lächeln erhellte noch immer sein Gesicht. Doch er antwortete nur: „Warten Sie nur ab.“

„Komischer Kauz“, murmelte Teri und sah sich um. Sie hatte Angst, andere könnten sie beobachtet haben. Doch dem war nicht so. Zumindest nicht offensichtlich. Sie sah Gordon nach, der zur Bar zurückkehrte und sich mit dem Barkeeper unterhielt.

Sie verfolgte noch immer jede seiner Bewegungen, als Anita und Dan mit Scott zurückkamen.

„Ist Mark gegangen?“ fragte Anita.

„Mark? O ja, Mark. Ja, er ist gegangen.“ Teri konzentrierte sich auf Scott und schüttelte die Begegnung mit dem seltsamen Australier ab. „Gibt es jetzt Essen?“

„Ja, darum sind wir gekommen. Wir wollten dich holen“, sagte Anita. „Geht es dir gut? Du siehst irgendwie erschreckt aus.“

„Ich? O nein, mir geht es gut. Irgend so ein Tolpatsch hat seine Cola auf meinem Bein verschüttet, das ist alles.“ Sie wandte sich an Scott und sagte: „So, dann erinnerst du dich also noch an Dan?“

„Ja, wir hatten gemeinsam Ringen“, erwiderte Scott. Er war so groß, daß sie zu ihm aufsehen mußte. Er war auf jeden Fall ein sehr gutaussehender Mann.

Dan und Anita begannen, über ihre Erinnerungen an die Schulzeit zu reden, und Scott bot Teri seine Hand, damit sie aufstehen konnte. Sie nahm sie und erhob sich. Doch dann wurde sie unter seiner Berührung verlegen und ließ seine Hand los.

Die vier begaben sich zum Büfett. Impulsiv drehte Teri den Kopf und sah über die Schulter zurück zur Bar. Gordon stand noch immer dort, doch jetzt unterhielt er sich nicht mehr mit dem Barkeeper, sondern beobachtete sie. Als er bemerkte, daß sie zu ihm herübersah, hob er sein Colaglas und trank ihr zu.

Nicht zu fassen! Ich habe das Gefühl, als würde ich in dem Film „Das Traumschiff“ mitspielen. Drei Männer an einem Tag, die an mir interessiert sind. Na ja, wenn man Mark von der Liste streicht, bleiben immer noch zwei interessierte Männer. Ein Verrückter aus Australien und ein unglaublich gutaussehender Mann an meiner Seite.

Kapitel Fünf

„Ich muß jetzt wirklich gehen", sagte Scott und erhob sich vom Tisch auf Dans und Anitas Veranda. „Es war ein großartiger Tag. Es ist kaum zu glauben, daß wir praktisch Nachbarn sind."

Teri wußte, daß es beinahe Mitternacht sein mußte. Sie hatten soviel Spaß gehabt, und sie wollte nicht, daß der Tag zu Ende ging. Sie hatten den ganzen Nachmittag und Abend zusammen verbracht und das Luau im Halekuali gemeinsam genossen. Sie hatten auf gewebten Matten gesessen und das geröstete Schwein gegessen, das auf riesigen Blättern serviert worden war. Dan und Anita hatten Scott und Teri so behandelt, als wären sie ein Paar, das ihre Insel besuchte. Sie hatten ihnen sogar gezeigt, wie man die traditionellen Gerichte mit den Fingern aß. Dann kamen die Hula-Hula-Tänzer, danach die tahitischen Feuertänzer. Bei Sonnenuntergang wurde das Muschelhorn geblasen und Fackeln angezündet.

Den Abend beschlossen sie in Dans und Anitas Haus mit Kaffee und weiteren Gesprächen. Anita hatte ihre alten Jahrbücher aus der Schule hervorgeholt, und sie hatten sich abwechselnd Schulgeschichten erzählt. Teri bemerkte, daß sie und Scott viele gemeinsame Bekannte hatten, und doch hatten sich ihre Wege in der Schule niemals gekreuzt.

Scott stand auf und streckte sich. Er hatte immer noch die Figur von früher, doch sein Gesicht war nun das eines Mannes. Auf den Jahrbuchbildern sah er noch aus wie ein Kind, das versuchte, etwas zu beweisen.

„Wir sehen uns morgen bei der Arbeit, Dan", sagte er. „Und noch einmal, die Einladung steht, Anita. Wenn du am

Freitag mit Teri und mir segeln möchtest, so kannst du das herzlich gern tun."

„Nein, wirklich, ich muß arbeiten. Aber trotzdem vielen Dank."

Scott wandte sich an Dan. „Wir müssen mal zusammen rausfahren, wenn wir beide einen freien Tag haben. Ich würde zu gern mit euch allen auf dem *Mondfisch* segeln gehen."

„Das wird ziemlich schwierig werden", erwiderte Dan. „Ich habe alle meine freien Tage für einen Campingausflug aufgespart. In zwei Wochen wandern wir durch den Krater des Haleakala. Ich habe zwei Jahre gewartet, um die Reservierung zu bekommen."

„Reservierung? Wofür?" fragte Scott.

„Für die Hütten im Innern des Kraters. Insgesamt drei. Sie wurden in den dreißiger Jahren gebaut und können bis zu zwölf Personen aufnehmen. In den vergangenen Jahren sind sie so beliebt geworden, daß die Namen der Glücklichen, die einen Übernachtungsplatz in den Hütten bekommen, ausgelost werden. In diesem Jahr wurde mein Name gezogen."

„Du machst Witze", sagte Scott. „Du meinst, du kannst in den Krater hineinklettern?"

„Genau. Man sagt, es sei ein einmaliges Erlebnis. Ein paar von uns auf der Arbeit haben uns in den vergangenen zwei Jahren immer wieder an der Auslosung beteiligt. Du kannst mir glauben, daß mich nichts und niemand von dieser Tour abhalten wird!"

„Sind denn alle zwölf Plätze schon belegt?" fragte Scott.

„Bisher schon. Würdest du gern mitkommen, falls jemand ausfällt?"

„Ja!" Scott nickte und strahlte. „Setz meinen Namen auf die Liste. Dann bin ich drin, falls einer doch nicht mitkommen kann."

„Kein Problem", meinte Dan. „Ich höre mich morgen auf der Arbeit mal um."

„In Ordnung", erwiderte Scott. „Halt mich auf dem laufenden." Er wandte sich an Teri und verabschiedete sich. „Und wir haben am Freitag morgen eine Verabredung auf dem *Mondfisch*."

Teri lächelte. „Bis dann!"

Nachdem Scott gegangen war, blickten Anita und Dan Teri bestürzt an.

„Was ist denn los?" fragte sie.

„Das ist ja wirklich interessant", meinte Dan. „Du hast Mark an der Leine und Scott im Netz. Du hast dir also Konkurrenz geangelt!"

„Ach! Als ob ich nach Scott gesucht hätte. Wir sind uns zufällig begegnet. Ich habe mit ihm die Schule besucht, wie du weißt."

Anita wirkte besorgt. „Was wirst du wegen Mark unternehmen?"

„Wie meinst du das? Warum soll ich wegen Mark etwas unternehmen? Er sagte, wir würden uns am Sonntag sehen. Und wir werden uns am Sonntag sehen. In der Zwischenzeit gehe ich am Freitag mit einem alten Freund segeln. Gibt es irgendein hawaiisches Gesetz, das mir das verbietet?"

„Ich denke, du solltest mit Mark sprechen, bevor du segeln gehst", beharrte Anita.

„Warum?"

„Damit du weißt, woran du bei ihm bist."

Dan verfolgte grinsend das Gespräch der beiden.

„Mir ist nicht bewußt, daß ich wissen möchte oder müßte, wo ich mit Mark stehe", gab Teri hitzig zurück. „Er ist kein besonders redseliger Mensch, falls du das noch nicht bemerkt haben solltest."

„Um so mehr ein Grund für dich, mit ihm zu reden", erwiderte Anita. „Er hat dich heute mit Scott gesehen. Wir beide haben gesehen, wie Scott dich umarmt hat, als ihr vom Strand kamt. Was soll Mark denn denken?"

„Warum interessiert dich, was Mark denkt?" sprudelte es aus Teri hervor. „Kann ich die Dinge nicht nehmen, wie sie kommen? Wir sprechen hier über *mein* Leben, ist dir das klar? Was interessiert es dich, wenn ich in einer Woche mit zwei Männern ausgehen möchte? Das heißt, falls man das Abendessen gestern abend eine Verabredung nennen kann. Mir scheint eher, daß ihr zwei Mark und mich beaufsichtigt. Vielleicht muß ich einmal mit Mark allein sein, um zu sehen, was wirklich da ist. Und vielleicht muß ich mit Scott allein sein, um zu sehen, ob überhaupt etwas da ist. Irgendwie ist es schwer für mich, das festzustellen, wenn ihr beide immer in der Nähe seid."

„Na schön, dann entschuldige uns!" stieß Anita hervor und schob den Stuhl zurück. „Du willst allein sein? Prima. Ich lasse dich allein. Gute Nacht!" Und mit diesen Worten marschierte sie ins Haus.

Teri stieß einen Seufzer aus. Warum mußten sie und Anita nur so miteinander umgehen? Mal waren sie ein Herz und eine Seele, und dann waren sie wieder vollkommen unterschiedlicher Ansicht und stritten.

„Ihr zwei macht mich noch verrückt", sagte Dan nach einer Weile. „Nie habe ich zwei Menschen gesehen, die so ähnlich und gleichzeitig doch so verschieden sind."

„Sie möchte immer über mein Leben bestimmen", meinte Teri. „Wir würden prima miteinander auskommen, wenn sie nicht immer versuchen würde, mich herumzukommandieren. Oder meine Mutter zu sein, oder was auch immer."

„Sie versucht, eine große Schwester zu sein."

„Aber kann sie denn nicht einfach meine *Schwester* sein?" sagte Teri und suchte in Dans Gesicht nach einer Antwort. „Sie ist doch nur vierzehn Monate älter. Warum muß sie immer versuchen, mich zu dominieren?"

„Ich weiß es nicht. Vermutlich liegt es am Geburtsrecht. Warum bist du immer so empfindlich?"

Teri zahlte es ihm mit gleicher Münze heim. „Vermutlich Geburtsrecht."

„Bestimmt willst du das gar nicht hören", ergriff Dan wieder das Wort, „aber darf ich dir einen kleinen verwandtschaftlichen Rat geben?"

Teri sah ihn nicht gerade begeistert an.

„Mach langsam, Teri. Von Mark weiß ich, daß er sehr ausgeglichen ist. Er ist ein ernsthafter Christ und besitzt einen guten Ruf. Von Scott weiß ich nur, was wir in der Schule selbst erlebt haben. Und wir beide wissen, daß es mit seinem Ruf nicht zum besten bestellt war. Also, tu mir bitte den Gefallen und überstürze nichts mit Scott. Lerne ihn doch erst mal ein wenig näher kennen!"

Teri antwortete nicht. Es gefiel ihr nicht, daß Dan sie belehrte, vor allem nicht nach Anitas mütterlichen Ratschlägen. Aber sie wollte auch kein verzogenes Kind sein. Sie wollte vernünftig sein und den Rat ihres Schwagers wie eine reife sechsundzwanzigjährige Frau annehmen. Leider fühlte sie sich wie vierzehn.

„Gott hat den richtigen Mann für dich, Teri", sagte Dan, als er sich erhob, um hineinzugehen. Gähnend schob er die Glastür beiseite und fügte hinzu: „Hab nur Geduld und warte auf den Richtigen."

Teri hatte gewartet. Während der Wartezeit hatte sie zehn Jahre lang Anitas und Dans Liebesaffäre beobachtet. Es war leicht für Dan zu sagen: Gott hat den richtigen Mann für dich. Er und Anita waren sich bereits auf der Schule begegnet. Sie hatten sich ineinander verliebt und zwei Wochen nach ihrem Schulabschluß geheiratet. Keiner von ihnen wußte etwas von Verabredungen, die nie zustandekamen oder davon, wie es war, Wochenende für Wochenende allein zu Hause zu sitzen. Keiner von ihnen wußte, wie es war, mit jemandem zu brechen, nachdem man fast ein Jahr lang mit ihm gegangen war.

Teri trank ihre Tasse mit dem bereits kalten Kaffee leer. Sie war immer sehr empfindlich, wenn jemand in schwierigen Lebensumständen so schnell mit Bibelsprüchen zur Hand war. „Das liegt alles in Gottes Hand.“ „Gott wird alles zum Besten wirken.“ „Warte auf den Herrn.“ Teri kannte sie alle. Und sie wußte, daß diese Sätze zwar stimmten, daß jedoch manchmal solche einfachen Antworten in schwierigen Situationen nicht genügten.

Teri mußte aber zugeben, daß sie Sätze wie diese ebenfalls häufig ausgesprochen hatte. Sie und Anita hatten sie während ihrer Kindheit gelernt. Sie waren die Töchter eines Pastors einer großen spanischen Gemeinde im Norden San Diegos. Doch je älter Teri wurde, desto schwerer fiel es ihr, mit den Enttäuschungen in ihrem Leben zurechtzukommen. Sie konnte nicht glauben, daß Gott einigen Menschen den richtigen Partner schenkte und andere ignorierte.

Als sie in den Nachthimmel starrte, bemerkte sie Dutzende von Sternen, die auf sie herabfunkelten. „In Ordnung“, flüsterte sie in die Stille hinein. „Ich werde warten.“

Kapitel Sechs

Am nächsten Morgen verhielten sich Teri und Anita, als hätte es am vergangenen Abend keinen Streit gegeben. Anita fühlte sich nicht wohl und arbeitete den ganzen Tag still in ihrem Zimmer. Teri vertrieb sich die Zeit mit Lesen auf der Veranda oder mit Fernsehen. Schließlich beschloß sie aber, entsprechend ihrem Vorsatz zu handeln und jeden Tag ihrer Ferien zu genießen. Sie hatte lange genug gezögert.

„Ich gehe spazieren", rief Teri durch Anitas geschlossene Tür. „Falls ich in einer Stunde nicht zurück bin, kannst du mich suchen lassen."

Anita antwortete nicht. Leise öffnete Teri die Schlafzimmertür und entdeckte Anita zusammengerollt auf dem Bett. Sie war fest eingeschlafen. Ihr Computer lief noch. Es sah so aus, als hätten die vergangenen Nächte ihren Tribut gefordert. Auf Zehenspitzen schlich Teri zum Schreibtisch, schrieb eine Notiz und klebte sie an den Bildschirm. Dann verließ sie das Zimmer und schloß die Tür.

Draußen spielten ein halbes Dutzend barfüßiger Kinder auf der Straße. Der Himmel war mit dicken rosa Wolken verhangen, nur dann und wann kam ein wenig Sonnenlicht hindurch. Teri machte sich auf den Weg zum Strand.

Der Strand war einen knappen Kilometer Fußweg entfernt, aber das machte ihr nichts aus. Sie war auf Maui. Was war da schon ein Ein-Kilometer-Marsch zum Strand? In Oregon brauchte sie mehr als zwei Stunden, um zur Küste zu gelangen, und wenn sie dann endlich da war, war es so kalt, daß sie nicht einmal barfuß im Sand laufen konnte. Mauis warme Strände forderten ihre Füße direkt zum Spaziergang auf, und sie würde dieser Aufforderung nachkommen.

Der Wind begleitete sie, als sie mit großen Schritten zwischen den Häuserkomplexen einherschritt und schließlich einen kleinen Hügel zur Hauptstraße hinabstieg. Vor ihr erhob sich majestätisch die Nachbarinsel Molokai mit ihrem üppigen Grün. Sie wirkte so nah, als könnte man einfach hinüberschwimmen.

Sie hatte gehört, daß Windsurfer an einem windigen Tag die vierzehn Kilometer von Maui nach Molokai surften. Sie fragte sich, ob das auch heute einige Surfer versuchen würden. Hier schien es ihr windig genug.

Als Teri die Hauptstraße überquerte, ließ der Wind jedoch spürbar nach. Er wurde von den vielen Gebäuden abgehalten

– den Wohnungsanlagen, den Hotels und den Freizeitzentren. Sie sahen aus wie eine lange Mauer, die nicht nur den Wind abhielt, sondern auch Teri vom Strand trennte.

Sie spazierte über das Grundstück eines Hotels und eilte auf den Strand zu. Nachdem sie ihre Sandalen ausgezogen hatte, drückte sie ihre Zehen in den weichen, warmen Sand. Sie schloß die Augen und genoß den Augenblick.

Doch anstatt am Strand entlang zu laufen, fand Teri einen Platz, wo sie sich niederlassen konnte. Sie beobachtete die Leute. Wenige Meter von ihr entfernt brüllte ein Vater mit einem sehr dicken Bauch gerade seinen beiden kleinen Kindern Anweisungen zu. Die beiden waren im Wasser und versuchten, auf einem Surfbrett auf einer niedrigen Welle zum Strand zu reiten. Das kleine Mädchen sah aus, als sei es den Tränen nahe, als ihr Vater rief: „Komm schon, noch einmal! Dieses Mal schaut bitte in die Kamera und winkt Daddy zu! Das ist doch alles. Los, nimm diese Welle, Liebes."

Eine Frau vor Teri trug einen winzigen Bikini. Ihre Haut war krebsrot. Sie lag auf dem Bauch, trug eine Sonnenbrille, stützte sich auf den Ellbogen ab und las einen dicken Roman. Teri bemerkte, daß sie die Seiten sehr schnell umblätterte, so als müsse sie dieses Buch in einer bestimmten Zeit ausgelesen haben.

Paare schlenderten vorüber, und Kleinkinder spielten mit ihren Plastikschaufeln im Sand. Alle wirkten gehetzt und waren eifrig bemüht, sich zu erholen. Teri nahm sich vor, alles sehr viel langsamer angehen zu lassen und jeden Augenblick zu genießen.

Sie wollte nicht darüber nachdenken, wie es sein würde, wenn sie selbst eines Tages verheiratet war und dann am Strand sitzen würde, um ihren eigenen Kindern beim Spielen zuzusehen. Aber es war hoffnungslos. Sie konnte sich dem Anblick und dem Lärm der Familien, Kinder und Paare einfach nicht entziehen.

Seltsam: Wenn sie arbeitete, fühlte sie sich nicht so einsam. Ihr Leben in Glenbrooke war ausgefüllt und schön. Bisher hatte dieser Urlaub, in dem sie doch Entspannung und Erholung finden wollte, ihr nur Verwirrung und die Sehnsucht nach einer Ehe beschert. Das war kein guter Anfang.

Teri hatte es nicht eilig, nach Hause zu kommen. Sie wußte, daß die Antworten auf die Fragen ihres Herzens nicht leicht waren. Eine Ehe mit dem richtigen Mann garantierte keineswegs ungetrübtes Glück und die Erfüllung aller Träume.

Sogar ihre Schwester hatte ihre Probleme. Anita hatte bereits zwei Fehlgeburten hinter sich. Seit der letzten waren zwar mehrere Jahre vergangen, doch Teri wußte, daß Anita Angst hatte, noch einmal so etwas zu erleben.

Wieviel besser wäre es, dachte Teri, *wenn ich mit meiner Situation zufrieden sein könnte.*

Entschlossen, nach größerer Zufriedenheit zu streben, konzentrierte sich Teri auf dem Heimweg auf den Duft der Blumen. Sie lauschte auf jeden Vogel und spielte mit der Idee, ganz auf diese Insel zu ziehen. An diesem Tag schien ihr das ein guter Gedanke zu sein.

Ihre entspannte Stimmung hielt noch an, als Scott sie am folgenden Morgen abholte. Die Fahrt zum Hafen war wunderschön, und Teri nahm den Anblick, die Geräusche und Düfte in sich auf.

„Ich denke, ich könnte hier leben", sagte sie.

„Ich habe auch vor, noch eine ganze Weile hierzubleiben", meinte Scott. „Ich hätte nichts dagegen, wenn du zu diesen Plänen gehören würdest."

Mit einer solchen Antwort hatte Teri nicht gerechnet. Was dachte sich Scott? Sie hatten sich doch erst vor wenigen Tagen kennengelernt!

„Wirst du versuchen, eine Stelle hier zu bekommen?" fragte Scott.

„Ich weiß es noch nicht. So weit bin ich mit meinen Überlegungen noch nicht gekommen."

„Ich habe in den vergangenen Tagen ziemlich weit gedacht", sagte Scott. „Das Seltsame ist, daß sich jeder Gedanke um dich dreht."

Teri sah ihn nicht an. Sie war nicht sicher, was sie von seinen Worten halten sollte.

„Da sind wir schon", meinte Scott, als er zum Hafen abbog. „Der *Mondfisch* wird dir gefallen. Kannst du die Handtücher vom Rücksitz nehmen? Ich hole die Kühltasche und die Tasche mit der Ausrüstung aus dem Kofferraum."

Teri folgte Scott zum Hafen, wo er auf ein schlankes weißes Segelboot deutete. „Das ist es. Ist es nicht wunderschön?"

Das Boot erschien ihr ziemlich gewöhnlich, aber sie war nicht sicher, was sie erwartet hatte. „Kaum zu glauben, daß ihr auf einem so kleinen Schiff den ganzen Weg von San Diego bis hierher gesegelt seid."

„Viele Leute haben auf noch viel kleineren Schiffen Kreuzfahrten unternommen."

„Gibt es den Mondfisch tatsächlich?" fragte Teri, als sie an Bord gingen.

Scott reichte ihr die Hand und antwortete: „Ja. Das ist ein langer, dünner Fisch mit einem silbrigen Körper. Ich habe ihn zum ersten Mal in Peru gesehen. Er hat große Augen und ein seltsames, nach oben gebogenes Maul."

„Ich habe noch nie davon gehört", gestand Teri. Aber sie wußte auch wirklich wenig über das Leben im Meer. Das hatte sie ja sehr schnell feststellen müssen, als Mark über die Wale sprach.

Der Gedanke an Mark verursachte ihr ein seltsames Prickeln. Das Meer war Marks Domäne, und doch fuhr Teri mit einem anderen Mann aufs Meer hinaus. Das war seltsam. Einen Augenblick lang fragte sich Teri, ob sie vielleicht durch irgendeinen komischen Zufall Mark dort draußen begegnen würden.

„Hier, halte das bitte, ja?" sagte Scott und hob ein dickes Seil auf. „Ich werde Hilfe brauchen, um das Boot aus dem Hafen zu manövrieren. Ich sage dir, was du tun sollst, und du tust es, so schnell du kannst, in Ordnung?"

„Aye, aye, Kapitän."

Scott lächelte über ihren Humor, und als er an ihr vorbeiging, streifte er mit seinem Arm ihre Schulter. Teri fragte sich unwillkürlich, ob auch er die Anziehungskraft zwischen ihnen spürte. Das faszinierte und lockte sie, machte ihr gleichzeitig aber auch Angst.

Während der folgenden zwanzig Minuten rief Scott ihr seine Anweisungen zu und bemühte sich, ihr einen Crashkurs über den Aufbau eines Segelbootes zu geben. Problemlos schafften sie es aufs offene Meer hinaus. Schon bald segelten sie über das tiefblaue Wasser, und die salzige Gischt legte sich auf ihre Arme und Beine. „Du hast recht", Teri mußte sich anstrengen, den Wind zu übertönen, „es gefällt mir!"

Scott lächelte sie erfreut an. Er war damit beschäftigt, die Segel zu entfalten, ein Seil hier zu ziehen, dort etwas aufzurollen. „Wollen wir uns noch etwas länger vom Wind treiben lassen?"

„Wir können ruhig ein wenig langsamer fahren", rief Teri zurück. „Nimm die Geschwindigkeit etwas zurück."

Scott gab seinen Kampf mit dem starken Wind auf und reffte die geblähten Segel. Fast augenblicklich verlangsamte das Boot seine Fahrt, und alles um sie herum schien still zu sein. Sie bewegten sich noch, und der Wind blies immer noch durch Teris Haar. Aber es war ruhiger. Langsamer. So, wie sie sich ihre Zeit auf Maui vorstellte.

„Hast du Hunger?" fragte Scott. Er setzte sich neben Teri in den hinteren Teil des Bootes. Sie hatte die Kühlbox als Schemel für ihre Füße benutzt.

„Nur Durst", erwiderte sie und nahm ihre Füße herunter, damit Scott die Kühlbox öffnen konnte.

„Himbeere oder Kirsch?" fragte er.

„Himbeere klingt gut." Als er ihr ein mit Wein versetztes Getränk reichte, fragte sie: „Hast du noch etwas anderes?"

„Nein, nur Himbeere und Kirsch."

„Ich meinte Saft oder Mineralwasser. Ich trinke keinen Alkohol."

Scott sah sie an, als könne er nicht glauben, was er gerade gehört hatte. „Warum nicht?"

„Na ja, weil, ich trinke eben keinen. Ich habe noch nie Alkohol getrunken."

„Noch nie?"

„Nein, noch nie."

„Du hast noch nie ein Bier getrunken?"

„Nein.

„Ein Glas Wein oder Champagner? Nicht mal bei einer Hochzeit?"

„Nein, nie."

„Woher weißt du denn dann, daß du ihn nicht magst?"

„Ich habe nicht gesagt, daß ich Alkohol nicht mag. Ich trinke ihn nur nicht."

„Aber warum?" fragte Scott, als er seine Flasche öffnete und einen großen Schluck nahm.

Jetzt war Teri ein wenig aus der Fassung gebracht. Niemand hatte je zuvor nach ihren Gründen gefragt. In der Schule hatte sie immer eine Menge Gründe gehabt, Alkohol abzulehnen, wenn er ihr angeboten wurde; Gründe, die auch ihre Freunde respektierten – ihre Eltern hatten es verboten, sie war noch zu jung, oder auch, daß sie keinen Alkohol trank, weil sie Christin war. Nun waren die beiden ersten Gründe hinfällig geworden, und übrig blieb nur noch, daß sie Christin war. Doch sie hatte eine Menge gläubiger Freunde, die Alkohol tranken, und sie schienen trotzdem eine enge Beziehung zu Gott zu haben.

„Das ist eine persönliche Entscheidung. Es ist richtig für mich, weil ich Christin bin. Nicht, daß ein Christ nicht in Maßen Alkohol trinken könnte, wenn er möchte, aber ich möchte nicht. Das ist meine Entscheidung."

Scott trank ihr zu. „Eine Frau mit Tugend", sagte er. „Um so mehr ein Grund, mich in deiner Nähe aufzuhalten. Du übst bestimmt einen guten Einfluß auf mich aus."

Und noch bevor Teri wußte, was geschah, beugte sich Scott vor und küßte sie auf die Lippen.

Kapitel Sieben

„Was hast du getan?" fragte Anita. Sie starrte ihre Schwester an, die gerade erzählte, was am Morgen passiert war.

„Zuerst bin ich erstarrt. Ich konnte mich nicht rühren. Ich bekam kaum Luft! Dann kam er noch näher und küßte mich wieder, und da rückte ich von ihm ab."

Anita wartete. Sie hatte eine weiße Bluse und einen schwarzen Rock an, weil sie am Abend im Restaurant arbeiten mußte. Sie sah ein wenig aus wie ein Rechtsanwalt.

„Ich sagte ihm, das ginge mir alles ein wenig zu schnell, ich bräuchte mehr Zeit. Er sagte, das gefiele ihm an einer Frau, und trank seine Flasche leer."

„Und das war's?" fragte Anita. „Sonst ist nichts passiert?"

Teri hielt inne. „Nein, wir haben uns nur unterhalten, etwa eine Stunde lang, dann setzten wir die Segel wieder und sind nach Hause gesegelt. Er hat mich gebeten, am Sonntag abend mit ihm essen zu gehen."

„Und du hast zugesagt?" fragte Anita.

„Natürlich habe ich zugesagt."

Anita verdrehte die Augen und schüttelte den Kopf.

„Was ist?"

„Du traust ihm?"

„Natürlich traue ich ihm! Warum sollte ich nicht? Er hat mich heute respektiert. Er hat mich sogar eine Frau mit Tugend genannt, weil ich keinen Alkohol trinke. Warum sollte ich nicht noch einmal mit ihm ausgehen?"

„Teri, wann gebrauchst du endlich deinen Verstand? Wir sprechen hier von Scott Robinson."

„Was willst du damit sagen? Daß ich für einen Mann wie Scott Robinson nicht gut genug bin?"

„Gut genug? Ach was! Du bist *zu* gut! Der Bursche ist aalglatt. Er wird vertraulich, und du spielst sofort mit. Es ist nicht zu fassen. Es ist wirklich nicht fassen! Vor allem, wo du doch bereits so gut wie mit Mark Hunter befreundet bist. Und der ist wirklich ein Mann von Tugend!"

„Wie kommt es dann, daß dieser tugendhafte Mann, seit ich hier bin, nicht einmal angerufen oder mich aufgefordert hat, mit ihm auszugehen?"

„Vermutlich hat er dich mit Scott auf dem Fest gesehen. Ich habe dir ja gesagt, daß du mit ihm sprechen solltest." Anita sah sie von oben herab an.

Teri konnte es nicht ausstehen, wenn ihre Schwester sich so blasiert aufführte. „Es geht dich wahrhaftig nichts an, mit wem ich ausgehe", sagte Teri scharf. Sie erhob sich von ihrem Stuhl am Küchentisch und wollte davonmarschieren. Das Problem war, daß es in einem so kleinen Haus nur wenige Orte gab, wohin man sich zurückziehen konnte.

„Beantworte mir nur eine Frage", sagte Anita mit erhobener Stimme. „Seit wann gehst du mit Männern aus, die keine Christen sind?"

Teri wirbelte herum. „Woher willst du denn wissen, ob Scott Christ ist oder nicht?"

„Ach, ist er es denn?"

„Du hast ihn doch neulich gehört, als er hier war. In der Schule ist er mit Rick Doyle und den anderen in die Kirche gegangen. In der Uni hat er sich dann von der Gemeinde entfernt. Er sagte, er habe aber wieder zurückgefunden und würde noch immer alles glauben, was er in der Schule geglaubt habe."

„Das ist aber schon ziemlich lange her", warf Anita ein.

„Weißt du, was dein Problem ist? Du urteilst voreilig", sagte Teri.

„Ach wirklich? Ich würde diesen Punkt wirklich zu gern mit dir ausdiskutieren, aber leider muß ich zur Arbeit. Wir werden dieses Gespräch später zu Ende führen, Teri."

„Du bist nicht meine Mutter!" rief Teri ihr nach, während ihre Schwester bereits zur Tür hinauseilte. Die Tür schlug zu, und Teri seufzte frustriert. Es war lächerlich, sich immer so mit ihrer Schwester zu streiten.

Vermutlich hatten sie und Anita aufgrund des geringen Altersunterschiedes bestimmte Verhaltensmuster entwickelt. Nachdem Anita nach Maui gezogen war, hatten sie wenig Gelegenheit, sich zu sehen. Sie hatten nicht gelernt, wie Erwachsene miteinander umzugehen.

Teri eilte zum Kühlschrank und suchte nach etwas zu trinken. Sie entschied sich für eine Flasche Mineralwasser. Himbeer. Die Flasche sah so ähnlich aus wie das alkoholische Getränk, das Scott ihr an diesem Morgen angeboten hatte.

Warum hatte Scott nicht einfach Mineralwasser mitgebracht? Dann hätte es erst gar keinen Konflikt gegeben. Teri öffnete die Flasche und zog sich auf die Veranda zurück.

Die überdachte Terrasse war von dem Eßbereich durch eine Glastür abgetrennt. Hinter Teri blühten die Hibiskusbüsche mit ihren roten trompetenförmigen Blüten, und ganz in der Nähe stand ein Magnolienbaum in voller Blütenpracht. Die üppige Vegetation diente als dichte grüne Trennwand zu den Nachbarn, bot gleichzeitig aber auch einen wunderschönen Anblick, wenn man vom Eßzimmer aus in den Garten sah. An diesem Abend wehte der Wind den Duft der Hibiskusblüten zu ihr herüber.

Teri hatte Anita angelogen. Na ja, nicht gerade gelogen. Sie hatte den Zwischenfall auf dem Segelboot verharmlost, ihn so dargestellt, als sei ihre Begegnung harmonisch verlaufen. So hatte der Ausflug auch geendet, aber Teri hatte Anita die Meinungsverschiedenheit verschwiegen, die sie und Scott nicht hatten lösen können.

Teri hatte den Eindruck gehabt, Anita ihre Begegnung mit Scott nicht in allen Einzelheiten erzählen zu können. Anita hätte sie nur wieder belehrt, und das konnte sie im Augenblick nicht brauchen. Ganz und gar nicht. Sie brauchte Zeit zum Nachdenken, mußte sich selbst erst einmal über ihre Gefühle klar werden. Sie war froh, daß Dan und Anita heute abend arbeiten mußten. Sie wollte allein sein.

Und nun saß Teri auf der kühlen Terrasse und versuchte sich darüber klar zu werden, was zwischen ihr und Scott passiert war. Als er sie zum zweiten Mal hatte küssen wollen, hatte Teri sich zurückgezogen und gesagt: „Das geht mir alles zu schnell, Scott. Können wir es nicht langsamer angehen lassen?" Doch erst zwanzig Minuten später hatte er die Bemerkung gemacht, das würde ihm an einer Frau gefallen, und seine Flasche leergetrunken.

Nachdem sie ihn gebremst und ihm gesagt hatte, das ginge ihr alles zu schnell, hatte er sie aufgefordert, sich zu setzen, damit sie reden konnten. Sie hatte ihm gegenüber auf der kleinen Kühlbox Platz genommen, die Hände im Schoß gefaltet.

Teri hatte ihm erklärt, sie würde sich nicht gern ausnutzen lassen, und sie hätte das Gefühl, daß er genau das versuche. Scott hatte sich verteidigt und gesagt, sie solle nicht immer alles so ernst nehmen, sie sei zu spröde und verklemmt.

„Ich weiß, dein Vater ist Pastor, und du bist mit diesen Wertmaßstäben aufgewachsen. Ich finde das großartig. Wirklich!" hatte Scott gesagt. „Aber meiner Meinung nach sind einige Christen in ihrer Weltanschauung so verbohrt, daß sie den Sinn für die Realität verloren haben. Sie denken, alle müßten sein wie sie, aber so ist es nun mal nicht. Sie halten sich von allen anderen fern und verdammen alle, die anders sind als sie."

„Ich bin nicht so", widersprach Teri.

„Ich sage ja nicht, daß du so bist. Ich sage nur, daß man darüber nachdenken muß. Deine Wertmaßstäbe sind großartig. Bewundernswert. Ehrlich. Es ist nur so, daß nicht alle anderen Menschen genau derselben Ansicht sind."

„Das sollten sie aber sein", sprudelte Teri hervor und wünschte im selben Augenblick, sie wäre nicht so vorwitzig gewesen. Ihre Antwort entsprach genau dem, was Scott gesagt hatte: blasiert, herablassend, starr. „Ich meine, die Welt wäre doch viel schöner und ungefährlicher, wenn die Leute höhere Moralvorstellungen hätten. Meinst du nicht?"

„Sicher. Aber ich denke nur, du solltest nicht von allen anderen erwarten, daß sie nach deinen Wertmaßstäben leben."

„Jetzt urteilst du aber voreilig!" erwiderte Teri. „Das Christentum besteht doch nicht aus einem Haufen Regeln. Es ist eine lebendige, wachsende Beziehung zu Christus."

„Und ein Leben nach allen Regeln, die eure christlichen Führer euch auferlegt haben, wie zum Beispiel das Meiden von Alkohol."

Teri antwortete nicht sofort. Scott hatte recht. „Ich schätze, ich muß mal darüber nachdenken. Ich bin immer noch dabei herauszufinden, was richtig für mich ist."

„Dann trink doch diesen Himbeerwein mit mir. Wie kannst du zu einer Entscheidung kommen, wenn du nicht beide Seiten probiert hast?"

„Ich möchte nicht", erwiderte Teri.

„Warum nicht?" Scott wirkte verärgert.

„Ich muß noch etwas länger darüber nachdenken", verteidigte sich Teri. „Kannst du mir nicht ein wenig mehr Spielraum geben?"

„Sicher." Jetzt sah Scott sie zärtlich an. „Wir haben Zeit. Nimm dir soviel Zeit, wie du brauchst."

Teri entspannte sich ein wenig, hob ihr Gesicht und ließ den Wind mit ihren Haaren spielen.

Scott lächelte sie an. „Mir gefällt, daß du so ausgeprägte Moralvorstellungen hast und deinem Glauben so entschieden anhängst. Du hast bestimmt einen guten Einfluß auf mich. Und wer weiß, vielleicht übe ich sogar ein wenig Einfluß auf dich aus."

Warum hatte Scott gesagt, sie hätte einen guten Einfluß auf ihn? Gab es bei ihm, der viel in der Welt herumgekommen war, Dinge, die ausgeräumt werden mußten? Was hatte ihn veranlaßt, von seinem christlichen Glauben abzuweichen, und was hatte ihn wieder zurückgebracht? Hatte er recht, war sie zu absolut? Beurteilte sie andere nach unfairen und unrealistischen Maßstäben? Hatte sie nach Regeln gelebt, die zu starr waren?

Doch Teri fand keine Antworten. Ihr Magen war leer, und plötzlich verspürte sie Lust auf Pizza. Sie verdrängte ihre Gedanken an Scott, Wein, Küsse und Regeln, holte das Telefonbuch und suchte die Nummer einer Pizzeria heraus, die frei Haus lieferte.

„Ja, ich möchte gern eine Pizza mit Schinken, Ananas und Oliven."

„In Ordnung. Wir kommen in etwa einer halben Stunde. Ich brauche Ihren Namen und Ihre Adresse."

Teri gab die gewünschte Information durch und legte den Hörer auf. *Eine halbe Stunde kann ich nicht warten!* dachte sie. Erneut durchsuchte sie den Kühlschrank, ob sie nicht irgend etwas fand, das sie sofort verspeisen konnte. Der Kühlschrank beherbergte eine halbe Papaya, ein wenig übriggebliebenen Salat, einen Laib Brot und sieben Eier. In der unteren Schublade fand sie noch eine Möhre. Das mußte fürs erste genügen.

Sie schaltete den Fernseher ein und wartete. Sobald die erste Sendung beendet war, sah sie wieder auf die Uhr. Seit ihrem Anruf war fast eine halbe Stunde vergangen. Warum brauchten die denn so lange?

Die nächste Sendung begann und lenkte sie für die nächste halbe Stunde ab. Jetzt war sie wirklich ärgerlich. Wo lag das Problem? Sie ging zum Telefon und blätterte gerade im Telefonbuch, als die Türglocke läutete.

Teri stapfte zur Tür und murmelte: „Das wurde aber auch Zeit." Sie riß die Tür auf und stand dem Mann gegenüber, der ihr bei dem Fest die Cola über die Beine geschüttet hatte.

Er war genauso überrascht wie sie. Er warf einen Blick auf den Zettel, der oben auf der Pizzabox klebte, und auf einmal erhellte ein strahlendes Lächeln sein Gesicht.

„Teri", sagte er mit seinem breiten australischen Akzent. „Ihr Name ist Teri, nicht?" Er brach in brüllendes Gelächter aus, und Teri fragte sich, ob die Nachbarn bereits an ihren Fenstern standen, um zu sehen, was los war.

„Wieviel schulde ich Ihnen?" fragte sie leichthin. Sie war ganz und gar nicht begeistert, daß dieser seltsame Mensch nun ihren Namen kannte.

„Zehn Dollar fünfundsiebzig." Er betrachtete sie aufmerksam, während sie in ihrer Geldbörse das Geld zusammensuchte. „Annies Schwester, richtig?"

Teri sah erstaunt auf. Anscheinend kannte er Anita. Aber es war ja wirklich ein kleiner Ort. Vielleicht hatten Dan und Anita auch schon bei ihm Pizza bestellt. Sie nickte pflichtschuldig und hielt ihm das Geld hin. Einen Dollar Trinkgeld hatte sie dazugelegt.

„Großartig! Vielen Dank, Teri", sagte er, als er das Geld

nahm und ihr die Pizzaschachtel reichte. Er rührte sich nicht, sondern stand da und grinste sie an.

„In Ordnung, vielen Dank“, sagte Teri. Sie trat zurück und bewegte die Tür ein paar Zentimeter. Er stand noch immer da und sah aus, als würde er jeden Augenblick wieder in sein fröhliches Gelächter ausbrechen. „Ist noch etwas?“ fragte sie betont und starrte ihn an.

„Nein, nichts. Alles ist vollkommen in Ordnung. Könnte gar nicht besser sein!“ Immer noch rührte er sich nicht.

„Gut. Dann gute Nacht.“

„Bis dann“, sagte er und lief zu seinem Wagen, dessen Motor noch lief. Teri bemerkte, daß er beinahe über seine eigenen Füße gestolpert und hingefallen wäre.

„Seltsam“, sagte sie, schüttelte den Kopf und schloß die Tür. Sie überprüfte noch einmal, ob sie auch wirklich ganz zu war. Dann ließ sie sich vor dem Fernseher nieder und griff nach dem ersten Pizzastück. Doch bevor sie hineinbeißen konnte, stand ihr wieder das Bild des lachenden Pizzaboten vor Augen, und sie mußte leise vor sich hinlachen. Sie hatte nicht den Eindruck gehabt, daß er sie auslachte. Und es war auch nicht das Lachen eines Verrückten. Es war, als ob dieser Mann so voller Freude steckte, daß sie in Form dieses närrischen, ansteckenden Lachens aus ihm hervorquoll.

Teri biß in ihre Pizza. Ein breites Grinsen lag auf ihrem Gesicht. Und sie wiederholte seinen Satz, wobei sie seinen Akzent imitierte: „Alles in Ordnung. Könnte gar nicht besser sein!“ Dann brach sie in Gelächter aus, und ihr wurde klar, daß sie an diesem Tag wenig Grund zum Lachen gehabt hatte. Auf seltsame Weise fühlte sie sich durch das Lachen getröstet.

Kapitel Acht

Am Sonntag morgen regnete es. Nicht sehr stark, es nieselte eher, so, als würde Gott die Erde mit einer riesigen Sprühflasche besprühen. Die Feuchtigkeit bewirkte, daß sich Teris lange Haare in eine Lockenpracht verwandelten. Sie wünschte, sie könnte sie irgendwie zurückbinden oder aufstecken, aber dazu waren sie viel zu dick. Sie konnte nichts weiter tun, als sie offen über ihre Schultern fallen zu lassen. Nur mit einer Schere würde sie an diesem Tag diese Mähne bändigen können.

„Bist du fertig?“ rief Dan durch die geschlossene Badezimmertür.

Teri kam heraus und sagte: „Ich bin fertig. Wo ist Annie?“

„Sie hat sich wieder hingelegt. Sie fühlt sich nicht besonders.“

„Ist sie in Ordnung?“

„Ich denke, das gibt sich wieder. Erinnere mich auf dem Heimweg daran, daß ich noch Kräcker und Getränke kaufe“, sagte Dan.

Sie fuhren in Richtung Norden zum Halekuali-Freizeitzentrum. „Bist du schon mal in unserer Gemeinde gewesen?“

„Nein.“

„Sie ist anders, als du vielleicht erwartest. Uns gefällt sie. Aber sie ist nicht jedermanns Geschmack.“

„Du meinst, wir *haoles* passen nicht in eure Gemeinde?“

Dan wirkte überrascht, aber auch ein wenig angetan, daß sie sich das hawaiische Wort gemerkt hatte. „Nein, ich meine, es ist nicht das, was du gewöhnt bist. Das ist alles.“

Als sie den Wagen auf dem Parkplatz der Gemeinde abstellten, betrachtete Teri das Gemeindehaus. Sie fand es bezaubernd. Es wirkte einladend, hatte einen hohen Turm, und das Gelände war mit dichten grünen Büschen bewachsen. Das Haus war strahlend weiß gestrichen, die Fenster hatten einen grünen Rand, und damit sah es so aus wie eine der Originalkirchen, die die Missionare vor mehr als hundert Jahren hier gebaut hatten. Dutzende Gemeindemitglieder standen in kleinen Gruppen auf dem üppigen Grasteppich zusammen, von dem das Gebäude umgeben war.

Sie bemerkte mehrere ältere Frauen, die in weiten, blumenbedruckten Gewändern am Eingang standen. Sie trugen Blumengirlanden um den Hals und hielten weitere in der Hand. Sie hatten vermutlich die Aufgabe, die Leute zu begrüßen. Diese Gemeinde war bestimmt sehr traditionell, und vermutlich wurde ein Teil des Gottesdienstes auf Hawaiisch abgehalten.

Dan begrüßte einige seiner Freunde, während er und Teri über den Rasen schritten, vorbei an den Gruppen mit plaudernden Erwachsenen und herumrennenden Kindern. Keiner schien es eilig zu haben. Als sie die Treppe erreichten, sagte die Frau rechts von der Tür: „Willkommen. *Aloha*.“ Sie legte Teri eine Girlande um den Hals und gab ihr einen Kuß auf die Wange.

„Vielen Dank“, erwiderte Teri.

Dan hinter ihr gab jeder der beiden Damen einen Kuß auf die Wange.

Teri betrat die Kirche. Sie erwartete leise Musik und weißhaarige Frauen und Männer in den Bänken, den Kopf im Gebet geneigt. Statt dessen standen die Leute herum und unterhielten sich, während die klaren Stimmen von Kindern sie begrüßten, die neben dem Klavier standen und sangen. Dann hörte sie es – das herzliche Lachen des Pizzaboten.

„Hey“, sagte Dan, „Gordon ist wieder da! Und ich kann es kaum glauben; er hat Kai überredet, in den Gottesdienst zu kommen! Sieh nur dort. Kai ist der Barkeeper vom Pool im Halekuali."

Teri starrte erst Gordon, dann den Barkeeper an. Sie glaubte sich an Kai zu erinnern. Genau wie sie trug er eine Girlande um den Hals, ein Hinweis darauf, daß auch er Besucher war.

„Du kennst Gordon", sagte Dan.

„Wir haben uns schon mal gesehen", erklärte Teri vorsichtig. Sie wandte den Blick ab und drehte ihm absichtlich den Rücken zu, damit Gordon sie nicht entdecken konnte. Es war ihr gar nicht recht, daß dieser verrückte Mann ein Freund von Danny war.

„Wo hast du Gordo kennengelernt?"

„*Gordo*?" wiederholte Teri. „Du nennst ihn tatsächlich Gordo?" Sie hatte nicht bemerkt, daß er herangekommen war.

„Ja, man nennt mich tatsächlich Gordo", sagte er. „Wissen Sie etwas, das ich nicht weiß?" Strahlend lächelte er Teri an. Er sah anders aus als an dem Abend, an dem er ihr die Pizza gebracht hatte. Irgendwie jünger. Oder sauberer. Sie konnte es nicht so genau sagen.

„*Gordo* ist ein spanisches Wort", meinte Teri vorsichtig. Sie fühlte sich in die Ecke gedrängt.

„Ich glaube, das habe ich schon mal gehört", erwiderte er. „Und, was bedeutet *gordo*?"

Teri sah Dan hilfesuchend an. Er schwieg. „Es bedeutet ‚dick'", sagte sie mit leiser Stimme.

Gordons Gelächter erfüllte den Raum. „Na ja, vielleicht paßt das ja eines Tages auf mich", meinte er, „aber im Augenblick noch nicht." Er klopfte sich auf den flachen Bauch. Dann streckte er Dan die Hand hin und schüttelte sie herzlich. „Schön, dich zu sehen, Dan. Du kennst Kai, nicht? Und Kai, das ist Teri."

„Ich erinnere mich noch an Sie, ich habe Sie auf dem Fest

gesehen", sagte Kai zu Teri. Er grinste leicht, so als wüßte er etwas, das sie nicht wußte.

„Wo ist Annie?" fragte Gordon.

„Sie fühlt sich nicht wohl."

Ein Lächeln erhellte Gordons Gesicht. „Ach so, richtig. Die morgendliche Übelkeit."

Teri funkelte ihn an. Was für ein grausamer Scherz. Wie konnte dieser Bursche etwas so Herzloses sagen, vor allem, wo er wußte, daß Dan und Anita sich so bemüht hatten, ein Baby zu bekommen.

„Nein", erwiderte Dan schnell, „sie ist nicht schwanger."

„Bist du sicher?" Gordon sah ihn unschuldig an. „Ich bete schon lange dafür, daß ihr ein Baby bekommt. Es würde mich nicht überraschen, wenn Gott es euch jetzt schenken würde, wo Annies Schwester da ist." Er sah Teri an. Seine blauen Augen hielten ihren Blick fest.

Unbehaglich wandte Teri den Blick ab und bemerkte Mark, der gerade die Kirche betrat. Sie winkte eifrig und forderte ihn auf, sich ihnen anzuschließen, was er auch tat. Sie machten sich miteinander bekannt, und schließlich schlug Dan vor, sich einen Platz zu suchen, da die Reihen sich mittlerweile füllten. Teri folgte ihrem Schwager, und die vier Männer und sie nahmen auf einer der Bänke Platz. Sie war nicht sicher, wie es gekommen war, auf jeden Fall saß sie schließlich zwischen Mark und Gordon. Mark gab ihr das Gefühl der Sicherheit, trotz ihrer seltsamen Beziehung. Doch Gordons Nähe verursachte ihr Unbehagen. Es war, als sei etwas Störendes in ihre Sphäre eingedrungen.

Die Kinder vorne hatten ihre Probe beendet und verteilten sich in den Bänken neben ihren Eltern. Innerhalb weniger Minuten war das kleine Kirchengebäude gefüllt. Zwei weitere Leute setzten sich in ihre Bank, was bedeutete, daß Gordon noch näher zu ihr herüberrutschte. Sie versuchte, näher an Mark heranzurücken, ohne sich gegen ihn zu drücken.

In diesem Augenblick haßte Teri ihre Oberschenkel. Im Vergleich zu ihrem übrigen Körper waren sie dick. Und beim Sitzen breiteten sie sich noch aus und nahmen noch mehr Platz in Anspruch. Verlegen sah sie an sich herunter und stellte fest, daß ihre Oberschenkel ganz entschieden breiter waren als die von Mark. Konnte sie jemals einem Mann vertrauen, dessen Oberschenkel schlanker waren als ihre? Bei Scott hatte sie das nicht so empfunden. Scott war sehr groß, und sie hatte den Eindruck, daß er genau die richtige Größe für sie hatte. Sie wünschte, sie würde an diesem Morgen neben ihm sitzen und nicht neben Gordon oder Mark.

Was würde aus ihrer Beziehung zu Mark werden? Teri hoffte, er würde sie nach dem Gottesdienst beiseitenehmen, damit sie sich einmal richtig unterhalten konnten, nur sie beide.

Ein großer Hawaiianer in einem blumenbedruckten Hemd ging nach vorne und begrüßte die Leute. „Dies ist der Tag, den der Herr gemacht hat“, sagte er mit tiefer, wohlklingender Stimme. „Wir wollen uns freuen und fröhlich sein!“

Die Gemeinde erhob sich, und jemand stimmte auf dem Klavier einen fröhlichen Chorus an. Trommeln und eine elektrische Gitarre begleiteten das Klavier.

Teri hatte diese Instrumente vorher nicht entdeckt, sie hatten auf der linken Seite gestanden. Das Lied war frisch und belebend und nicht zu laut. Es gefiel ihr.

Dann begann der Mann vorne zu singen, und die Gemeinde stimmte mit ein. Der Text wurde nicht über Overheadprojektor an die Wand geworfen, es gab auch keine Liederbücher. Das Singen schien spontan.

Es erinnerte Teri an eine kleine Gemeinde in einem mexikanischen Dorf mit Namen Nueva, bei deren Aufbau sie mitgeholfen hatte. Dort sangen die Leute mit demselben Eifer, mit derselben Liebe zu Gott. Teri schob alle beunruhigenden Gedanken an Mark, Gordon und Scott, sogar die an ihre breiten Oberschenkel beiseite, schloß die Augen und sang mit.

Nach dem Gottesdienst standen sie auf dem Rasen zusammen und unterhielten sich im kühlen Schatten. Der Duft der Blüten um Teris Hals stieg ihr in die Nase und brachte sie zum Lächeln. Sie hatte Dan und den anderen bereits gesagt, wie gut ihr ihre Gemeinde gefiel. Kai war etwas zurückhaltender in seinen Kommentaren, sagte aber, daß der Gottesdienst eine neue Erfahrung für ihn gewesen sei. Er wollte am nächsten Sonntag wiederkommen und seine Freundin mitbringen.

Teri wartete darauf, daß Mark etwas sagte. Er brauchte doch bloß zu fragen: „Teri, möchtest du mit mir zum Mittagessen gehen?" oder „Teri, könnte ich dich einmal allein sprechen?" Irgend etwas, um ein Gespräch in Gang zu bringen. Aber er sagte nichts. Er sah nicht einmal so aus, als wollte er etwas sagen. Teri konnte nicht verstehen, wie jemand so gleichgültig sein konnte, vor allem, wenn es ihrer Meinung nach dringend notwendig war, ihre Beziehung zu klären.

Komm schon, Mark. Laß mich doch nicht wieder alles in die Hand nehmen!

Sie gingen zusammen zum Parkplatz. Mark verabschiedete sich, stieg in seinen Wagen und fuhr davon. Jetzt war Teri wütend. Was sollte sie nun davon halten? Wenn er nicht mit ihr ausgehen wollte, prima. Wenn er sie während ihres Aufenthaltes hier nicht sehen wollte, konnte sie damit leben. Aber dieses Schweigen war lächerlich. Was immer im vergangenen Sommer zwischen ihr und Mark gewesen war, ganz offensichtlich war es verschwunden. Verpufft. Fort. Oder zumindest glaubte sie das. Es war schwer, das endgültig zu entscheiden, bevor sie nicht unter vier Augen miteinander gesprochen hatten.

Halbherzig winkte Teri Gordon und Kai nach. Gordon lächelte sie an und verabschiedete sich wie gewöhnlich mit

„Bis dann", und Teri ließ sich neben Dan auf den Beifahrersitz sinken. *Was hat Mark bloß? Gibt es eine andere Frau? Na schön! Das kann er mir doch sagen. Bin ich schuld daran? Hat er seit jenen Karten, auf denen er mir geschrieben hat, daß er gern mit mir zusammen war und daß er sich auf den kommenden Sommer freut, seine Meinung geändert? Was ist nur los?! Ich werde verrückt, wenn nicht endlich ein klärendes Gespräch zwischen uns stattfindet. Sobald wir zu Hause sind, werde ich ihn anrufen. Wir werden ein ernstes Gespräch führen und die Angelegenheit regeln.*

Teri war so aufgebracht, daß sie diesen Anruf am liebsten sofort erledigt hätte. Und sie war etwas enttäuscht, als Dan auf dem Heimweg noch bei einem Laden anhielt. Dutzende Touristen hielten sich darin auf. Teri konnte sie mittlerweile leicht erkennen. Sie wirkten etwas gehetzt und trugen nur neue Kleidung. Dan nahm einige Dósen Getränke und Salzkräcker und ging noch in den Apothekenbereich. Teri suchte sich einige Postkarten aus und sah sich einen Ständer mit Kokosnüssen neben der Tür an. Auf dem Schild standen Anregungen, wie die Kokosnüsse zum Festland verschickt werden konnten.

„Fertig?" rief Dan von seinem Platz in der Schlange vor der Kasse aus. Sie stellte sich neben ihn und betrachtete die kleine Schachtel, die er in der Hand hielt. Es war ein Schwangerschaftstest.

Kapitel Neun

Teri hielt den Hörer ans Ohr und wartete auf den Piepton des Anrufbeantworters. „Hallo, Mark, hier spricht Teri. Es ist Sonntag nachmittag, und ich fände es nett, wenn du mich anrufen könntest. Danke. Tschüs."

Sie war aufgebracht und bereit zu reden, und es war besonders frustrierend, mit einem Anrufbeantworter sprechen zu müssen. Wer wußte schon, wann Mark ihn abhören würde? Sie legte den Hörer auf und seufzte. Dan und Anita waren in ihrem Schlafzimmer und hatten die Tür hinter sich geschlossen. Teri hörte, wie sie miteinander stritten. Vermutlich sprachen sie über den Schwangerschaftstest.

Männer können manchmal wirklich sehr unsensibel sein. Was wissen sie schon über die Schwangerschaft? Dieser Gordo meinte, Annie sei bestimmt schwanger, und Dan rennt los und kauft einen Schwangerschaftstest. Das ist wirklich sehr logisch. Männer haben manchmal wirklich keine Ahnung!

Ist das auch Marks Problem? Ruft er nicht an und redet nicht mit mir, weil er keine Ahnung hat?

In diesem Augenblick läutete das Telefon. Teri nahm den Hörer ab in der Hoffnung, daß es Mark war.

„Hallo, Schöne, hast du etwas dagegen, wenn ich dich heute etwas früher abhole? Ich habe in einer halben Stunde frei."

„Scott?"

„Ja, wen hast du erwartet?"

Schnell ordnete sie ihre Gedanken. „Dich. Ich hatte dich erwartet. Heute abend."

„Dann kann ich dich ja in einer Stunde abholen, wenn es dir recht ist."

„Sicher. Das ist schön! Bis dann. Tschüs." Teri legte den

Hörer auf und ignorierte ihre Verwirrung in bezug auf Scott. Sie wünschte, sie würde heute abend mit Mark essen gehen. Sie würde sich wohler fühlen, wenn sie die eine Beziehung klären könnte, bevor sie eine andere begann.

Um sich abzulenken, überlegte sie, was sie anziehen sollte. Sie trug noch immer den Rock und die cremefarbene Bluse von heute morgen. War das zu elegant? Vielleicht sollte sie eine Jeans anziehen. Oder Shorts. Aber sie wollte auch nicht wie eine Touristin aussehen. Aber andererseits, falls Scott sie in ein elegantes Restaurant führte, wollte sie auch nicht zu lässig gekleidet sein. Nachdem sie sich vor dem Spiegel im Flur eingehend betrachtet hatte, beschloß sie, das anzulassen, was sie bereits trug. Es schmeichelte ihrer Figur und war bequem. Etwas Besseres hatte sie nicht dabei.

Der Streit zwischen Anita und Dan ließ nach, und Dan marschierte ins Wohnzimmer und murmelte etwas davon, daß Frauen unvernünftig seien. Er ließ sich vor dem Fernseher nieder und schaltete ein Volleyballspiel ein.

Teri fragte sich, ob sie versuchen sollte, mit Anita zu sprechen, oder ob sie sie lieber in Ruhe lassen sollte. Schließlich kam sie zu dem Entschluß, daß sie, wenn sie an Annies Stelle wäre, es gern haben würde, wenn ihre Schwester sie tröstete.

„Ich bin es", sagte Teri, als sie an die Schlafzimmertür klopfte. Dans wütenden Blick ignorierte sie. „Darf ich hereinkommen?"

„Sicher", ertönte eine ruhige Stimme hinter der Tür.

Teri ging hinein und setzte sich auf den Bettrand. Anita hatte sich unter einem Laken zusammengerollt. Nur ihr kurzes Haar lugte heraus, ihre Augen waren rot vom Weinen.

„Bist du in Ordnung?" fragte Teri.

Anita nickte, schwieg aber.

„Kann ich was für dich tun?" fragte Teri und tätschelte ihrer Schwester liebevoll die Schulter. „Möchtest du etwas essen?"

„Nein, ich bin okay. Ich weiß auch nicht, was mit mir los ist. Ich wollte doch so viel mit dir unternehmen."

„Ich weiß. Und das werden wir auch. Du mußt nur diesen Bazillus auskurieren, den du dir geholt hast. Wir haben jede Menge Zeit."

Anita richtete sich auf. „Danny ist der Meinung, dieser Bazillus sei ein Baby. Wußtest du, daß er einen Schwangerschaftstest gekauft hat?"

Teri nickte. „Ich war bei ihm."

„Ich werde das aber nicht machen. Kannst du dir vorstellen, wie viele dieser Dinger ich bereits hinter mir habe? Viel zu viele! Wenn ich schwanger bin, dann werde ich es schon erfahren."

„Danny hat sicher nur helfen wollen. Und wenn es dich tröstet: Es war nicht seine Idee. Dieser Mann in der Gemeinde, Gordo, hat es vorgeschlagen. Kannst du dir vorstellen, daß die Leute ihn Gordo nennen?"

Anitas Gesicht hellte sich auf. „Danny hat mir gar nicht erzählt, daß Gordo wieder da ist. Wie geht es ihm?"

„Gut, denke ich. Er ist irgendwie komisch, nicht?"

„Er ist eigenartig, das stimmt. Einzelgänger, Pionier und Heiliger, alles in einem. Ein phantastischer Mensch. Wußtest du, daß er Pastor wird?"

„Das meinst du doch nicht ernst?"

„Doch, er wird wirklich Pastor. Studiert auf dem Festland, glaube ich. Wenn er mit dem Studium fertig ist, will er hierher zurückkommen und eine Gemeinde auf Maui gründen", berichtete Anita.

„Aber warum hat er dann am Freitag Pizza hierhergebracht?"

„Wie fast alle, die hier leben, hat er nicht viel Geld", sagte Anita. „Gordo macht es wie wir anderen auch. Er arbeitet hart, um sich seinen Lebensunterhalt zu verdienen, und er vertraut darauf, daß Gott den Rest irgendwie ausgleicht."

„Ich kann mich nicht daran gewöhnen, daß ein erwachsener Mann ‚Gordo' genannt wird", meinte Teri. „Ich habe ihn zum ersten Mal bei dem Fest getroffen. Erinnerst du dich, daß ich dir erzählt habe, irgend so ein Typ hätte seine Cola über mich verschüttet? Das war er."

Anita lächelte. „Das ist sein einziger Fehler. Gordo ist der ungeschickteste Mensch, den ich kenne. Einmal hat er in der Gemeinde geholfen, das Abendmahl auszuteilen, und er ist mit dem Brot und Saft in der Hand gestolpert. Die Bänke in der ersten Reihe waren noch Monate danach klebrig!"

Teri konnte sich nicht vorstellen, daß ihr Vater stolpern würde, wenn er das Abendmahl austeilte. „Dann war das bestimmt die totale Katastrophe."

Anita begann zu lachen. „Nicht bei Gordo. Er brach in sein für ihn typisches Gelächter aus, und die ganze Gemeinde stimmte mit ein. Er sagte, sein Schutzengel hätte ihn bestimmt zum Stolpern gebracht, weil die Kirchengeckos in letzter Zeit nicht genügend zu essen bekommen hätten."

„Kirchengeckos?"

„Du kennst doch den Ausdruck ‚arm wie eine Kirchenmaus', oder? Hier auf der Insel spricht man von den Kirchengeckos. Das sind kleine grüne Eidechsen mit winzigen Saugnäpfen an den Füßen. Gordo sagte, wir sollten die Brotkrumen und den Saft für sie lassen. Es war wirklich lustig."

„Auch eine Art, die Stimmung während einer ernsten Handlung zu stören", sagte Teri.

„Wenn ich ehrlich bin, war es das beste Abendmahl, das ich je miterlebt habe. Ganz sicher das bedeutungsvollste. Da Gordo das Brot und den Wein zu Boden hatte fallen lassen, fragte er, ob jemand etwas bei sich hätte, das wir statt dessen nehmen könnten. Er ließ das Tablett herumgehen und sammelte alles ein, was er bekommen konnte, von Kräckern bis hin zu Keksen. Jemand hatte eine halbe Flasche Orangensaft beizusteuern. So wurde das Abendmahl fortgesetzt. Als er dankte und die Kräcker und Kekse brach, sprach er davon, daß Gott sehr kreativ sei und für unsere Bedürfnisse sorge. Er sagte, wir sollten lernen, ganz ungezwungen im Rhythmus der Gnade zu leben. Das werde ich nie vergessen."

Teri warf einen Blick auf die Uhr auf dem Nachttisch. „Ich denke, ich sollte mich fertig machen. Scott hat angerufen. Er holt mich in ein paar Minuten ab. Wenn Mark sich meldet, sag ihm, ich würde gern mit ihm sprechen."

In diesem Augenblick klingelte das Telefon, und Anita nahm den Anruf auf dem zweiten Apparat entgegen. „Das kannst du ihm selbst sagen", meinte sie und reichte Teri den Hörer. „Es ist Mark."

„Hallo."

„Hallo", sagte er. „Ich habe deine Nachricht erhalten."

„Na ja, ich wollte sehen, ob wir vielleicht mal irgendwann miteinander reden könnten. Ich weiß, daß du sehr beschäftigt bist, mit deinen Walen auszugehen und so ..."

Anita gab Teri einen Klaps aufs Bein, und Teri biß sich auf die Lippe. „Ich meine natürlich nicht, daß du mit den Walen ausgehst, ich meine, daß du aufs Meer fährst, um die Wale zu sehen." Sie verdrehte die Augen und sah Anita an. Das lief gar nicht gut.

„Eigentlich sind die Wale nur in den Wintermonaten hier", stellte Mark richtig. „Im Augenblick gehe ich die Informationen durch, die ich im vergangenen Winter gesammelt habe."

„Na ja, ich meine ja nur, wann immer es dir paßt, würde ich dich gern sehen."

„Wie wäre es mit heute abend?" fragte Mark.

„Heute abend?" Teri blickte Anita verzweifelt an. Anita zuckte die Achseln und hatte keinen Vorschlag zu machen. „Eigentlich habe ich heute abend schon etwas vor. Wie wäre es mit morgen oder Dienstag?"

„Ja, wenn wir uns morgens treffen können."

„Sicher", erwiderte Teri schnell. „Um welche Zeit? Ist zehn Uhr in Ordnung?"

„Ich meinte morgens", berichtigte Mark. „Sechs oder sieben Uhr."

„Ach so! In Ordnung. Sollen wir uns irgendwo zum Frühstück treffen?"

„Möchtest du nach Lahaina kommen?" fragte Mark.

„Vielleicht könnte ich mir den Wagen ausleihen", sagte Teri und sah Anita an, die neun Finger hochhielt. „Ich müßte vor neun Uhr zurück sein, damit Dan damit zur Arbeit fahren kann."

„Dann könnten wir uns doch im Pioneer Inn zum Frühstück treffen. Das öffnet um halb sieben."

„Gut, um halb sieben im Pioneer Inn! Prima! Bis morgen!"

„Ich freue mich darauf", erwiderte Mark.

„Na, das war doch gar nicht so schlimm, oder?" fragte Anita, als Teri auflegte.

„Er sagte, er würde sich darauf freuen. Was bedeutet das deiner Meinung nach?"

„Ich denke, daß ihr beide reden müßt, und er freut sich darauf. Zu schade, daß du dir für heute nachmittag schon etwas mit Scott vorgenommen hast. Mark hat heute frei. Ihr zwei hättet den ganzen Tag miteinander verbringen können, anstatt morgen nur ein schnelles Frühstück zu euch zu nehmen."

„Ich denke, so ist es besser", sagte Teri und erhob sich vom Bett. Sie betrachtete sich in dem Spiegel über der Kommode. „Ich werde sehen, wie es mit Scott heute läuft, und dann mit der Begegnung mit Mark morgen vergleichen."

„Falls Scott dir bis dahin nicht schon weh getan hat."

Teri wirbelte herum. Sie war so wütend über die Bemerkung ihrer Schwester, daß sie kein Wort herausbrachte. Statt dessen ließ sie ihre funkelnden Augen sprechen.

„Entschuldige, daß ich mir aufgrund unseres letzten Gespräches bereits eine Meinung über den Burschen gebildet habe!"

„Kannst du mich denn nicht einfach als gleichberechtigte Partnerin ansehen, Anita? Nur für ein paar kurze Wochen. Laß mich eine Erwachsene sein wie du, nicht die naive kleine Schwester, die keine eigenen Entscheidungen treffen kann. Behandele mich einfach wie eine Freundin, wie eine Altersgenossin. Hör mir zu, respektiere mich, ermutige mich. Mehr verlange ich doch gar nicht. Ist das zuviel?"

Anita senkte den Blick und rührte sich nicht. Als sie aufsah, wirkte sie sehr viel weicher. „Doch, das geht."

„Ich weiß, daß es geht. Ich brauche das."

„In Ordnung."

Teri sah wieder auf die Uhr. Seit Scotts Anruf war eine gute Stunde vergangen. Er würde jeden Augenblick hier sein. Vielleicht war er zuerst bei sich zu Hause vorbeigefahren. Sie konnte warten. Was machte schon ein wenig Warten aus? Sie war auf Maui. Es war an der Zeit, alles etwas langsamer angehen zu lassen. Sie mußte sich entspannen und alles leichter nehmen.

Teri wartete an diesem Abend bis um halb zehn auf Scott. Er kam nicht. Er rief nicht einmal an.

Kapitel Zehn

Um genau 21:31 Uhr hörte Teri ein Klopfen an der Tür. Dan und Anita waren bereits zu Bett gegangen, und Teri trug ihren Pyjama, ein großes, weites gelbes T-Shirt. Sie eilte zur Tür.

„Verzeihst du mir?“ fragte Scott und hielt ihr eine rote Rose in einer weißen Vase hin. Teri hatte diese Kombination bereits im Supermarkt gesehen.

Sie wußte nicht, wie sie reagieren sollte. All ihre Wut, ihr Verletztsein und ihre Enttäuschung waren in den vergangenen sechs Stunden verraucht.

„Du hättest wenigstens anrufen können“, sagte sie mit leiser Stimme, die weder Verurteilung noch Selbstmitleid zeigte.

„Das Telefon im Ambulanzraum war nicht in Betrieb.“

Unwillkürlich suchte Teri an Scott Zeichen einer Verletzung. „Was ist denn passiert?“ fragte sie. Langsam taute sie auf.

„Die Schwester sagte, einige Kinder hätten etwas in das Telefon gesteckt, und sie hätten niemanden bekommen können, der es reparierte.“

„Mich interessiert nicht, was mit dem Telefon war! Was ist mit dir passiert?“

„Nichts.“ Ein schüchternes Lächeln breitete sich auf seinem Gesicht aus. „Willst du mich nicht hineinbitten?“

Teri öffnete die Tür und forderte ihn mit einer Handbewegung auf, hereinzukommen. Seine Geschichte schien interessant zu werden.

„Wo sind Dan und Annie?“

Teri deutete auf die geschlossene Schlafzimmertür.

„Wir könnten doch auf die Veranda gehen, oder?“ schlug Scott vor.

Teri fühlte sich ein wenig unbehaglich in ihrem Nachthemd. Aber sie setzte sich auf den Terrassenstuhl, verschränkte die Arme vor der Brust, zog die Augenbrauen in die Höhe und wartete auf seine Erklärung.

„Einer der Kollegen hat sich beim Tragen des Koffers irgendeines Filmstars den Rücken verknackst. Ich fuhr ihn zur anderen Seite der Insel. Das hat länger gedauert, als ich erwartet hatte.“

„Gibt es auf dieser Seite der Insel keine Krankenhäuser?" fragte Teri.

„Ich bin sicher, es gibt auch hier welche, aber dieser Typ wollte unbedingt nach Wailuku, wegen seiner Krankenversicherung. So", sagte Scott und klatschte in die Hände, „die Nacht ist noch jung. Was hältst du davon, wenn wir in die Stadt fahren? Hast du Hunger?"

Teri war nicht bereit, so schnell zu vergeben und vergessen. Sie konnte nicht sofort wieder umschalten, vor allem, wo sie sich morgen früh um halb sieben mit Mark treffen wollte. „Wir können ja ein anderes Mal etwas unternehmen", schlug sie vor. „Es ist schon spät, und –"

„Ach, komm schon. So spät ist es noch nicht. Wir könnten uns auch einige Filme ausleihen und hierher zurückkommen. Ich kenne eine tolle Pizzeria. Wir könnten anrufen und uns Pizza bestellen. Bis wir mit den Filmen wieder hier sind, ist die Pizza bestimmt fertig. Na, was hältst du davon?"

„Scott", es fiel Teri schwer, diesem gutaussehenden blonden Mann, der so begeistert wirkte, mit ihr zusammen zu sein, etwas abzuschlagen. „Ich halte das für keine besonders gute Idee, da Dan und Anita bereits schlafen."

„Dann können wir doch zu mir gehen. Ich bin sicher, Bob hat nichts dagegen. Vermutlich ist er nicht mal zu Hause. Wir brauchen es ja auch nicht so lange auszudehnen. Wir holen uns nur ein Video. Vielleicht habe ich sogar auch noch eines zu Hause herumliegen, das wir uns ansehen könnten. Die Pizzeria kann die Pizza genauso gut zu mir bringen wie hierher."

Teri dachte an Gordo und daß er vielleicht mit der Pizza vor Scotts Haustür stehen würde, und sie würde in ihrem Nachthemd die Pizza entgegennehmen. Gordon würde vielleicht einen seiner Ungeschicklichkeitsanfälle bekommen und die Pizza fallen lassen, wie ihm das beim Abendmahl passiert war.

„Ich glaube nicht, daß das gut wäre. Wir können ja ein anderes Mal zusammen ausgehen."

Scott sah aus wie ein Kind, das gerade im Spiel verloren hatte.

„Möchtest du nicht morgen abend zum Abendessen kommen?" Teri fühlte sich verpflichtet, den ersten Schritt zu tun.

„Ich habe schon etwas vor."

„Wie wäre es mit Dienstag oder Mittwoch?"

„Ich rufe dich an", sagte Scott und erhob sich.

Teri hatte auf der Zunge zu sagen: „Das wäre aber mal eine nette Abwechslung", verkniff es sich aber und sagte stattdessen: „In Ordnung. Denke darüber nach. Wann immer du möchtest. Ich werde dir meine hochberühmten Tamales machen. Altes Familienrezept." Sie folgte Scott zur Tür. Irgendwie war es lächerlich, daß sie versuchte, ihn mit Essen zurückzulocken.

Scott drehte sich um und lächelte. „Dienstag", sagte er. „Ich komme gegen sieben."

„Okay." Teri gab sein Lächeln zurück. „*Tamales a la Teresa a las siete el Martes.*"

„Teris Tamales um sieben am Dienstag", übersetzte Scott. „*Bueno.* Und stell mein Spanisch nicht noch weiter auf die Probe!"

„Bis Dienstag", sagte Teri, als sie die Tür für ihn öffnete. „Danke für die Blume."

Scott blieb in der offenen Tür, nur wenige Zentimeter von ihr entfernt stehen. „Dann ist alles vergeben?"

Teri nickte.

„*Bueno.*" Er beugte sich vor, so als wolle er sie küssen, doch er flüsterte nur: „Dienstag." Dann streifte er mit seinen Lippen ihre Wange und ging.

Teri war wie versteinert. Ein Feuerwerk war in ihr explodiert, als er sich zu ihr herunterbeugte. Sie schloß die Tür und schlüpfte in ihr Bett in der Nähe des Ventilators. Alles war still und ruhig. Abgesehen von den zischenden Feuerwerkskörpern in ihrem Inneren.

Wie hatte Scott das nur geschafft? Warum hatte sie bei Luis nie so empfunden? Teri hatte eine Menge Gründe, sich zu sagen, daß Scott nicht der Richtige für sie war, angefangen mit Anitas Bedenken in bezug auf seine Beziehung zu Christus. Wenn Scott seine Versprechen an Gott aus der Schulzeit nicht hielt, warum sollte er eine Verabredung zum Abendessen mit Teri einhalten?

Trotzdem, Scott weckte Gefühle in ihr, die sie zwar schon einmal empfunden hatte, aber niemals alle in einer Beziehung. Er hatte sie zum Schmelzen gebracht. Und wann immer er sie berührte, gab es ein Feuerwerk in ihr.

Doch jetzt mußte Teri sich eine noch schwierigere Frage stellen. Hatte sie dasselbe Feuerwerk wirklich im vergangenen Sommer bei Mark erlebt? Und wenn das so war, warum war es erloschen? Gab es auf diesem Inselparadies eine Art Verzauberung? Über all diesen Fragen schlief sie ein.

Am folgenden Morgen, als Teri um zehn nach sechs nach Lahaina fuhr, war sie um so fester davon überzeugt, im Paradies zu sein. Die Sonne war bereits über dem westlichen Mauigebirge aufgegangen. Sie fuhr an einem Freizeitzentrum vorbei und dachte an ihren ersten Abend auf der Insel, als sie im Restaurant Leilani gegessen hatten. Mark hatte ihr erzählt, daß in einer nahegelegenen Stadt das Skelett eines Wales ausgestellt war. Sie hatten es sich an diesem Abend nicht angesehen, und jetzt fragte sie sich, ob er ihr anbieten würde, es ihr einmal zu zeigen.

Ich hoffe, daß Mark sich mit mir verabredet. Das ist verrückt. Zwischen uns ist nichts mehr. Oder doch? Warum lebe ich monatelang – nein, jahrelang – ohne irgendwelche Beziehungen, und nun bin ich hier und fange etwas mit Scott an und stehe immer noch in dieser ungeklärten Beziehung mit Mark? Seltsam, wirklich seltsam.

Teri stellte ihren Wagen ab und ging zum Pioneer Inn. Für

diese frühe Stunde waren viele Leute unterwegs. Eine Frau mit einem abgetragenen Strohhut auf dem Kopf spritzte den Gehweg vor den Geschäften hinter dem Pioneer Inn ab. Sie trug das weite einheimische Gewand und hielt eine Zigarette zwischen den Lippen. Teri schätzte, daß diese Frau schon viele Jahre im Hafen von Lahaina arbeitete.

Unmittelbar vor dem Pioneer Inn war die Anlegestelle für Schiffe aller Größen und Formen. Einige von ihnen füllten sich bereits mit Passagieren. Sie fuhren zu der Nachbarinsel Lanai und dem beliebten Taucherparadies Molokini.

Sie ging zur Terrasse des Pioneer Inn, von der aus man auf den Hafen und den Pazifik sehen konnte. Im vergangenen Sommer hatte sie hier mit Mark gefrühstückt. Er hatte ihr erzählt, daß dieses zweistöckige Gasthaus noch Ende der fünfziger Jahre die einzige Unterkunft für Gäste auf dieser Seite der Insel gewesen war. Es fiel ihr schwer zu glauben, daß sich in dreißig Jahren so viel auf der Insel verändert hatte.

Das Gebäude war ein für Maui typisches Haus mit tiefgrünen Mauern, einem roten Dach und mit einem strahlend weißen Rand abgesetzt. Sie wußte, daß Lahaina in der Mitte des neunzehnten Jahrhunderts ein bedeutender Hafen für Walfänger gewesen war. Wenn sie vor einhundertfünfzig Jahren einen Mann hier kennengelernt hätte, hätte er vermutlich Wale gefangen und abgehäutet, um seinen Lebensunterhalt zu verdienen. Ganz sicher hätte er sich nicht damit beschäftigt, wie man sie erhalten konnte.

„Ich bin verabredet“, sagte Teri, als die Kellnerin nach einer Speisekarte griff. Sie trug ebenfalls ein einheimisches Gewand und hatte ihr dichtes schwarzes Haar zu einem Knoten aufgesteckt und mit weißen und rosa Blüten geschmückt.

„Möchten Sie warten oder sich schon setzen?“ fragte die junge Frau mit ihrem starken Akzent, den Teri bereits vom vergangenen Sommer her kannte.

„Ich werde mich setzen“, erwiderte Teri und suchte die

wenigen besetzten Tische nach Mark ab. Er war noch nicht da. Sie wurde zu einem Tisch im hinteren Bereich der Terrasse geführt, wo sie auf einem groben Holzstuhl mit hoher Rückenlehne Platz nahm.

„Kaffee?"

„Ja, bitte." Teri las die Speisekarte durch. Die Frau kam mit einer Kanne frischen Kona-Kaffees zurück. Teri schloß die Augen und nahm alle Gerüche und Geräusche dieses Morgens in Lahaina in sich auf: das volle Aroma des Kaffees, das melodische Klingen der Schiffsglocken der Boote, die im Hafen anlegten, das Kreischen der unzähligen Vögel, die in dem riesigen Bunyabaum auf der anderen Straßenseite wohnten. Ein anderer Duft stieg ihr in die Nase: der Duft von Speck, der in der Küche unmittelbar hinter ihr in der Pfanne brutzelte.

Teri sah auf ihre Uhr und beschloß zu bestellen, da Mark sich zu verspäten schien. Sie bestellte Eier, Speck und eine kleine Portion Macadamiapfannkuchen mit Kokosnußsirup. Das Essen kam, und Mark war immer noch nicht da. Doch das störte sie nicht. Sie begann zu essen, und alles schmeckte wirklich einmalig.

Sie beobachtete einen kleinen Japaner, der auf dem Gehweg stehen blieb und sich über das Holzgeländer beugte, um einen Freund zu begrüßen. Es gab keine Fenster, und alles war offen, warm und freundlich.

Ein sehr angeschlagener Bambusschirm hing über dem einen Teil der Terrasse, um die stechende Morgensonne abzuhalten. Teri erinnerte sich daran, daß Mark ihr im vergangenen Jahr erzählt hatte, *lahaina* würde „grausame Sonne" bedeuten. Um kurz nach sieben hatte die Sonne tatsächlich schon sehr viel Kraft.

Endlich erschien Mark. Atemlos nahm er auf dem zweiten Stuhl an ihrem Tisch Platz. „Es tut mir leid. Ich wurde durch einen Anruf aufgehalten." Er betrachtete ihren Frühstücksteller. „Hast du die Macadamiapfannkuchen probiert?"

„Ja, mit Kokosnußsirup. Sie sind hervorragend!"

Mark lächelte, und sein Gesichtsausdruck wurde weicher, als er Teri ansah. „Erinnerst du dich noch daran, wie wir im vergangenen Sommer hier gefrühstückt haben?"

Teri nickte.

„Da habe ich die Macadamiapfannkuchen zum ersten Mal probiert. Seither esse ich sie immer wieder. Und jedesmal wenn ich sie bestelle, muß ich an dich denken."

So zärtliche Worte hatte Teri von Mark nicht erwartet. Sie hatte gedacht, ihre Begegnung würde sehr sachlich verlaufen. Nur die kalten, harten Tatsachen würden auf den Tisch kommen: *Die Faszination ist weg; es gibt nichts, das wir festhalten müßten; wir wollen Freunde bleiben.*

Vor fünf Minuten noch hatte sie an Scott gedacht und daß sie ihm morgen abend Tamales machen wollte. Wie konnte sie so schnell umschalten und sich auf Mark einstellen? Sie mußte. Endlich hatte sie die Gelegenheit, mit ihm zu reden. Nur sie beide.

„Ich wünschte, ich hätte Zeit zu frühstücken", sagte Mark. „Aber heute morgen habe ich einen Anruf von Claire bekommen. Habe ich dir von Claire erzählt?"

Teri stählte sich innerlich. Das war sie also, die andere Frau. Darum hatte Mark sich so zurückgehalten. Claire hieß sie.

„Claire ist meine Partnerin in dem Projekt. Sie sagte, ich müßte heute morgen unbedingt einige Papiere unterzeichnen, damit sie sie heute noch nach Washington faxen kann. Es geht um die Verlängerung unserer Gelder. Die Leute von dem Fonds kleben regelrecht an Terminen. In Washington ist der Tag schon halb vorbei." Er sah auf seine Uhr. „Ich tue dir das nur ungern an. Ich weiß, du möchtest reden, und ich auch. Können wir einen anderen Termin finden?"

Teri fühlte sich geschlagen. War es denn wirklich so schwierig, ein einfaches Gespräch zu führen? Vielleicht machte sie zuviel aus der ganzen Angelegenheit mit Mark. Vielleicht hatte Anita recht. Sie neigte dazu, die Romantik aus jeder Beziehung wegzuanalysieren. In dieser Beziehung hatte sie das auf jeden Fall getan.

„Weißt du was, Mark", sagte sie, „ich möchte nicht, daß das hier zu einem langen Palaver ausartet. Ich kam mit dem Gedanken her, daß wir beide vielleicht da weitermachen könnten, wo wir im letzten Sommer aufgehört hatten. Aber es sieht nicht danach aus. Darum wollen wir keine große Sache daraus machen. Wir gestehen uns einfach ein, daß es nicht funktioniert hat. Ich bin in der Nähe. Wenn du Zeit hast und mit mir zusammensein möchtest, prima. Wenn nicht, ist es auch in Ordnung. Können wir es dabei belassen?"

Mark zeigte keine Regung. Er wirkte weder erleichtert noch überrascht.

„Kaffee?" fragte die Kellnerin Mark, während sie Teri automatisch nachschenkte.

Mark brauchte eine Weile, bis er antwortete. „Nein", sagte er an sie gewandt. „Nein, danke. Ich muß gleich wieder gehen."

„Geben Sie mir bitte die Rechnung", sagte Teri.

Die junge Frau zog sie aus ihrer Tasche und legte sie auf den Tisch. „*Mahalo*", sagte sie und ging davon.

Teri trank den heißen Kaffee und sah Mark an. Zweifel plagten sie. Sie wollte ihm sagen, daß sie zu offen, zu übereilt gewesen war. Sie hatte ihm nicht einmal die Gelegenheit gegeben zu sagen, was er dachte. Vielleicht hatte sie es auch gar nicht hören wollen. Sie dachte, es sei besser, daß sie ihn zurückwies, bevor er sie zurückwies.

Wir sind zu verschieden, argumentierte sie. *Er hat sein Leben auf dem Meer mit den Walen, und ich, na ja, ich glaube nicht, daß ich auf einem Boot leben könnte. Er ist so still und zurückhaltend. Ich bin zu forsch. Ich würde in der Beziehung dominieren ... wie auch jetzt wieder.*

„Gut“, sagte Mark langsam. „Das mache ich. Ich rufe dich an.“ Jetzt wirkte er verletzt.

Teri wünschte, sie könnte ihre Worte zurücknehmen und diese Begegnung noch einmal neu beginnen. Sie konnte es nie ausstehen, wenn ihre Schwester sie dominierte, doch im Augenblick tat sie genau dasselbe mit Mark.

Er stand auf und lächelte Teri ein letztes Mal an. „*Aloha*“, sagte er und marschierte in Richtung Hafen davon.

Teri seufzte. Sie bereute ihre Worte. Bei dem Gedanken, daß sie Mark vielleicht nie wiedersah, spürte sie einen Knoten in ihrem Magen. In der Gemeinde vielleicht. Aber sie würde nie erfahren, was er wirklich empfand. Sie hatte ihm nicht die Gelegenheit gegeben, etwas zu sagen.

Sehr aufgewühlt trat sie die Heimfahrt an. Unwillkürlich fragte sie sich, ob sie die richtige Entscheidung getroffen hatte.

Dan wartete bereits auf sie. Er brauchte den Wagen, um damit zur Arbeit zu fahren. An diesem Morgen schien er besonders fröhlich zu sein.

„Annie?“ rief Teri, als die Fliegengittertür hinter ihr ins Schloß fiel. „Bist du auf?“

Teri sah vorsichtig ins Schlafzimmer. Mit einem sehr eigenartigen Gesichtsausdruck saß ihre Schwester auf dem Bett.

„Er ist positiv“, sagte Anita.

Kapitel Elf

„Wovon sprichst du überhaupt?“ fragte Teri und setzte sich auf das Bett.

„Der Schwangerschaftstest“, erklärte Anita. „Er ist positiv. Ich bin schwanger.“ Sie hatte immer noch diesen verklärten Blick.

„Annie, herzlichen Glückwunsch!“ Teris eigener Kummer war verschwunden. „Weiß Danny es schon? Natürlich weiß er es. Das ist ja phantastisch!“

Anita nickte. „Gordo hatte recht, schätze ich.“

„Ich glaube nicht, daß Gordo etwas damit zu tun hat“, sagte Teri. „Du wirst ein Baby bekommen!“ Sie nahm ihre Schwester in den Arm. „Kein Wunder, daß du dich nicht wohlgefühlt hast. Soll ich dir irgend etwas holen, Tee, Saft oder sonst etwas?“

„Nein, es ist noch zu früh, um daran zu denken, meinem Magen irgend etwas zuzumuten. Ich kann es kaum glauben. Ich bin schwanger!“

„Du wirkst gar nicht erfreut.“

„Ich habe Angst, Teri. Noch eine Fehlgeburt verkrafte ich bestimmt nicht.“

„Wir wollen dafür beten“, sagte Teri.

„Ich habe dafür gebetet.“

„Ich weiß, aber wir wollen zusammen beten. Gleich jetzt.“ Teri rutschte näher an ihre Schwester heran und legte die Hand auf ihren Bauch. Zusammen baten die beiden Frauen Gott inständig, dieses kleine Leben zu beschützen. Nun waren die beiden Schwestern wieder völlig einig.

„Amen“, sagte Teri. Sie beugte sich vor und flüsterte aufgeregt: „Ich werde Tante!“

Danach beschloß Teri, den Tag am Strand zu verbringen und Anita in Ruhe arbeiten zu lassen. Als Teri später zum Haus zurückkam, hatte sie sich davon überzeugt, daß sie in bezug auf Mark richtig gehandelt hatte. Diese Beziehung führte zu nichts. Das Feuerwerk vom vergangenen Sommer war erloschen und konnte nicht wieder angefacht werden.

Da sie diese Beziehung nun geklärt hatte, konnte sie über Scott nachdenken. Und das hatte sie am Strand ausgiebig getan. Sie hatte von dem großen blonden, gutaussehenden Mann geträumt.

Als Teri das Haus am Morgen verlassen hatte, arbeitete Anita gerade an einigen wichtigen Terminsachen. Sie saß noch immer am Computer, als Teri zurückkam.

„Hast du deine Arbeit geschafft?"

„Fast. Ich habe Mutti angerufen und ihr erzählt, daß ich schwanger bin. Weißt du, was sie mir gesagt hat?"

Teri warf sich auf das Bett und zog ihre Sandalen aus. „Laß mich raten. Wir kennen ja Mutter."

„Richtig. Die liebe Mutti mit ihrem ausgeprägten Beschützerinstinkt."

„Vermutlich hat sie gesagt, du sollst dich ins Bett legen und während der kommenden neun Monate dort bleiben. Und du sollst keinen Kaffee mehr trinken."

„Du hast es erfaßt!" antwortete Anita. „Ganz genau."

„Na, und bist du der Meinung, daß sie recht hat?"

„Mit dem Koffein sicher. Das steht in allen Babybüchern. Mit dem Im-Bett-bleiben sicher nicht. Ich glaube nicht, daß es sehr praktisch wäre oder überhaupt notwendig."

„Vermutlich wird es nicht schaden, wenn du dich in den nächsten Monaten etwas schonst. Hast du die anderen beiden nicht im vierten Monat verloren?"

„Im dritten", berichtigte Anita.

„Also was spricht dagegen, daß du dich in den kommenden drei Monaten ein wenig in acht nimmst?"

„Habe ich dir eigentlich schon mal gesagt, daß du dich immer mehr wie unsere Mutter anhörst?"

„Und habe ich dir schon mal gesagt, daß du sehr eigensinnig bist?" gab Teri zurück.

„Ich werde nicht mit dir streiten, Teri." Anita blieb heiter. „Du hast recht; ich muß mich ein wenig vorsehen. Ich habe es Mutti versprochen. Aber ihr beide tut so, als ob ihr für das Baby verantwortlich wärt. Ich bin diejenige, die zwei Babys verloren hat, nicht du und nicht Mutti."

„Mutti hat ihre ersten beiden Enkelkinder verloren. Hast du je daran gedacht? Wir alle haben deinen Schmerz mitempfunden, Annie. Du bist nicht allein. Ich bin während der kommenden Wochen hier und für den Rest deiner Schwangerschaft nur einen Telefonanruf entfernt." Teri mußte daran denken, daß Gordon gesagt hatte, es hätte Gott gefallen, Annie schwanger werden zu lassen, während Teri auf Hawaii war. Zum ersten Mal wurde ihr klar, welch eine einfühlsame Bemerkung dies gewesen war, vor allem für einen Mann. Vielleicht war Gordon ein Prophet. Er sah aus wie jemand, der Stimmen des Himmels hörte.

„Ich schätze, die Wanderung durch den Krater ist für mich gestorben", sagte Anita.

„Das will ich meinen! Ich wußte gar nicht, daß du vorhattest mitzugehen."

„Danny wollte es. Ich habe mich darauf gefreut, aber mir macht es auch nichts aus, darauf zu verzichten. Es ist eine ziemlich anstrengende Wanderung, wie ich gehört habe. Möchtest du nicht mitgehen?"

„Das könnte lustig werden", sagte Teri und dachte daran, daß ihr die Bewegung gut tun würde, aber auch, daß Scott mitgehen würde. „Sind denn noch Plätze frei?"

„Ich weiß es nicht. Das ändert sich jeden Tag und hängt davon ab, wer sich freinehmen kann."

„Ich würde gern mitgehen, aber das bedeutet, daß du allein zu Hause wärst. Vielleicht sollte ich doch lieber hier bei dir bleiben."

„Nein, du solltest gehen. Ich komme schon klar. Das ist wirklich eine seltene Gelegenheit. Du kannst meinen Rucksack und alles nehmen. Du solltest wirklich mitmachen, Teri." Anita zog sich ein wenig zurück und fügte leise hinzu: „Ich meine, wenn du möchtest. Es liegt ganz an dir."

Teri bemerkte das Bemühen ihrer Schwester, sie nicht zu dominieren und lächelte anerkennend. „Wir könnten doch warten und darüber sprechen, wenn Dan nach Hause kommt. Soll ich Abendessen machen?"

„Ich kann das schon alleine."

„Ich weiß, daß du das alleine kannst. Ich schlage dir aber vor, das für dich zu übernehmen; dann kannst du dir eine kleine Pause gönnen. Zumindest helfe ich dir. Ach übrigens, ich habe für morgen abend Scott zum Abendessen eingeladen. Ich habe ihm gesagt, ich würde Tamales machen."

Anita zog die Augenbrauen hoch. „Tamales? Du entwickelst Ehrgeiz. Wann willst du sie denn machen?"

„Morgen. Könnte ich irgendwann den Wagen haben, um einzukaufen? Ich habe vor, so viele Tamales zu machen, daß wir den Rest des Monats davon essen können."

„Gern, aber rechne nicht mit meiner Hilfe", entschuldigte sich Anita. „Ich habe zuviel Arbeit morgen."

„Kein Problem", sagte Teri, die das Gefühl hatte, daß sie und Anita endlich zu einer gleichberechtigten Beziehung fanden. „Ich habe Urlaub und alle Zeit der Welt."

Kapitel Zwölf

Den ganzen Tag in der Küche zu stehen und zu kochen verlieh Teri Energie. Sie formte Dutzende Tamales mit der Hand. So viele wundervolle Erinnerungen waren damit verbunden. Seit sie ein kleines Mädchen war, kamen die Frauen ihrer großen erweiterten Familie an einem Samstag drei oder vier Wochen vor Weihnachten zusammen und machten Tamales, und zwar zu Hunderten. Es wurde Pizza bestellt, und sie erinnerte sich daran, daß ihre Tante Diane immer eine Kühlbox voll Getränke mitbrachte und die Hälfte davon selbst trank.

Abends halfen dann die Männer, die riesigen Töpfe und Pfannen zu spülen, und alle Tamales wurden unter den Familien aufgeteilt und eingefroren. Die Tamales für Teris Familie reichten meist bis weit in den Frühling hinein.

Ihre Tante Yolanda war alleinstehend und mochte keine Tamales. Sie verschenkte jedes Jahr ihre Portion zu Weihnachten. Als sie eine neue Stellung antrat, fragte ihr alter Chef sie, ob er die Tamales bezahlen könne, die er bisher jedes Jahr von ihr geschenkt bekommen hatte, weil seine Familie es sich angewöhnt hatte, am Heiligabend immer Yolandas Tamales zu essen.

In Anitas kleiner Küche war es sehr viel heißer als früher in der Küche ihrer Mutter bei dem jährlichen Tamales-Marathon im Dezember. Gegen Mittag lief Teri der Schweiß in Strömen von der Stirn, obwohl ein Ventilator direkt neben ihr stand. Sie hatte noch viel Arbeit vor sich.

„Teri", rief Anita und kam aus dem Schlafzimmer. „Es tut mir leid, aber ich kann es nicht mehr sehr viel länger ertragen. Wie weit bist du denn? Im Augenblick bin ich so geruchsempfindlich."

„Ich habe erst die Hälfte geschafft. Hast du nicht noch einen anderen Ventilator? Würde dir das helfen?"

„Ich frage bei einem der Nachbarn." Anita ging, und Teri fragte sich, wie der Geruch von gewürztem Rindfleisch jemandem unangenehm sein konnte. Für sie war es der wundervolle Geruch von Weihnachten.

Einige Minuten später kam Anita mit einem großen Ventilator zurück.

„Komm schon", sagte Teri und lief zu ihr, „laß mich das für dich tragen. Du sollst dich doch nicht so anstrengen, weißt du nicht mehr?"

„Meine Nachbarn wollten wissen, was wir kochen. Ich habe ihnen gesagt, ich würde sie morgen in Tamales bezahlen, wenn ich mir ihren Ventilator ausleihen könnte."

„Guter Handel", sagte Teri und trug den Ventilator in das Schlafzimmer. „Es riecht wirklich sehr stark hier. Wie gut, daß du den Ventilator hast. Wie geht die Arbeit voran?"

„Ich bin zufrieden. Ich wünschte, es würde mir mehr Spaß machen, all dieses technische Zeug abzutippen. Ich fühle mich wie eine Maschine. Nicht gerade die interessanteste Arbeit, aber sie wird gut bezahlt."

„Und du kannst bei dem Baby zu Hause bleiben", erinnerte Teri sie. „Ich denke, ich würde eine ganze Menge mehr ertragen für den Luxus, bei meinem Kind bleiben zu können."

Anita wirkte ein wenig zögernd.

„Hast du immer noch Angst?"

„Natürlich. Ich bin sicher, ich werde erst beruhigt sein, wenn ich sie in meinen Armen halte."

„Du denkst also, es wird ein Mädchen, ja?"

Anita nickte und klopfte auf ihren Bauch. „Ich habe für nächste Woche einen Termin beim Arzt gemacht. Ich will sicher sein, daß der Schwangerschaftstest das richtige Ergebnis gezeigt hat und daß alles in Ordnung ist, soweit man das bisher beurteilen kann."

„Das muß ein unglaubliches Gefühl sein", sagte Teri. „Zu wissen, daß ein kleines Leben in einem wächst, bevor man es fühlen oder sehen kann, wie es wächst. Ich kann es kaum erwarten, bis es bei mir soweit ist. Ich möchte mindestens vier Kinder. Vielleicht fünf."

„Eins nach dem anderen. Ich würde dir empfehlen, zuerst zu heiraten", entgegnete Anita trocken. „Es ist immer besser, wenn die Kinder auch einen Vater haben. Da fällt mir ein, du hast noch gar nichts von dem Frühstück mit Mark erzählt. Ich war so aufgeregt wegen des Babys, daß ich gar nicht daran gedacht habe, dich danach zu fragen. Wie ist es gelaufen?"

Teri biß sich auf die Unterlippe. „Na ja, ich bin nicht sicher. Er hatte es sehr eilig, und ich bin damit herausgeplatzt, daß wir ja doch nicht zusammenkämen und es besser sei, wenn wir aufgeben würden."

Anita sah schockiert aus. „Das ist doch nicht dein Ernst!"

„Doch."

„Was hat Mark gesagt?"

„Nichts. *Aloha*. Er traf sich mit seiner Partnerin Claire, um einige Papiere zu unterzeichnen."

Anita schüttelte den Kopf.

„Schüttle doch nicht den Kopf über mich!"

„Ich verstehe deine Logik nicht, Teri. Du gibst einen Mann wie Mark Hunter einfach so auf", sie schnippte mit den Fingern, „und nimmst soviel Mühe auf dich, um Tamales für einen Mann wie Scott Robinson zu machen."

Teri wollte nicht weiter zuhören. „Es wird keine Tamales geben, wenn ich jetzt nicht sofort in der Küche verschwinde und weitermache. Ich hoffe, der Ventilator hilft dir." Sie eilte hinaus und schloß die Tür hinter sich.

Um halb sechs war sie fertig. Die überzähligen Tamales wurden in Anitas Gefrierschrank verstaut, etwa ein Dutzend standen im Kühlschrank und warteten darauf, kurz vor Scotts

Ankunft erhitzt zu werden, und Teri überlegte, ob sie zuerst die Salsa zubereiten oder duschen sollte.

In diesem Augenblick kam Dan nach Hause. „Riecht gut hier. Wo ist Annie?"

„Im Schlafzimmer. Ich habe sie heute mit den Tamaledüften belästigt."

„Ich finde, es riecht wie zu Hause. Seit mehr als zwei Jahren habe ich keine Moreno-Tamales mehr bekommen. Annie hat einfach nicht die Zeit, sie zu machen."

„Scott kommt zum Abendessen."

„Scott, wirklich?" Dan hielt inne und fuhr fort: „Was immer dich auch veranlaßt hat, Tamales zu machen: Ich freue mich darauf!" Er verschwand im Schlafzimmer.

Teri war nicht sicher, was Dan von Scott hielt. Es war eigentlich auch nicht wichtig. Das Beste an seinem heutigen Besuch war, daß sie den Eindruck hatte, daß ihre Beziehung zu Mark geklärt war. Sie konnte sich nun Scott intensiver widmen, da sie nicht immer auch an Mark denken mußte.

Teri ließ die halbfertige Salsa im Stich, holte sich saubere Shorts und eine Baumwollbluse und ging ins Bad, um zu duschen. Die Salsa konnte sie auch noch machen, wenn Scott schon da war. Allein der Gedanke an den gutaussehenden, sportlichen Scott Robinson, der heute abend kam, um sie zu sehen und ihre Tamales zu essen, vermittelte Teri ein gutes Gefühl.

Scott kam fünf Minuten zu früh, und so brauchte sie keine Angst zu haben, erneut versetzt zu werden. Unter der Dusche hatte sie vergeblich versucht, diesen Gedanken beiseite zu schieben. An diesem Abend sah er außergewöhnlich gut aus, frisch vom Duschen, sein noch feuchtes Haar war aus der Stirn gekämmt und sein Gesicht frisch rasiert.

Er überreichte Teri einen Strauß ungewöhnlich aussehender Blumen. Sie wirkten beinahe künstlich.

„Das sind Proteas", erklärte Scott. „Man hat mir gesagt, daß sie hier auf der Insel im Landesinnern wachsen. Wir werden das irgendwann mal nachprüfen."

„Sie sind wunderschön", sagte Teri. „Vielen Dank!" Sie gefielen ihr sehr viel besser als die Rose aus dem Supermarkt, die er ihr am Sonntag abend als Friedensgabe gekauft hatte. Die Rose war verwelkt, bevor sie überhaupt aufgeblüht war. Sie suchte eine Vase und stellte die Blumen auf den Tisch.

„Hier riecht es aber gut", schwärmte Scott.

„Ich hoffe, du bist hungrig", erwiderte Teri.

In diesem Augenblick öffnete sich die Schlafzimmertür, und Dan und Anita kamen heraus.

„Wie geht's?" fragte Dan. Die beiden Männer schüttelten sich die Hand. „Du weißt sicher nicht, daß du ein ganz besonderer Gast bist. Die Moreno-Frauen machen diese Tamales nicht für jeden!"

Scott ergriff Teris Hand und drückte sie. „Ich bin doch nicht irgend jemand, nicht, Teri?"

Sie spürte den Blick ihrer Schwester auf sich, als sie antwortete. „Natürlich nicht." Sie wünschte, sie und Scott wären allein. Anitas Gegenwart engte sie ein, und dabei war Scott erst seit drei Minuten da.

„Können wir dir helfen?" fragte Dan.

„Ich dachte, wir essen draußen. Trägst du diese Teller und Schüsseln für mich nach draußen?"

Dan, Anita und Scott machten sich an die Arbeit, und nach fünf Minuten saßen sie am Tisch mit einer Schüssel voll dampfender Tamales vor sich.

Dan und Anita hatten genau wie Teri die Angewohnheit, vor dem Essen zu beten. Scott sah aus, als wollte er sofort anfangen, als Dan sagte: „Wollen wir zuerst beten?"

„Sicher", sagte Scott.

„Würdest du mit uns beten?" fragte Anita an Scott gewandt.

„Es ist euer Haus. Warum betest du nicht, Dan?"

Dan betete. Teri wußte, daß Anita nun einen weiteren Punkt auf ihre Mängelliste setzen würde: Betet nicht. Teri rechnete damit, das später zu hören zu bekommen, und legte sich bereits Entschuldigungen zurecht, wie zum Beispiel: ‚Das bedeutet doch nicht, daß er zu Hause nicht betet. Er war einfach nur höflich, weil es euer Haus ist.'

„Hast du schon Nachricht wegen des Ausflugs zum Krater?" fragte Scott Dan.

„Ja, das habe ich tatsächlich. Annie wird nicht mitkommen, du kannst ihren Platz haben, wenn du möchtest."

„Sie ist schwanger", flüsterte Teri Scott zu, als wäre es ein großes Geheimnis.

„Gratuliere! Das habt ihr euch doch gewünscht, nicht?"

„Ja, natürlich! Sehr sogar", erwiderte Anita. „Wir haben lange darauf gewartet, darum werde ich mich während der kommenden Monate ein wenig in acht nehmen."

„Das ist großartig für euch, und für mich!" sagte Scott. „Du kommst doch auch mit, nicht?" fragte er Teri.

Sie wollte gerade mit ‚Ja' antworten, als Dan sagte: „Na ja, eigentlich habe ich ihren Platz weggegeben. Wir dachten nicht, daß du mitkommen wolltest, Teri."

„Natürlich möchte sie mitkommen", widersprach Scott. „Sag deinem Freund doch einfach, du hättest einen Fehler gemacht und der Platz stehe nicht zur Verfügung."

„Ich denke, er wird das verstehen. Er hat diese Tour schon mal gemacht, und ich hatte einfach gedacht, er könnte unser inoffizieller Führer sein. Aber Gordo ist unkompliziert, er wird das verstehen."

„Du hast meinen Platz diesem Gordo gegeben?" fragte Teri.

„Ja." Dan drückte seine Gabel in eine dampfende Tamale und schob den ersten Bissen in den Mund. Er schloß die Augen, um besser genießen zu können. „Teri", sagte er, nachdem er den Bissen heruntergeschluckt hatte, „wenn du je eine Million Dollar verdienen möchtest, brauchst du nur deine Tamales zu verkaufen. So etwas gibt es auf der ganzen Insel nicht."

Scott hielt plötzlich mitten im Essen inne und starrte Dan an. Dans Gabel blieb ebenfalls in der Luft stehen. Dampf stieg von seinem nächsten Bissen auf.

„Denkst du, was ich denke?" fragte Scott.

Ein Lächeln stahl sich auf Dans Mund. „Wir könnten eine Million verdienen", sagte er.

Kapitel Dreizehn

„In Ordnung, wartet mal", sagte Dan, markierte einige Zahlen auf seinem Blatt und schrieb eine neue Zahlenreihe. Er drehte das Blatt um, damit Scott es lesen konnte. „Wenn wir das Korn direkt in großen Mengen vom Festland herüberbringen lassen, könnten wir eine Menge sparen. Es verdirbt nicht, wir könnten es auf einem langsamen Schiff verfrachten und so die Frachtkosten niedrig halten."

„Gute Idee", sagte Scott. Er trank seinen Kaffee aus und lehnte sich zurück. „Wichtig ist, die Tamales nach ihrer Fertigstellung einzufrieren."

„Wir könnten einen Gefrierschrank aufstellen. Draußen. Ich könnte eine Hütte bauen, damit er im Schatten steht", sagte Dan, stand auf und maß die Mauer unter dem Küchenfenster mit Schritten aus.

„Ihr werdet mich entschuldigen müssen", sagte Anita, die nur mühsam ein Gähnen unterdrückte. „Ich bin vollkommen fertig. Ich gehe schlafen. Erzähl mir morgen, was ihr beschlossen habt, Teri."

„In Ordnung. Gute Nacht. Wollt ihr noch Kaffee?"

„Gern", erwiderten beide.

Teri folgte Anita ins Haus und sagte mit leiser Stimme: „Vielen Dank, Annie, daß du so lange ausgeharrt hast. Ich weiß, es ist spät. Danke, daß du so nett zu Scott warst und alles."

Wieder gähnte Anita und nickte. „Wir sprechen morgen, okay?"

„Träum schön", rief Teri und kehrte mit dem Kaffee auf die Veranda zurück.

„Die wichtigste Frage ist meiner Meinung nach", sagte Scott gerade, „ob Teri bereit ist, so viele Tamales zu machen. Wird es dir nicht leid werden?"

„Irgendwann bestimmt. Aber ich mache sie sehr gern. Es ist eine Therapie für mich. Ich könnte es aber auch anderen sehr schnell beibringen."

Dan umfaßte seine Kaffeetasse mit den Händen. „Ich bin sicher, wir werden keine Probleme haben, sie zu verkaufen. Es ist eine sehr erfolgversprechende Idee. Aber es liegt wirklich an dir. Hast du Lust, ein solches Geschäft anzufangen?"

„Wie ich schon sagte, ich habe noch nicht darüber nachgedacht. Wir wollen eine Weile darüber beten."

„Es würde dich hier auf Maui festhalten", meinte Scott, „und das wäre eine Antwort auf meine Gebete." Er nahm Teris Hand. Sie zog sie nicht zurück, sondern überließ sich seiner Berührung. Sie legten ihre Finger ineinander.

„Es ist etwas, über das wir nachdenken sollten", sagte Dan, stand auf und streckte sich. „Ich gehe ebenfalls ins Bett. Vergiß nicht, dir für die Wanderung frei zu nehmen, Scott. Und erinnere mich daran, daß ich Gordo morgen anrufe und ihm sage, daß der Platz doch nicht mehr frei ist."

Sobald Dan gegangen war, zog Scott Teri näher an sich

heran. „Na, meine Schöne? Ich habe den ganzen Tag an dich gedacht. Wollen wir an den Strand gehen? Ich habe einige Feuerwerkskörper gefunden, die vom vierten Juli noch übrig geblieben sind. Ich dachte, wir könnten den Nachthimmel ein bißchen erleuchten."

Teris Herz klopfte. In dem Augenblick, in dem er nach ihrer Hand gegriffen hatte, sprühten wieder die Funken in Teri. „Sicher. Ich hole mir nur einen Pullover."

„Das brauchst du nicht", widersprach Scott. „Ich werde dich warmhalten."

Sie zweifelte nicht einen Augenblick daran, daß er das tun würde. Trotzdem gab es ihr einen Grund, ihr Weggehen noch etwas hinauszuzögern. Sie nahm sich ein Sweatshirt aus dem Schrank und schlüpfte ins Bad, schloß die Tür hinter sich und betrachtete sich im Spiegel.

In Ordnung, du großes Kind. Wovor hast du diesmal Angst? Warum verwandelst du dich in ein verängstigtes Kätzchen, weil ein so gutaussehender Mann anscheinend dabei ist, sich in dich zu verlieben? Ist es das, Teri? Bist du dabei, dich in ihn zu verlieben? Aber weißt du überhaupt schon, was Liebe ist? Warum stellst du dich bzw. Scott in Frage? Warum mußt du immer aus allem die Romantik herausanalysieren? Hör sofort damit auf! Du gehst zum Strand und amüsierst dich mit diesem Mann. Du gibst dir die Freiheit, dich zu verlieben, okay? Okay!

Als Teri herauskam, telefonierte Scott gerade. Sie räumte das Geschirr fort, und schließlich beendete er sein Gespräch. „In Ordnung. Morgen abend. Okay. Ja, Tschüs."

„Arbeit?" fragte Teri.

„Was? O ja. Arbeit. Bist du fertig?"

„Sobald ich die Salsa in den Kühlschrank geräumt habe."

„Hast du die auch selbst gemacht?" fragte Scott und dippte schnell noch einen Tortillachip in die Salsa, bevor sie die Soße in den Kühlschrank stellte. „Weißt du, wir könnten das genau wie die Tortillas verkaufen."

„Ich glaube, die roten Chilis sind hier zu teuer“, gab Teri zurück.

„Vielleicht nicht, wenn wir sie direkt beim Anbauer in Kula kaufen. Ich werde die Jungens in der Küche morgen fragen und hören, was sie davon halten.“

Sie fuhren ein wenig an der Küste entlang zu einer entlegenen Bucht und stellten den Wagen auf einem etwas höher gelegenen Parkplatz ab. Sie mußten zum Strand hinuntersteigen. Es waren auch noch andere Wagen dort geparkt, und da es so dunkel und abgeschieden war, hatte Teri unwillkürlich den Eindruck, sie würden in eine private Party hineinplatzen. Scott hatte ein Strandlaken unter den Arm geklemmt und trug eine Tasche voller Raketen. Diskret marschierten sie an mehreren Paaren vorbei und suchten sich eine Ecke, wo sie allein sein konnten.

Scott breitete das Strandlaken aus und forderte Teri auf, sich hinzusetzen. Dann steckte er die Feuerwerkskörper tief in den feuchten Sand. Er zündete eine nach der anderen, und Teri stieß entzückte Schreie aus, als die Raketen in die Luft schossen. Erst ertönte ein lautes Zischen, dann ein kurzer Lichtschein und dann ein Wimmern, wenn die Rakete ins Meer stürzte.

„Das war's. Keine schlechte Show, nicht?“ sagte Scott, als er sich zu ihr aufs Handtuch setzte und den Arm um sie legte. „Ist dir kalt?“

„Nein. Es ist eine herrliche Nacht. Sieh dir nur diesen Mond an.“

„Ich sehe lieber dich an“, flüsterte Scott ihr leise ins Ohr. „Hast du überhaupt eine Ahnung, wie schön du bist?“ Er küßte ihren Hals.

Eine innere Stimme sagte Teri, sie solle sich in seine Arme sinken lassen und seinen eindringlichen Küssen nachgeben. Aber gleichzeitig ertönte in ihrem Kopf eine Alarmglocke: *Hör auf! Hör auf! Hör auf!*

Gerade, als sich seine Lippen auf ihre pressen wollten, hörte Teri auf die Warnung und zog sich zurück. „Können wir denn nicht einfach hier sitzen und ein bißchen kuscheln?“

„Kuscheln?“

„Ja, du weißt schon, kuscheln.“

Teri bemühte sich, Scotts Gesichtsausdruck im Dunkeln zu erkennen. Sie nahm an, daß die Idee ihn nicht besonders begeisterte. „Dann laß uns ein wenig laufen, ja?“ Sie stand auf und bot ihm die Hand.

„*Du* willst doch laufen.“

„Komm schon! Wir könnten die Schuhe ausziehen und mit den Wellen Fangen spielen.“

Scott erhob sich gutmütig und fragte: „Das ist deine spielerische Seite, stimmt´s?“

„Es ist eine so herrliche Nacht. Wir wollen sie genießen. Ist ein Spaziergang barfuß im Sand in deinen Augen nicht romantisch?“ Teri zog ihre Sandalen aus und warf sie auf das Handtuch. Scott tat es ihr nach.

„Du willst damit sagen, daß du eigentlich ins Wasser gehen möchtest, habe ich recht?“ meinte er neckend und nahm die Haltung eines Fußballspielers ein, der seinen Gegner angreifen will.

„Nein!“ quietschte Teri und rannte davon. Sie wußte, sie war geliefert; Scott konnte sie nicht davonlaufen. Barfuß rannte sie durch den Sand, hinunter zum Wasser, wo sie auf dem feuchten Sand wenigstens schneller würde laufen können. Scott kam ihr nach. Plötzlich trat sie auf einen scharfen Gegenstand und sank zu Borden.

„Autsch!“ rief sie und packte ihren Fuß. In diesem Augenblick war Scott bei ihr, hob sie hoch und marschierte mit ihr zum Wasser.

„Scott“, rief sie, „ich bin verletzt! Mein Fuß!“

Er blieb stehen und ließ sie herunter. Im Mondlicht

erkannte Teri, daß ein langes Stück Holz aus ihrem Fußballen herausragte. Sie schrie auf, als sie danach griff und es herauszog. Es war der Stock von einer von Scotts Raketen. Sie spürte, wie warmes Blut an ihrem Fuß entlanglief.

„Was ist passiert?“ fragte Scott.

„Das Feuerwerk“, sagte Teri. Nur mühsam unterdrückte sie die Tränen. „Es hat mich gebissen.“

Scott lachte über ihren Witz, als sie ihm den Stock reichte. „Bist du in Ordnung?“

„Ich glaube schon.“

„Ich denke, ich entferne besser die anderen Stöcke aus dem Sand, bevor ich auch noch auf einen trete. Es tut mir leid, Teri.“

„Ist schon in Ordnung. Mach dir keine Gedanken.“

Scott ließ sie einige Minuten allein, und in dieser Zeit wurde der Schmerz in ihrem Fuß so stark, daß sie am liebsten geschrien hätte. Mühsam beherrscht sagte Teri: „Ich glaube, der Stock ist abgebrochen und ein Stück steckt noch in meinem Fuß. Es tut scheußlich weh, Scott.“

„Dann komm, wir wollen sehen, daß dein Fuß verarztet wird.“ Er nahm sie wieder auf die Arme und trug sie zum Handtuch zurück. „Soll ich versuchen, es herauszuziehen?“ fragte er.

„Wir haben kein Licht hier. Ich denke, wir sollten nach Hause fahren.“ Der Schmerz war nun unglaublich stark. Teri wollte nicht vorschlagen, zum Krankenhaus zu fahren, aber sie befürchtete, daß sie ernsthaft verletzt war.

„Denkst du, du schaffst den Weg nach oben? Ich weiß nicht, ob ich dich tragen kann. Es ist ziemlich steil.“ Scott legte den Arm um ihre Taille, und sie humpelte auf einem Bein durch den Sand.

Der Weg schien nicht enden zu wollen. An ihrem gesunden Fuß trug sie eine Sandale, die ihr in dem weichen Sand wenig Halt bot. Mehr als einmal fing Scott sie auf, bevor sie vollkommen den Halt verlor. Sie biß sich auf die Lippe und versuchte, tapfer zu sein. Die Tränen rannen ihr die Wangen hinunter.

Als sie endlich im Wagen saß, weinte Teri hemmungslos. Scott schaltete die Innenbeleuchtung ein, um den Fuß zu untersuchen. Er war mit Blut und Sand bedeckt.

„Ich glaube, wir warten besser, bis wir zu Hause sind. Ist es besser, wenn du den Fuß hochlegst?" Er wickelte das Strandlaken darum und legte ihren Fuß auf das Armaturenbrett.

„Ein wenig, denke ich. Ich weiß nicht. Es tut schrecklich weh, Scott. Sehr, sehr weh!" Teri ließ ihren Tränen freien Lauf.

„Ist ja schon gut! Ich weiß es jetzt!" schnappte er und fuhr etwas ruhiger fort, während er den Motor anließ: „Ich weiß, daß es weh tut. Ich bringe dich nach Hause. Jetzt werde bloß nicht hysterisch."

„Das werde ich nicht", erwiderte Teri mit leiser Stimme. Sie unterdrückte ihre Tränen und versuchte, ihre zitternden Lippen unter Kontrolle zu halten. Scotts Geduld schien am Ende zu sein, und sie wollte ihn nicht noch wütend machen, indem sie ihre Gefühle nicht beherrschte.

Zu Hause angekommen half Scott ihr, ins Bad zu humpeln, wo er warmes Wasser in die Badewanne einließ. „Stell deinen Fuß hinein", sagte er. Seine Stimme klang eher verärgert als mitleidig. „So, jetzt laß mich mal sehen."

Er zog ihren Fuß hoch und untersuchte die Wunde. „Ein Stück steckt noch drin. Soll ich es herausziehen? Wo ist die Pinzette?"

„In der obersten Schublade, glaube ich", sagte Teri. „Wie tief ist es?" Sie versuchte, sich die Wunde anzusehen. Das sah nicht gut aus.

„In Ordnung, jetzt halte still", sagte Scott, die Pinzette in der Hand. Er packte ihren Fuß mit seiner starken Hand und versuchte, mit der Pinzette die abgebrochene Spitze herauszuziehen.

Teri stieß einen ungezügelten Schrei aus, woraufhin Dan und Anita sofort im Bad erschienen.

„Es tut mir leid", sagte Teri wie betäubt. Die Tränen flossen schon wieder. Sie war wütend auf Scott, weil er so grob mit ihr umging.

Scott erklärte Dan und Anita, was passiert war. Dan schlug vor, sie in die Ambulanz nach Lahaina zu bringen.

„Ich fahre sie hin", sagte Anita, die sofort wieder ihre Rolle als größere Schwester übernahm. „Ich ziehe mir nur etwas an."

„Nein, ich fahre sie", sagte Dan. „Du gehst wieder ins Bett, Annie."

„Ich kann sie doch fahren", bot Scott an. Es klang etwas lahm.

„Nein, das mache ich, Scott. Du mußt morgen früher arbeiten als ich."

„Na ja, wenn du meinst", gab Scott nach.

„Das tue ich."

Die beiden Männer halfen Teri in Dans Wagen. Sie kam sich lächerlich vor. Doch gleichzeitig hatte sie so starke Schmerzen, daß sie nichts weiter wollte, als dieses dumme Ding aus ihrem Fuß loszuwerden. Sie ließ sich auf den Beifahrersitz gleiten und legte den mit einem Handtuch verbundenen Fuß auf das Armaturenbrett.

Scott trat zurück und überließ Dan die Angelegenheit.

Kapitel Vierzehn

Während der folgenden vier Tage hatte Teri genügend Zeit zum Nachdenken. Der Arzt, der die Spitze des Stocks aus ihrem Fuß entfernt hatte, nähte die Wunde mit acht Stichen zu, verschrieb ihr ein Antibiotikum und gab ihr die strikte Anweisung, den Fuß eine Woche lang zu schonen. Sie befolgte alle seine Anweisungen und strich zusätzlich auch immer noch Aloe-Vera-Gel von Annie auf die Wunde, um die Heilung zu beschleunigen. Dieses Rezept stammte von ihrer Großmutter.

Teri dachte viel über Scott nach. Er ließ sich am Mittwoch, dem Tag nach dem Unfall, nicht blicken. Zuerst war sie verstimmt. Sie versuchte, sich an sein Telefonat vom Abend zuvor zu erinnern. Er hatte etwas davon gesagt, daß er an diesem Abend um sieben Uhr arbeiten müsse. Andererseits hatte Dan gesagt, Scott müsse an diesem Morgen sehr früh anfangen. Teri nahm an, daß er eine Doppelschicht machte und sie dann sobald wie möglich anrufen oder mit einem Strauß Blumen auftauchen würde.

Am Donnerstag abend schließlich meldete er sich. Er sagte, er hätte geplant, am Freitag morgen segeln zu gehen, und er wüßte, sie würde das verstehen. Sie verstand. Sozusagen. Sie konnte nicht erwarten, daß das Leben der anderen zum Stillstand kam, nur weil sie außer Gefecht gesetzt war.

Annie war keine gute Gesellschafterin. Sie kämpfte mit ihrer morgendlichen Übelkeit und war immer sehr erschöpft, wenn sie nachmittags nicht schlief. In der Zwischenzeit hackte sie wie wild auf ihrem Computer herum, weil sie ihre Termine einhalten mußte.

Teri lag auf ihrem Couchbett und ließ sich vom Fernsehen berieseln. Nachdem sie alle Shows und Fernsehsendungen kannte, bat sie Dan am Freitag, ihr Videos mitzubringen – und zwar gleich einen ganzen Stapel. Anita hatte eine besondere Vorliebe für chinesisches Essen und hätte es am liebsten zu jeder Mahlzeit gehabt. Dan kam freitags früh nach Hause, weil er und Annie abends ja noch in einem Restaurant aushalfen, und brachte chinesisches Essen und sechs Videos mit.

„Du bist mein Retter", sagte Teri, als sie das letzte Stück ihrer Frühlingsrolle in den Mund steckte. „Das Nichtstun macht mich verrückt. Ich habe drei Romane gelesen, so viel geschlafen, daß ich für die nächsten zwei Jahre ausgeruht bin, und jeden Werbespot im Fernsehen auswendig gelernt." Um das zu demonstrieren, ahmte sie auch gleich einen beliebten Werbespruch nach.

„Ist ja schon gut, wir glauben dir", sagte Anita, legte ihre Stäbchen weg und stand auf. „Komm schon, Danny, ich möchte nicht zu spät kommen. Bis später, Teri. Warte nicht auf uns und laß keine Fremden rein."

„Keine Angst. Viel Spaß, ihr beiden!"

Sie hetzten davon, und Teri ließ sich vor dem Fernseher nieder und schob das erste Video in den Apparat. Es war ein Karatefilm ohne Handlung, und nach weniger als zehn Minuten hatte sie genug davon. „Ich hätte wissen müssen, was für Filme Dan aussuchen wird", murmelte sie. „Ich hoffe, die sind nicht alle so."

Sie sah die Videos durch und fand vier Machofilme. Und dann lachte sie, als ihr ein alter Spielfilm in die Hand fiel. Seit ihrer Kindheit hatte sie diesen Film nicht mehr gesehen, und sie wußte nicht einmal, ob sie ihn damals zu Ende gesehen hatte.

Teri legte die Kassette ein und machte es sich bequem. Julie Andrews sprang in den österreichischen Alpen umher und sang aus voller Kehle. Als sie die Schauspielerin sah, die so umhertollte, wurde Teri klar, daß sie ihre Beweglichkeit vermißte. Sie wollte wieder laufen und mobil sein.

Noch bevor der Film zu Ende war, schlief sie ein und erwachte erst wieder, als Dan und Anita irgendwann nach Mitternacht nach Hause kamen. Sofort war die Enttäuschung wieder da. Scott hatte weder angerufen noch war er vorbeigekommen, wie sie insgeheim gehofft hatte.

Nachdem Dan und Anita zu Bett gegangen waren, lag Teri noch eine Weile wach und dachte darüber nach, wie Scott sie am Abend des Unfalls mehr oder weniger im Stich gelassen hatte. Es erschien ihr seltsam, daß Scott zwei Tage zuvor auf die andere Seite der Insel gefahren war, um einen Arbeitskollegen ins Krankenhaus zu bringen, sie aber ohne zu zögern Dan anvertraute. Warum konnte er nicht einmal vorbeikommen, um nach ihr zu sehen, wo er doch ganz in der Nähe wohnte? In den vier Tagen seit dem Unfall hatte er sich nur einmal nach ihr erkundigt.

Am Samstag morgen rief Teri bei ihm an. Aber er war bereits fort. Die Nachricht, die sie auf seinem Anrufbeantworter hinterließ, war kurz und bündig. „Hier spricht Teri. Ruf mich doch mal an."

Am Samstag abend endlich meldete er sich. „Was für eine Woche!" begann er. „Ich wollte unbedingt vorbeischauen, aber ich habe es nicht geschafft. Ich hoffe, du bist wiederhergestellt, denn ich habe uns einen Tisch zum Abendessen reserviert."

„Scott, ich soll meinen Fuß eine Woche lang schonen."

„Wie lange ist es jetzt?"

„Vier Tage. Vier sehr lange und sehr einsame Tage."

„Und genau darum solltest du aus dem Haus gehen. Komm schon. Hast du keine Krücken oder so etwas?"

„Nein."

„In Ordnung, dann eben Plan B. Ich bringe etwas zu essen mit. Was möchtest du?"

Teri entspannte sich allmählich. Scott gab sich Mühe. „Mir ist alles recht. Ich weiß das wirklich zu schätzen, Scott."

„Kein Problem. Sind Dan und Anita zu Hause? Soll ich genug für sie mitbringen?"

„Das wäre großartig. Annie steht in letzter Zeit auf Chinesisch."

„Das ist einfach. Ich bin in einer Stunde da."

Teri legte auf und kämpfte gegen ihre Zweifel an. Das letzte Mal, als er gesagt hatte, er wäre in einer Stunde da, kam er erst sechs Stunden später. Was hatten Männer wie Scott nur an sich, daß sie sich das Recht nahmen, sich anders zu verhalten als alle anderen?

Teri war nicht sicher, ob ihr das gefiel. Doch es gehörte zu Scott. Vielleicht war sie zu intolerant, wie er auf dem Segelboot gesagt hatte.

Scott kam tatsächlich innerhalb der nächsten Stunde beladen mit chinesischem Essen, Blumen, Videos und einer Schachtel mit schokoladenüberzogenen Macadamianüssen. Es versprach ein lustiger Abend zu werden.

Und das wurde er auch. Scott übertraf sich selbst mit seinem Charme; er und Dan sprachen über ihr Tamaleprojekt, und sogar Annie schien sich ein wenig für ihn zu erwärmen, als er ihr eine kleine weiße Schachtel mit ihrer neusten Lieblingsspeise, süßsauren Shrimps, überreichte. Alles schien normal zu sein, genau wie am Dienstag abend, als sie zusammen Tamales gegessen hatten. Teris Wut auf Scott, die sich in den vergangenen vier Tagen aufgestaut hatte, ebbte ab.

„Am Freitag bist du doch sicher wieder gesund, oder?" fragte Scott.

„Ich hoffe. Am Dienstag gehe ich zum Arzt."

„Wir könnten doch noch einmal mit dem Segelboot rausfahren. Freitags ist der beste Tag für mich, wir müssen nur mittags zurück sein." Scott hatte sich auf dem Stuhl in der Nähe des Sofas niedergelassen. Er trug ein weißes T-Shirt und dunkelrote Shorts. Seine Hände hatte er hinter dem Kopf gefaltet, und sein blondes Haar stand an der Seite ein wenig ab. Er schien sich wohlzufühlen, so als gehörte er hierher, so als wären er und Teri bereits ein Paar und würden ihre Pläne für die kommende Woche durchsprechen. Diese Vorstellung gefiel ihr.

„Hey, Dan", rief Scott zu Dan, der in der Küche stand, „habe ich dir schon erzählt, daß ich mir für die Wanderung habe freinehmen können?"

„Großartig!" erwiderte Dan und steckte seinen Kopf zur Tür herein. „Teri, ich glaube, ich habe es dir noch nicht gesagt, aber ein anderer Kollege ist ausgefallen, so daß du und Gordon beide mitkommen könnt."

„Darf ich eine Frage stellen?" sagte Teri. „Bin ich die einzige Frau bei diesem Ausflug?"

Dan sah aus, als würde er im Geist die Liste durchgehen. „Ich denke schon. Das macht dir doch nichts aus, oder?"

„Ich weiß nicht so recht. Habt ihr vor, mich zu eurem Mädchen für alles zu machen?"

„Nein, jeder der Wanderer ist gleichberechtigt. Alle helfen mit."

„Gut, weil ich nämlich nicht daran interessiert bin, das Maskottchen zu spielen."

„Du kannst mein Maskottchen sein", meinte Scott neckend.

Teri schnitt ihm eine Grimasse.

Danny kehrte in die Küche zurück, als Scott sagte: „Hast du schon einmal darüber nachgedacht, wie anders unser Leben verlaufen wäre, wenn wir schon in der Schule miteinander befreundet gewesen wären?"

Dieser Gedanke war ihr tatsächlich schon gekommen, aber nur flüchtig. Sie war jedoch erstaunt, daß Scott solche Überlegungen anstellte. „Erstens ist die Schulzeit lange vorbei. Außerdem glaube ich nicht, daß ich dein Typ war", meinte Teri.

„Natürlich warst du das. Warum sagst du so etwas?"

„Na ja, wegen der Kultur. Es sind nicht viele weiße Jungen mit uns spanischen Mädchen ausgegangen."

„Weiße Jungen? Das werte ich als Beleidigung."

Sie konnte nicht sagen, ob er es ernst meinte oder nicht. „Wie möchtest du denn genannt werden?" Scott ging darauf nicht ein.

„Mal ehrlich, meinst du nicht, daß du durch deine Reisen anderen Kulturen gegenüber aufgeschlossener geworden bist? Ich glaube nicht, daß du in der Schule mit mir ausgegangen wärst."

„Sicher hätte ich dich eingeladen."

Teri schüttelte den Kopf. „Denk doch mal zurück. Mit welchen Mädchen bist du ausgegangen? Waren welche mit einem anderen kulturellen Hintergrund dabei?"

Scott brauchte lange, um zu antworten.

„Ich weiß, es ist schon lange her. Gib zu, daß ich recht habe. Du hättest nie in Betracht gezogen, mit mir auszugehen."

„Ich bin immer noch nicht deiner Meinung, aber worauf willst du eigentlich hinaus? Denkst du, ich hätte Probleme mit unserem unterschiedlichen kulturellen Hintergrund? Deine Tamales haben mir geschmeckt, oder nicht?"

„Ach, vergiß es", erwiderte Teri. Während der vergangenen Tage hatte sie unter anderem auch über ihre kulturellen Unterschiede nachgedacht. Dan und Anita verstanden sich so gut, weil sie aus ähnlichen Verhältnissen kamen. Bei Mark hatte sich Teri keine Gedanken über die Unterschiede gemacht, weil er so ruhig war. Eigentlich wußte sie sehr wenig über ihn und seinen Hintergrund. Sie fragte sich jedoch, ob es an seinem Hintergrund lag, daß sie einige der Dinge, die für Scott anscheinend normal und akzeptabel waren, nicht akzeptabel fand.

Scott wurde nun ernster. „Teri, wenn du sagen willst, daß

wir vielleicht nicht zueinander passen, weil du immer ein wenig brauner sein wirst als ich, dann ist das einfach verrückt. Ich bin sehr interessiert an dir. Hast du das noch nicht bemerkt?"

Er hatte es schon wieder getan. Dieser weiche Ausdruck seiner grauen Augen, seine leise, tiefe Stimme und seine Hand, die nun nach Teris Hand griff, bezauberten sie.

„Eine schöne Zeit liegt vor uns, Teri. Werde doch ein wenig locker, ja? Laß einfach zu, was mit uns passiert, in Ordnung?"

Teri nickte.

Am nächsten Freitag, als sie und Scott den *Mondfisch* beluden und die Segel setzten, war sie noch immer von Scott hingerissen. Sechs Tage lang hatte sie an diesen Ausflug gedacht. Zweimal hatte sie Scott in dieser Woche gesehen, jeweils nur für fünf Minuten, wenn er Dan zur Arbeit abholte. Sie konnte es kaum erwarten, wieder aufstehen und herumlaufen zu können, und dieser Segeltrip war ihre Belohnung dafür, daß sie die Anordnungen des Arztes so gewissenhaft eingehalten hatte.

Als sie eine Woche nach ihrem Unfall wieder zum Arzt ging, war er hocherfreut zu sehen, wie gut ihr Fuß heilte. Sie deutete vorsichtig an, die Aloe Vera sei der Grund dafür. Der Arzt lächelte und hielt dagegen, seine ausgezeichnete Arbeit und das Wunder der modernen Antibiotika hätten sie geheilt.

Da Teri das Gefühl hatte, eine ganze Woche ihrer kostbaren Ferien verloren zu haben, freute sie sich auf diesen Segelausflug mehr als Scott.

„Alles klar", rief Scott ihr vom Achterschiff aus zu. Sie stand noch am Anlegeplatz. „Weißt du noch, was du jetzt tun mußt? Du löst das Seil."

Teri packte das Seil, mit dem das Boot gehalten wurde, und löste es schnell. Sie hielt es ganz fest und ging am Hafen entlang, bis der *Mondfisch* in der richtigen Position lag, um den Hafen zu verlassen.

„Spring an Bord“, rief Scott.

Sie sprang und landete auf ihrem verletzten Fuß. Ein stechender Schmerz durchzuckte ihr Bein. „Aua!“

„Bist du in Ordnung?“

„Ja, ich bin okay“, rief sie zurück. Sie war wütend auf sich, daß sie sich wie ein Baby verhielt.

„Kannst du die Bojen einholen? Diese Dinger da an der Seite. Sie müssen eingeholt werden.“

Teri machte sich an die Arbeit und ignorierte den Schmerz in ihrem Fuß. Sie bemühte sich, sich alles ins Gedächtnis zu rufen, was getan werden mußte, um das Boot aus dem Hafen zu steuern. Sie arbeitete gut mit Scott zusammen und gab sich große Mühe. Man brauchte viel Kraft, um die Segel zu hissen, und obwohl sie nicht gerade schwach war, so war sie doch auch nicht unbedingt in Topform.

Teri fragte sich, ob sie bei der Wanderung mit den Männern mithalten konnte. Sie wollten in zwei Tagen aufbrechen, es blieb also keine Zeit mehr, etwas für ihre Fitneß zu tun.

Der Himmel war klar, und es war wärmer als bei ihrer ersten Fahrt mit dem Segelboot. Teri legte den Kopf zurück und spürte den Wind auf ihrem Gesicht. Sie liebte dieses Gefühl. Kein anderes Gefühl der Welt war dem vergleichbar. Beim letzten Mal hatte sie Angst gehabt, als der Wind die Segel blähte und das Boot so weit zur Seite legte, daß sie befürchtete, sie würde herausfallen. Heute konnte sie die Fahrt schon viel mehr genießen. Sie war voller Lebensfreude.

Teri sah zu Scott hinüber. Der Wind fuhr durch sein Haar. Mit seinem Lächeln auf dem Gesicht sah er aus wie ein Abenteurer.

Ich segele mit Scott Robinson auf Maui. Ich kann es kaum glauben! Das ist schöner, als ich mir je erträumt habe.

Kapitel Fünfzehn

„Weißt du überhaupt", flüsterte Scott ihr ins Ohr, „wie schön du bist?"

Das Segelboot glitt langsam auf dem ruhigen Meer dahin. Die Insel Maui war in der Ferne zu sehen. Sie waren auf halbem Weg nach Lanai. Teri lehnte sich an Scotts Brust und spürte, wie sich seine starken, von der Sonne erwärmten Arme um sie legten. Er vergrub sein Gesicht in ihrem Haar und sagte: „Du riechst so gut. Ich könnte mich in deinen Haaren verlieren, Julie."

Teri erstarrte. Sie zog sich zurück und sah ihn an. „Julie?"

„Julie?" wiederholte er und sah aus, als hätte er keine Ahnung, wovon sie sprach.

„Du hast mich gerade Julie genannt."

„Nein, habe ich nicht." Er lächelte und streckte ihr die Arme entgegen. „Ich gebe zu, es ist schwierig, deutlich zu sprechen, wenn man den Mund voller Haare hat. Du hast mich einfach nicht richtig verstanden." Scott schüttelte den Kopf und sah sie unschuldig an. „Julie?" wiederholte er mit hochgezogenen Augenbrauen. „Woher hast du den Namen nur?"

Teri blickte ihn kritisch an und dachte, daß er entweder ein ausgezeichneter Lügner war oder die Wahrheit sagte. Nichts an seinem Verhalten ließ darauf schließen, daß er sich versprochen hatte.

„Weißt du", sagte Scott und setzte sich aufrecht hin, „genau das ist unser Problem. Du bist zu verklemmt."

„Nein, bin ich nicht."

„Auf jeden Fall würde es mir helfen, wenn du herausfinden könntest, wo dein Problem liegt. Es ist, als wolltest du nicht, daß etwas mit uns geschieht."

„Das ist es nicht, Scott."

„Wo liegt denn dann das Problem?" Seine Stimme war laut und befehlend, wie damals im Wagen an dem Abend, als sie auf den Stock getreten war. Ihre Tränen hatten ihn verärgert. Sie wollte jetzt nicht schon wieder weinen.

„Ich bin eben sehr vorsichtig", sagte Teri und bemühte sich, ihre Stimme fest und zuversichtlich klingen zu lassen. „Du hast doch keine Probleme damit, oder?" Scott fuhr sich mit den Fingern durch das Haar und schwieg.

Teri fühlte sich schrecklich. Die romantische Stimmung war zerstört. Auch wenn Scott sich bemühte, seine Verärgerung im Zaum zu halten, merkte sie, daß er wütend war. Sie spürte, daß in seinem Innern ein Vulkan brodelte.

„Wir wollen umkehren", sagte Scott fest. Er stand auf und machte sich wie ein Roboter an den Segeln zu schaffen.

„Es tut mir leid", sagte Teri.

Er lächelte sie schwach an und zeigte damit, daß er ihre Entschuldigung annahm.

Sie wollte, daß er zu ihr zurückkam, sie in den Arm nahm und ihr versicherte, daß sie die Frau war, die er anbetete. Diese Spannung zwischen ihnen war schrecklich. Wie konnte alles so gut sein und sich innerhalb von wenigen Minuten so zum Negativen verändern?

Teri war davon überzeugt, daß es an ihr lag. Scott hatte recht; sie war zu kritisch, zu steif. Nicht einmal in so einer wundervollen, zärtlichen Situation traute sie ihm, sondern bildete sich irgendwelche Dinge ein.

Das ist es! Ich werde mich ändern. Von diesem Augenblick an werde ich offen, frei und vertrauensvoll sein. Wenn Scott mich das nächste Mal in die Arme nimmt und mich küßt, werde ich ihn wiederküssen und gut! Ich werde ihm zeigen, daß ich nicht verklemmt und prüde bin. Wenn ich diesen Mann vertreibe, weiß ich nicht, was ich tun soll. Einen Mann wie Scott Robinson finde ich nie wieder!

So sehr sich Teri auch von ihrem neuen Verhalten zu überzeugen suchte, es fiel ihr trotzdem schwer, sich entsprechend zu verändern. Sie war dazu erzogen worden, sehr vorsichtig und zurückhaltend zu handeln. Es würde eine Weile dauern, bis sie eine so radikale Umkehr vollzogen haben würde.

Die Fahrt zum Hafen von Maalaea verlief schweigend. Scott ignorierte das, was zwischen ihnen stand, und erzählte auf der Heimfahrt im Wagen von seiner Arbeit. Er schien sich wohlzufühlen und verhielt sich ihr gegenüber normal, so als wäre nichts geschehen. Vielleicht hatte der Vorfall ihn ja auch nicht so beunruhigt wie sie.

„Kommst du am Sonntag mit in den Gottesdienst?“ fragte Teri, als eine Pause entstand. „Du sagtest, du wolltest anfangen, den Gottesdienst wieder zu besuchen.“

Scott hielt den Blick starr auf die Straße gerichtet und wartete darauf, daß die Ampel grün wurde. Sie waren in Lahaina, unmittelbar neben dem riesigen rauchgeschwärzten Gebäude der Zuckerraffinerie. „An diesem Sonntag geht es nicht. Vielleicht nächste Woche.“

„Wie liegen deine Schichten?“ Teri unternahm einen zweiten Versuch. „Wollen wir morgen oder am Sonntag nachmittag etwas unternehmen?“

„Ich rufe dich an.“ Die Ampel wurde grün, und sie fuhren weiter durch das Verkehrsgewühl nach Napili.

„Ich würde wirklich gern mit dir zusammen sein, wenn du es einrichten kannst“, sagte Teri. Dann legte sie den Arm auf seinen Sitz und streichelte seinen Nacken.

Scott zuckte unter ihrer Berührung zusammen. „Sonnenbrand“, sagte er.

Schnell zog sie ihren Arm zurück. „Oh, das tut mir leid.“

„Warum tust du das?“

„Was?“

„Dich andauernd entschuldigen? Es ist doch nicht deine

Schuld, daß ich einen Sonnenbrand habe. Du brauchst dich nicht zu entschuldigen, wenn du versuchst, etwas Nettes zu tun wie meinen Hals zu streicheln. Ich bin sogar froh, daß du ein wenig lockerer wirst. Ich mag es, wenn du dich auf mich zubewegst, anstatt immer zu warten, daß ich auf dich zugehe."

Teri merkte sich das. Als sie vor dem Haus zum Stehen kamen und Scott den Motor ausschaltete, beugte sie sich vor und gab ihm einen Kuß auf die Wange.

„Danke für den Vormittag", sagte sie und sah ihm in die Augen. „Es war schön mit dir, und ich freue mich bereits auf unser nächstes Zusammensein."

Scott wirkte erfreut, so als wäre das die Behandlung, auf die er gewartet hätte. Er saß da und nahm alles in sich auf.

„Du hast recht, ich bin tatsächlich ein wenig steif", sagte Teri und blickte ihn bedeutungsvoll an. „Ich werde daran arbeiten. Du wirst sehen." Dann hob sie die Lippen und forderte ihn mit dieser Geste auf, sie zu küssen.

Es war ein gegenseitiger Kuß, ein Kuß, den sie bereitwillig gab und er bereitwillig nahm. Durch dieses neues Gleichgewicht empfand Teri das Gefühl der Macht. Keiner von ihnen konnte die Anziehungskraft zwischen ihnen leugnen.

„So ist es schon besser", sagte Scott und vergrub sein Gesicht in ihren Haaren. „Ich wußte, daß du etwas für mich empfindest. Warum hast du mich nicht schon früher so geküßt?"

„Ich brauche Zeit, Scott. Sehr viel Zeit. Verstehst du, was ich meine?"

„Natürlich verstehe ich es. Warum hast du das nicht früher gesagt? So wie du mich zurückgestoßen hast, dachte ich, du würdest dich von mir abgestoßen fühlen oder so etwas."

Teri zog sich zurück und blickte ihn schockiert an. „Wie kannst du so etwas denken? Natürlich nicht, Scott. Ich fühle mich sehr zu dir hingezogen. Es tut mir leid, daß ich dir das nicht richtig gezeigt habe."

In dem Augenblick, als sie das Wort „leid" aussprach, legte er ihr den Zeigefinger an die Lippen.

„Ich habe es schon wieder getan, nicht? Ich werde daran arbeiten."

„Gut", sagte Scott und richtete sich auf. „Ich wünschte, ich müßte nicht zur Arbeit gehen. Ich rufe an, wenn ich fertig bin."

„In Ordnung", flüsterte Teri. „Tschüs, Scott." Sie löste sich von ihm und stieg aus.

Er winkte. Sie winkte zurück. Ihr Herz klopfte noch immer. Teri lächelte, als sie zur Tür ging. Ihre Schwester stand vor der Tür, die Hände in die Seiten gestemmt.

„Hallo", grüßte Teri fröhlich und ging an ihr vorbei zum Kühlschrank, um sich etwas zu trinken zu holen.

Anita folgte ihr. Sie hob ergeben die Hände und sah zu Boden. „Ich weiß, daß du das nicht hören willst."

„Was hören?" Teri öffnete eine Dose Cola und drückte sich an Anita vorbei zur Couch.

„Ich habe dich und Scott im Wagen beobachtet, und das beunruhigt mich."

„Warum? Das ist doch nicht beunruhigend."

„Teri, ich möchte wissen, was zwischen dir und Scott läuft."

„Nichts läuft. Wir waren segeln. Wir haben eine schöne Zeit verlebt. Wir mögen einander."

„Es sieht so aus, als wäret ihr schon zusammen. Hältst du das wirklich für eine gute Idee, Teri? Er ist nicht der richtige Mann für dich. Siehst du das denn nicht?"

„Hey, ich weiß nicht, ob er der richtige oder falsche ist, aber ich habe das Recht, das selbst herauszufinden, nicht? Wie oft müssen wir das noch durchkauen? Du bist nicht meine Mutter, in Ordnung? Wiederhole es: ‚Ich bin nicht Teris Mutter.'"

„Aber ich bin Teris Schwester, und als solche sage ich dir, daß Scott Robinson nicht der richtige Mann für dich ist."

„Ach ja, und das sagst du aus gutem Wissen heraus, ja? Du weißt so etwas? Was soll das, Anita? Spricht Gott zu dir und zu mir nicht?"

„Vielleicht."

„Du bist verrückt."

„Tatsächlich? Dann beantworte bitte eine Frage. Hast du Gott wirklich gebeten, dir zu zeigen, was sein Weg für dich ist? Ich weiß, du hast, seit du hier bist, eine Menge Filme gesehen und einige Romane gelesen, aber ich habe nicht gesehen, daß du in deiner Bibel gelesen hättest. Früher warst du immer diejenige, die nie ihre stille Zeit versäumt hat. Was ist los mit dir, Teri?"

Teri spürte, wie es in ihr kochte. „Ich mache da nicht mit, Anita. Du willst mir Schuldgefühle einreden. Du bist nicht meine Mutter, und du bist auch nicht der Heilige Geist. Willst du mich fragen, wann ich das letzte Mal in der Bibel gelesen habe? Oder soll ich dir vorwerfen, daß du Gott in bezug auf dein Baby nicht vertraust? Du bist so schnell dabei, andere zu beurteilen. Du bist nicht vollkommen! Laß mich einfach nur in Ruhe!" Teri sprang auf und marschierte zur Tür. „Ich wünschte, ich wäre nie hergekommen!"

Sie schlug die Tür hinter sich zu und marschierte in Richtung Strand davon. Dies war der schlimmste Streit, den Anita und sie je gehabt hatten. Noch nie hatte sie das Bedürfnis verspürt, ihre Schwester zu schlagen, bis heute.

Teri fing an zu laufen, und sie rannte eine ganze Strecke, bis ihre Sandale an der Narbe an ihrem Fuß scheuerte und ihr Schmerzen bereitete. Sie wurde langsamer, lief einen Pfad hinunter zum Strand zu einigen schwarzen Lavafelsen, die ins Wasser ragten. Aus der anderen Richtung kam jemand, der dasselbe Ziel zu haben schien.

Wag bloß nicht, auch dahin zu gehen! Das ist mein Platz! Ich habe ihn zuerst gefunden!

Teri beschleunigte ihre Schritte und kletterte auf die

niedrige Seite des Felsens. Die andere Person ignorierte sie. Sie stand oben auf dem Felsen und richtete sich auf, um allen zu zeigen, daß sie diesen Platz in Besitz genommen hatte. Sicherlich würde dieser andere Tourist weitergehen. Niemand, der klar bei Verstand war, würde sich mit Teri anlegen, wenn sie in einer solchen Stimmung war wie im Augenblick.

„Hallo, Teri", rief Gordon fröhlich hinter ihr. „Erstaunlich! Du bist zu meinem Lieblingsgebetsplatz gekommen."

Teri wirbelte herum und starrte Gordon so wütend an, daß sogar ein Pirat erschrocken wäre. Aber sie erfuhr nicht, ob er ihren Blick gesehen hatte oder nicht, denn in diesem Augenblick rutschte Gordon auf dem nassen Stein aus. In dem Bemühen, nicht hinzufallen, griff er nach Teris Arm. Sie versuchte, ihm auszuweichen, aber es war zu spät. Mit einem nicht gerade anmutigen Salto stürzten beide ins Wasser.

Kapitel Sechzehn

Nach Luft schnappend und Salzwasser spuckend tauchte Teri aus dem Wasser auf. Kurz darauf kam auch Gordon lachend hoch. Er mußte würgen, dann lachte er noch mehr.

„Das ist gar nicht lustig!" krächzte Teri. In diesem Augenblick wurde sie von einer Welle weggetragen. Halb kriechend, halb schwimmend näherte sie sich dem Strand. Gordon war unmittelbar hinter ihr. Mehrere Leute am Strand hatten den Unfall beobachtet und eilten herbei, um zu sehen, ob sie helfen konnten.

„Geht es Ihnen gut?“ fragte eine dicke Frau. „Kann ich etwas für Sie tun?“

„Nein“, erwiderte Teri und strich ihr Haar aus dem Gesicht. Sie atmete tief durch. „Mir geht es gut.“

„Dann ist nichts passiert?“ fragte Gordon, der aufstand und sein Hemd auswrang.

Teri funkelte ihn erneut an, doch ihre Wut hatte schon etwas nachgelassen.

Die Leute am Strand zerstreuten sich. Gordon strich sich sein dichtes braunes Haar zurück. Seine Augen waren noch immer von Lachfältchen umspielt, doch er lachte nicht mehr laut. Er kniete sich in den Sand neben Teri und blickte sie liebevoll an. Noch nie waren ihr seine Grübchen aufgefallen. Sie gaben ihm ein kindliches Aussehen. Seine Augen, blau wie der Himmel über ihnen, blickten sie zärtlich an. Gordons Hand lag leicht auf ihrer Schulter. „Bist du auch ganz bestimmt in Ordnung, Teri?“

Sie hielt seinem Blick stand. Nichts in ihr sagte: *Zieh dich zurück*; nichts an diesem Mann machte ihr Angst. Vielleicht war es das Wissen, daß er Pastor war oder zumindest werden wollte. Sie wußte nur, daß er einen sehr beruhigenden Einfluß auf sie ausübte.

„Nein, es ist noch mal gutgegangen.“

„Dann ist es gut.“ Er nahm seine Hand von ihrer Schulter und setzte sich neben sie. Sie blickte zum Strand, er blickte sie an. „Da mit dir alles in Ordnung ist, möchte ich dich um einen Gefallen bitten.“

„Einen Gefallen?“

„Sieh mal, im Herbst gehe ich ins Seminar zurück. Ich weiß, daß ich einen Bericht werde schreiben müssen, und vielleicht wird der sogar bei der Abschlußprüfung bewertet.“

Teri wußte nicht, wovon er sprach.

„Er betrifft meine Pflichten als Pastor. Also wenn du nichts dagegen hast, mir ehrlich zu antworten, für den Seminarbericht und so, würdest du sagen, daß diese Taufe gelungen war?"

Teri konnte nicht anders. Sie brach in Gelächter aus und lachte so herzhaft wie seit Tagen, vielleicht seit Wochen nicht mehr.

„Ich habe deine Antwort registriert", sagte er. Dann stand er auf, zog sein Hemd und die durchnäßten Tennisschuhe aus und sagte: „Schwimmen wäre jetzt genau das Richtige, meinst du nicht?"

Teri konnte nicht widerstehen. Ihren Badeanzug trug sie noch von heute morgen, und alles andere war sowieso schon naß. Warum sollte sie sich nicht mit diesem Mann in die Fluten stürzen? Sie zog ihre Sandalen aus.

Er lächelte sie an und ging zum Wasser. Teri schälte sich aus ihrer nassen Bluse und den Shorts und beobachtete, wie er eintauchte.

Langsam schlenderte sie zum Wasser. Das Meer war sehr warm. Der Sprung von dem Felsen hatte sie erfrischt. Bisher war sie nur zweimal geschwommen, und das war wirklich ein Verbrechen. Sie liebte das Wasser und das Schwimmen. Es konnte ihr helfen, sich ein wenig abzureagieren und darauf vorzubereiten, ihrer Schwester gegenüberzutreten.

Sie stand am Wasser und grub ihre Füße in den warmen, nassen Sand und beobachtete, wie Gordon wie ein Delphin unter der nächsten Welle durchtauchte. Die Welle braute sich über seinem Körper zusammen und rollte an den Strand, wo sie Teris Knöchel umspielte und ihre kitzelnden und schäumenden Finger dazu benutzte, Teri ins Wasser zu locken. Teri konnte nicht länger widerstehen, tauchte ein und schwamm zu Gordon.

„Hast du je einen schöneren Tag erlebt?" fragte Gordon. Er legte den Kopf in den Nacken, das Gesicht dem endlosen blauen Himmel zugewandt, und rief so laut er konnte: „Gute Arbeit, Gott! Du hast alles hervorragend gemacht!"

Teri fand, daß Gordon wirklich der seltsamste Mensch war, den sie je kennengelernt hatte. Irgendwie fühlte sie sich von ihm angezogen. Sie hatte keine Ahnung, warum. Er war ein Tolpatsch. Er hatte sie ins Meer geworfen. Er kam aus einer anderen Kultur, und obwohl sie nicht genau wußte, wie alt er war, schätzte sie, daß er auch in einem anderen Jahrzehnt als sie geboren worden war.

Während sie sich von den Wellen treiben ließen, dachte Teri, daß sie sich vielleicht so zu ihm hingezogen fühlte, weil er Pastor wurde. Wenn sie in seiner Nähe war, fühlte sie eine seltsame Mischung aus Freude und Frieden, zwei Elemente, die ihr an diesem Morgen mit Scott im Segelboot gefehlt hatten. Was hatte Anita noch über Gordons Predigt nach dem verpfuschten Abendmahl gesagt? Irgend etwas über den ungezwungenen Rhythmus der Gnade. Teri sehnte sich danach, so zu empfinden.

Einen Augenblick lang überlegte sie, ob sie sich Gordon anvertrauen und ihn wegen Scott um Rat fragen sollte. Aber irgendwie hatte sie das Gefühl, er würde ihr raten, mit Scott zu brechen, bevor er sie verletzte.

Sie ritten auf einer Welle an den Strand, dann schwammen sie wieder hinaus und warteten auf größere Wellen. Sie redeten nur wenig miteinander, doch Teri fühlte sich nicht unwohl in seiner Nähe. In jeder Hinsicht fühlte sie sich frei, frei, sie selbst zu sein, frei zu sagen und zu tun, was sie wollte.

Erst als sie und Gordon aus dem Wasser stiegen, schämte sie sich ein wenig ihrer Oberschenkel. Doch dieses Gefühl des Unbehagens war minimal im Vergleich dazu, wie sie sich in Marks oder sogar Scotts Nähe fühlte. Gordon schien alles von einer geistlichen Ebene aus zu betrachten, und weniger wichtige Aspekte wie ihre Figur bemerkte er nicht. In dieser Hinsicht erinnerte er sie an ihren Vater.

Teri wünschte, sie hätte ein Handtuch. Ihre Kleider waren

bereits getrocknet. Sie schüttelte den Sand aus ihrer Bluse und trocknete sich damit das Gesicht ab.

Gordon schüttelte seine Haare. Er erinnerte sie an einige Jungen aus der Schulzeit, die gesurft hatten. Sie hatten den gleichen Blick, den gleichen Körperbau. Gordon sah aus, als könnte er hervorragend surfen.

„Surfst du eigentlich?“ fragte Teri, als er zu ihr kam.

„Woher weißt du das?“

Teri zuckte die Achseln. „Du scheinst das Wasser zu mögen.“

„Einige Kameraden und ich haben es bei den Meisterschaften in Australien bis zum Finale geschafft.“

„Wirklich? Wann war das?“

„Mal überlegen, oh ja, vor etwa achtzehn Jahren.“

Teri lachte. „Da war ich noch in der Grundschule.“

„Dann hattest du sicher keine große Lust, dir das Finale im Fernsehen anzusehen. Bei dieser Gelegenheit habe ich mein Trommelfell verloren. Das hier.“ Er deutete auf sein rechtes Ohr. „Das Brett wurde von einer Welle erfaßt und einfach so hochgehoben.“ Er demonstrierte es mit den Händen. „Es kippte zur Seite und krachte wie ein Hammer auf mich.“

„Hast du auf diesem Ohr das Gehör verloren?“

„Was?“

„Ich sagte, hast du –“ Sie bemerkte sein Lächeln und erkannte, daß er sie nur neckte.

„Laute und schrille Geräusche nehme ich wahr. Aber das Gehör ist schon ziemlich beeinträchtigt. Hat auch Auswirkungen auf mein Gleichgewichtsgefühl. Jetzt bist du dran.“

„Wo dran?“

„Was war der größte Unfall in deinem Leben?“

„Na ja, letzte Woche bin ich auf einen Stock von einer Rakete getreten.“ Sie zeigte ihm die Narbe an ihrem Fuß.

Gordon verzog mitleidig das Gesicht.

„Ist ja schon gut, keine lebenslange Beeinträchtigung. Du gewinnst."

„Ich habe noch mehr."

„Was?" fragte Teri. „Noch mehr Behinderungen, an denen du mich teilhaben lassen willst?"

„Ich will dich nicht daran teilhaben lassen, ich will dir nur davon erzählen."

„Warum?" Teri mußte das Lachen unterdrücken.

Gordon wurde ernst und dachte einen Augenblick nach, bevor er sagte: „Ich denke, du mußt das wissen."

Teri nahm sich zusammen. Noch nie hatte sie jemanden kennengelernt, der ihr gleich beim ersten Gespräch von seinen Verletzungen erzählt hatte.

„Siehst du diesen Goldzahn dort hinten?" Er legte den Kopf in den Nacken, öffnete den Mund und deutete auf eine Goldkrone. „Habe ich bekommen, nachdem ich versucht habe, eine Bierflasche mit den Zähnen zu öffnen."

„Das ist doch ein Witz, nicht?"

„Nein. Es passierte zwei Jahre nach dem Surfunfall. Und siehst du das?" Er zeigte ihr eine dicke Narbe, die von der Außenseite seines kleinen Fingers bis hinunter zu seinem Handgelenk lief. „Die habe ich bei einem Motorradunfall bekommen, als ich fünfzehn war."

„Sonst noch was?" fragte Teri neckend, als er fertig war.

„Das ist alles. Alle meine Verletzungen befinden sich auf der rechten Seite. Meine linke Seite ist in recht guter Verfassung. Magst du Kaffee?"

Bei dieser unlogischen Frage blinzelte Teri ihn an. „Ja."

„Gut."

Dann schwiegen sie. Gordon betrachtete tief in Gedanken versunken das Meer. Teri war sicher, daß er sie bitten würde, mit ihm Kaffee trinken zu gehen. Warum sonst sollte er gefragt haben, ob sie Kaffee mochte?

„Vor acht Jahren wurde ich ein neuer Mensch in Christus."

Noch nie hatte Teri gehört, daß jemand seine Bekehrung so beschrieb. Aber bei Gordons offenbar sehr wilden Vergangenheit war es für ihn vielleicht besonders wichtig gewesen, einen Neuanfang zu machen, als er Christ wurde.

„Und du?“ fragte er.

„Ich glaube, ich war drei, vielleicht vier. Eines Abends habe ich mit meiner Mutti in meinem Schlafzimmer gebetet und Jesus mein Leben übergeben. Du weißt sicher, daß mein Vater Pastor ist, nicht?“

Gordon nickte. „Du kaust nicht zufällig an deinen Fingernägeln, oder?“

„In der Regel nicht.“ Mit ihrer Geduld war es langsam zu Ende. „Warum willst du das wissen?“

„Das ist so ungefähr das einzige, das ich nicht ausstehen kann. Das und Halloween.“

„Na prima“, sagte Teri und sah ihn an. „Es ist wichtig, so etwas von einem Menschen zu wissen.“

„Und was ist dir verhaßt?“ fragte Gordon, den Blick fest auf sie gerichtet.

„Ich weiß nicht. Die kitschigen Fernsehsendungen am Nachmittag, denke ich. Und Streit mit meiner Schwester, wie es heute nachmittag wieder einmal passiert ist. Ich muß zurück und mich entschuldigen.“

Gordon blickte sie an, als wollte er ihre Gedanken lesen, wie an jenem Abend, als er ihr die Pizza gebracht hatte. Jetzt hielt er sie mit seinem Blick fest. Teri hatte beinahe das Gefühl, als würde er sie umarmen, ohne einen Muskel zu rühren. Sie hätte sich eigentlich unbehaglich fühlen müssen, aber so war es nicht.

„Ich gehe jetzt besser“, sagte Teri und zog ihre Shorts an.

Gordon erhob sich ebenfalls. „Ich freue mich schon auf unsere nächste von Gott bestimmte Begegnung“, sagte er. „Die wievielte war das? Die dritte?“

„So nennst du das also? Cola auf meinem Bein, Pizza-Auslieferung und beinahe ertränkt werden – alles von Gott bestimmte Begegnungen?" Teri schüttelte ihre Bluse aus und zog sie an. „Vielleicht sollten dein Schutzengel und meiner einmal zu Mittag essen. Dann können sie mal in ihre Kalender schauen und überprüfen, ob wir bei unserer nächsten Begegnung auch keinen Autounfall haben oder ob wir mit dem Boot kentern."

Gordon lächelte breit.

Kapitel Siebzehn

Anita half Teri, die Gurte an ihrem Rucksack festzuziehen, und zeigte ihr, wie sie das Taillenband verstellen konnte. Am Freitag nachmittag, als Teri vollkommen erschöpft und niedergeschlagen vom Strand zurückgekommen war, hatten die beiden Schwestern Frieden geschlossen.

Scott hatte sich das ganze Wochenende nicht sehen lassen, und so hatte Teri Zeit zum Nachdenken gehabt. Auch hatte sie den Rat ihrer Schwester beherzigt und gebetet und auch wieder häufiger in ihrer Bibel gelesen.

Jetzt war Sonntag abend. Am Morgen würde Teri mit Dan und den zehn anderen Männer zu einem „einmaligen Wandererlebnis" aufbrechen.

„Dan sagt, daß Wolldecken und Kissen in den Hütten liegen, darum habe ich dir nur ein Laken und eine Kissenhülle eingepackt", sagte Annie. „Ich habe auch ein Regencape dazugelegt. Es befindet sich hier oben." Sie zog eine kleine, flache graue Plastiktasche mit einem Schnappverschluß heraus. „Es ist zwar klein, aber sehr wirkungsvoll."

„Meinst du wirklich, daß es regnen wird? Seit ich hier bin, ist das Wetter einfach phantastisch gewesen, abgesehen von einigen Tropfen vor ein paar Wochen."

„Glaub mir, auf der anderen Seite der Insel erwartet dich eine vollkommen andere Welt. Erinnerst du dich an unsere Fahrt nach Hana im vergangenen Jahr? Dies hier ist die trockene Seite der Insel. Du wirst in einen tropischen Regenwald wandern."

„Ist ja schon gut, ich glaube dir. Vielen Dank, daß ich deine Sachen benutzen kann."

„Ich bin froh, daß du mitgehst."

„Ich denke, ich freue mich auch darauf." Teri nahm den Rucksack ab und stellte ihn an die Wand. Am liebsten hätte sie sich mit Anita hingesetzt und ganz offen mit ihr gesprochen, aber irgend etwas hinderte sie daran, sich ihrer Schwester ganz anzuvertrauen. Sie hatte Annie nicht erzählt, daß sie am Freitag Gordon am Strand getroffen hatte, und sie hatte das ganze Wochenende so getan, als würde es ihr nichts ausmachen, daß Scott nicht einmal angerufen hatte, obwohl er es ihr versprochen hatte.

Teri war nicht sicher, ob sie bereit war, die kommenden Tage in der Gesellschaft dieser beiden Männer zu verbringen. Aber andererseits war sie auch nicht bereit, diesen Campingausflug aufzugeben.

Und nicht nur Scott war ihr Problem. Jetzt machte ihr auch der Gedanke zu schaffen, in Gordons Nähe zu sein. Es war lächerlich, das wußte sie. Es konnte nichts mit Liebe zu tun haben. Sie waren zu verschieden. Doch auf einmal fühlte sie sich seltsam zu ihm hingezogen. Als sie ihn an diesem Morgen im Gottesdienst gesehen hatte, hatte sie sich gewünscht, er würde sich neben sie setzen, wie zwei Wochen zuvor. Er hatte sie sehr herzlich begrüßt und angelächelt. Aber Kai und Kais Freundin waren bei ihm gewesen, und Gordon hatte sich mit ihnen auf die andere Seite gesetzt.

Während des Gottesdienstes, unmittelbar nach dem Gesang der Gemeinde, wurde der Kinderchor angekündigt. Alle Kinder marschierten nach vorne und sangen ein niedliches Lied. Die beiden ersten Strophen waren in Englisch, die dritte in Hawaiisch. Als sie wieder zu ihren Plätzen neben ihren Eltern liefen, las der Pastor den Vers vor, in dem es heißt, daß Kinder ein Segen Gottes seien.

Teri spürte, wie Gordon sie ansah. Sie drehte den Kopf ganz leicht, um seinen Blick zu erwidern. Er lächelte sie an und blinzelte ihr so leicht zu, daß sie sich nicht sicher war, ob es überhaupt Absicht war. Sie wandte den Blick ab und überlegte, welches Auge es gewesen war. Es war das rechte. Das erklärte alles. Hatte er nicht selbst gesagt, daß seine ganze rechte Seite ein wenig lädiert war?

Falls es ein Zwinkern war, so war es sicher für Annie bestimmt, da er vermutlich stolz darauf ist, daß er ihre Schwangerschaft vorausgesagt hat.

Doch Teri sprach sich an diesem Abend nicht mit Anita aus, sondern ging früh zu Bett. Sie und Dan wollten am nächsten Morgen um halb sieben losfahren. Die anderen würden sie oben auf dem Berg treffen.

Bei den vielen ungelösten Situationen in ihrem Leben fiel es ihr schwer, Schlaf zu finden. Um sich von den Männern in ihrem Leben abzulenken, dachte Teri über die Frage nach, ob sie auf Maui bleiben sollte. Einerseits würde sie gern hierbleiben, andererseits war sie noch nicht bereit, das einfache, vorhersehbare Leben in Glenbrooke aufzugeben. Hier schien ihr das Leben nicht normal zu sein.

Dan sprach immer wieder über die Tamale-Idee. Er war überzeugt davon, das Startkapital auftreiben zu können. Teri könnte an vier Tagen der Woche jeweils sechs Stunden Tamales produzieren, und sie könnten mehr Geld verdienen, als er jetzt im Hotel bekam.

Sie war nicht gegen das Tamalegeschäft. Es war eine gute

Idee. Aber wie viele Tamales konnte ein Mensch machen, ohne verrückt zu werden? Natürlich war es machbar. Andere hatten sich durch harte Arbeit und ein gutes Rezept ein ganzes Imperium aufgebaut. Dan hatte sich einige Bücher aus der Bibliothek ausgeliehen und prüfte die Angelegenheit aus allen Blickwinkeln.

Falls sie auf Maui blieb, wie lange würde sie bei Dan und Anita wohnen können? Und wohin würde ihre Beziehung zu Scott führen? Wenn sie zusammen waren, schien er bereit zu sein, eine Bindung einzugehen. Dann wieder ließ er tagelang nichts von sich hören. Sie wußte, daß er lange arbeitete. Aber das tat Dan auch. Und Dan hatte sogar noch einen zweiten Job, und trotzdem sah Teri ihn viel häufiger als Scott. Über diesen Gedanken schlief sie ein.

Am nächsten Morgen, als Dan und sie zum Vulkan Haleakala fuhren, dachte sie immer noch über dieses Problem nach. Teri wollte gern eine zweite Meinung hören, und ihr Schwager schien ihr der Richtige dafür zu sein. „Bist du auch der Meinung, ich sei nur an Scott interessiert, weil ich in der Schule keinen Freund gehabt habe?“

„Ich weiß nicht. Wie denkst du denn?“

„Ich habe mehr als einmal über diese Möglichkeit nachgedacht.“

„Liebst du ihn?“

„Ich weiß es nicht.“ Teri war niedergeschlagen, daß sie diese Frage nicht eindeutig beantworten konnte. Sie glaubte nicht, daß sie jemals jemanden wirklich geliebt hatte. Luis hatte sie natürlich bis zu einem gewissen Grad geliebt. Aber ihre Gefühle waren nicht aufrichtig oder tief genug gewesen.

Was empfand sie wirklich für Scott? Sie durchlebte eine ganze Menge von Gefühlen, wenn sie an ihn dachte; auch das besagte Feuerwerk in ihrem Inneren. Und das war wichtig.

„Annie ist nicht der Meinung, daß er der Richtige für dich ist.“

„Ich weiß."

„Aber es würde mich nicht überraschen, wenn sie ein wenig eifersüchtig auf dich wäre."

„Eifersüchtig? Weshalb?"

„Weil du die kleine Schwester bist und weil du mit dem Star aus ihrer Klasse ausgehst, während sie an mich gebunden ist."

„Annie ist nicht an dich gebunden. Sie liebt dich! Ihr zwei werdet ein Baby bekommen. Warum sollte sie eifersüchtig auf mich sein?"

„Du hast deine Freiheit", meinte Dan. „Du bist noch immer frei und kannst deinen Spaß haben. Dir stehen eine Menge Möglichkeiten offen. Ihr Leben ist ziemlich genau vorherbestimmt. Darum bin ich auch der Meinung, daß dieses Tamalegeschäft funktionieren würde. Sie hätte dann etwas Neues zu tun. Seit mehr als sechs Jahren macht sie dieselbe Arbeit."

„Das ist doch nicht verkehrt", widersprach Teri.

„Du kennst doch Annie. Sie liebt die Abwechslung, das Abenteuer. Es bringt sie fast um, daß sie diese Wanderung nicht mitmachen kann. So gern wir beide auch hier leben, sie ist diejenige, die das Inselfieber am meisten quält."

„Das wußte ich gar nicht", sagte Teri. „Warum erzählt sie mir so etwas nicht?"

„Warum erzählst du ihr nicht von deinen Problemen?"

Er hatte sie durchschaut. Seit sie hergekommen war, hatte Teri sehr viel vor ihrer Schwester verheimlicht. Warum dachte sie, sie ständen sich so nahe?

„Ich sage dir den Grund", fuhr Dan fort. „Weil ihr beide immer die Töchter des Pastors gewesen seid. Für mich ist das offensichtlich, aber Annie sieht es nicht. Ihr beide wart gezwungen, so zu leben, daß die Leute, die euch beobachtet haben, euer Verhalten akzeptabel fanden. Doch jetzt beobachtet euch niemand, aber ihr habt trotzdem noch nicht herausgefunden, wer ihr wirklich seid. Wenn euch jemand verletzt, schaltet sich immer noch euer Instinkt ein, und ihr versteckt euch, wo niemand eure Fehler sehen kann."

„Das ist aber eine ziemlich harte psychologische Analyse, Dr. Dan."

Er zuckte die Achseln und sagte mit übertriebener Sprechweise: „Ich beobachte meine Patientin nun schon seit vielen, vielen Jahren, und ich denke, sie wird noch weitere Jahre meiner Behandlung brauchen, bevor sie vollständig geheilt ist."

Teri boxte Dan in den Arm. Sie bewunderte ihn. Annie wußte gar nicht, was für ein Schatz er war. Er verstand sie voll und ganz und liebte sie bedingungslos.

Und genau das wünschte Teri sich auch. Um ehrlich zu sein, sie war diejenige, die mit Eifersucht zu kämpfen hatte, Eifersucht darauf, daß Annie einen so lieben Menschen hatte, mit dem sie ihr Leben teilen konnte.

Die Sonne stieg am Himmel immer höher, als sie auf eine andere Straße abbogen und sich dem wolkenverhangenen Vulkan näherten.

„Es ist so schön", murmelte Teri.

Die Straße führte sie ins Landesinnere von Maui hinein. Das üppige Grün des Vorgebirges und die unzähligen bunten Blumen erinnerten Teri an die Täler in Oregon.

„Hier ist es so anders als an der Küste. Kommt ihr häufig hierher? Wenn ich das Inselfieber hätte, würde ich für ein paar Tage hierherkommen."

„Leider nicht. Wir sind vielleicht ein dutzendmal hiergewesen. Wir haben soviel Arbeit und können uns nur so selten freimachen."

Sie fuhren an ein paar recht baufällig aussehenden Briefkästen vorbei, die am Ende einer von Bäumen gesäumten Straße standen. „Leben hier oben eigentlich viele Menschen?"

„Sicher, eine Menge Leute. Ich habe ein paar Freunde oben in Ulupalakua, die *paniolos* sind. Im letzten Jahr bin ich mit ihnen nach Makawao zum Rodeo gefahren."

„Und ich soll jetzt wissen, wovon du sprichst?"

„Das sind Cowboys. Eigentlich ist *paniolos* das hawaiische Wort für *Españoles*."

„Cowboys aus Spanien?"

„Kalifornien. Einer der hawaiischen Könige, Kam III. glaube ich, kaufte vor etwa einhundertfünfzig Jahren drei spanisch-mexikanische Cowboys aus Kalifornien, die sich um sein Vieh kümmern sollten. Einige der *paniolos*, die heute noch in Ulupalakua arbeiten, sind Nachkommen dieser drei Cowboys."

„Das ist ja eine Geschichte", meinte Teri.

„Sie stimmt. Hier oben wirst du ein ganz anderes Maui erleben."

„Das scheint mir auch so", antwortete Teri und betrachtete durch das Fenster die atemberaubende Landschaft. Sie hörte Dan nur mit halbem Ohr zu. Als er von den spanischen Cowboys aus Kalifornien gesprochen hatte, war ihr etwas klargeworden. Seit sie hier war, hatte sie eine Vielzahl von Menschen unterschiedlicher Herkunft gesehen.

In ihrer Kleinstadt in Oregon gab es nur eine Handvoll Einwohner spanischer Abstammung. Es war nie ein Problem gewesen, und sie hatte sich auch nie diskriminiert gefühlt. Aber ihr war trotzdem immer bewußt gewesen, daß sie anders war als die anderen Leute dort.

Auf Maui dagegen war die Bevölkerung so bunt gemischt, daß sie nicht auffiel. Wenigstens hatte sie das Gefühl, nicht aufzufallen. Sie paßte sogar viel eher zu den Einheimischen, weil ihre Haut ebenfalls dunkler war als die der anderen. Um so mehr ein Grund, in Erwägung zu ziehen, ganz nach Maui überzusiedeln.

Kapitel Achtzehn

„Sind wir jetzt oben?“ fragte Teri, als Dan in eine Straße einbog, an der ein Schild mit der Aufschrift „Hosmer Grove“ stand.

„Nein, wir sind erst ungefähr zweieinhalbtausend Meter hoch. Der Krater liegt mehr als dreitausend Meter hoch. Hier treffen wir uns nur mit den anderen. Von hier aus geht der Weg nach oben.“

„Ich kann mir nicht vorstellen, daß diese kurvenreiche Straße noch weiter nach oben führt.“

„So ist es aber.“ Dan stellte den Wagen ab und betrachtete durch die Windschutzscheibe die Männer an dem Picknicktisch. Er wollte sehen, ob einige aus ihrer Gruppe darunter waren. „Es ist die einzige Straße der Welt, die vom Meeresspiegel in dreizehn Kilometern auf etwa dreieinhalbtausend Meter hoch führt. Ist dir schwindelig?“

„Nein.“

„Manche sind da empfindlich. Es ist die Höhe. Und hier oben ist es auch sehr viel kälter. Einmal lag sogar Schnee auf dem Gipfel.“

„Schnee? Auf Maui?“

Dan öffnete die Tür und meinte: „Auf Big Island kannst du sogar Ski fahren, wenn es schneit.“

Teri zog sich ihr Sweatshirt an und folgte Dan nach draußen. Es war kühl. Sie entdeckte Scott mit Kai, Gordon und einer Reihe anderer Männer, die sie nicht kannte, am Picknicktisch.

Scott kam sofort auf sie zugelaufen. Vor allen anderen gab er ihr einen zärtlichen Kuß auf die Wange und spielte mit ihrem Haar. „Ich habe dich vermißt.“

„Ich habe dich auch vermißt“, erwiderte Teri. Es fiel ihr leicht, ihm zu vergeben. Nachdem sie so wütend auf ihn gewesen war, weil er sie nicht angerufen hatte, brauchte er nur einen Satz zu sagen und sie zärtlich zu berühren, und schon war alles wieder gut.

Die beiden gingen zu den anderen hinüber. Scott hatte seinen Arm um ihre Schultern gelegt, und mit den Fingern spielte er noch immer in ihren Locken. Teri spürte Gordons Lächeln, bevor sie ihn noch richtig ansah. Er beobachtete jeden Schritt, den sie machte, und betrachtete sie noch immer, als sie sich auf den Picknicktisch setzte.

Neben ihr ausgebreitet lagen Nahrungsmittel und andere Dinge, die sie zum Campen brauchten. Die Männer sprachen darüber, wie sie die Sachen auf die zwölf Rucksäcke aufteilen sollten.

„Ich denke, wir, die wir die größeren Rucksäcke haben, können die meisten Dinge unterbringen“, sagte einer der Männer. „Und was noch übrig ist, könnt ihr anderen und Julie nehmen.“

„Das ist Teri, nicht Julie“, sagte Dan. „Ich glaube, ihr kennt sie noch nicht alle. Annies Schwester Teri.“

Der Mann blickte erst Scott an, dann Teri. „Teri“, wiederholte er. „Mein Fehler. Schön, dich kennenzulernen. Ich bin Ron.“

Auch die anderen stellten sich vor, und Teri versuchte, ruhig und gelassen zu erscheinen. Das konnte kein Zufall sein. Zuerst nannte Scott sie auf dem Segelboot Julie, und jetzt nannte einer der Burschen, der Scott mit ihr zusammen sah, sie ebenfalls Julie.

Sobald die Rucksäcke gepackt waren, nahm Teri Scott beiseite. Sie gingen zu einem kleinen Zedernhain. „Wer ist Julie?“

„Keine Ahnung“, erwiderte er. „Julie, Teri. Die Namen klingen ziemlich ähnlich. Ich kann verstehen, daß er sie durcheinandergeworfen hat.“

„Und warum hast du auf dem Segelboot ebenfalls den Namen verwechselt?"

„Ich habe ihn nicht verwechselt. Hatten wir das nicht schon geklärt?" Scott senkte den Blick und schüttelte den Kopf. Es war eine beinahe mitleidige Geste. „Ich dachte, du wolltest an dir arbeiten. Wann wirst du endlich anfangen, ein wenig lockerer zu werden und mir zu vertrauen?"

Teri schämte sich.

„Es tut mir leid", sagte sie.

Scott nahm ihr Kinn in die Hand und hob ihr Gesicht zu ihm. „Kein ‚es tut mir leid' mehr, erinnerst du dich nicht?"

Teri nickte.

Scott schien noch etwas sagen zu wollen, aber er wurde von einer Frisbeescheibe unterbrochen, die nur wenige Zentimeter über ihre Köpfe segelte.

„Uih! Tut mir leid!" Gordon kam angerannt, um die Frisbeescheibe zu holen.

Teri trat zurück. Sie spürte, daß sich ihre Wangen röteten. „Sind alle fertig?" Sie mußte mit Scott sprechen, aber nicht hier, nicht so.

„Sieht so aus", erwiderte Gordon. „Aber nur keine Eile. Wir haben den ganzen Tag Zeit."

„Dan sagte, du hättest diese Wanderung schon einmal gemacht, Gordon", sagte Teri.

„Das stimmt. Liegt schon eine Weile zurück. Wir sind durch Kaupo Gap gewandert und dann hinunter zum Meer. Aber diesen Weg können wir nicht mehr gehen. Wir müssen einen anderen nehmen." Gordon ging zum Picknicktisch zurück.

Teri und Scott folgten ihm. Scott hatte seinen Arm um sie gelegt.

„Kannst du sie riechen?" fragte Gordon.

„Was, verbreiten Dan und die anderen denn jetzt schon einen schlechten Geruch?" neckte Scott.

Gordon ignorierte Scott, fing Teris Blick auf und atmete tief ein. Sie tat dasselbe. „Das sind Eukalyptusbäume. Ich habe ihren Duft nicht mehr gerochen, seit ich von zu Hause fort bin."

Gordon atmete den starken Duft des Eukalyptus tief ein. Teri sah, wie Scott die Augen verdrehte. „Ich mag ihn auch", sagte Teri, die plötzlich das Gefühl hatte, Gordon verteidigen zu müssen. „In Escondido gab es Eukalyptusbäume. Erinnerst du dich an diese riesigen Bäume hinter der Schule, Scott?"

Scott sah sie an, als wollte er ihr sagen, daß ein Baum das letzte war, an das er sich in bezug auf die Schule erinnerte.

„Ihr seid zusammen zur Schule gegangen?" fragte Gordon.

„So ungefähr. Dieselbe Schule, verschiedene Jahrgänge." Teri fühlte sich nicht verpflichtet, Gordon etwas erklären zu müssen, aber sie wollte es.

Sie schulterten ihre Rucksäcke, zogen ihre Socken hoch, schnürten ihre Wanderstiefel zu und machten sich auf den Weg. Teri hatte sich Annies Stiefel ausgeborgt. Sie waren ihr ein wenig zu groß, darum trug sie zwei Paar Socken.

Hintereinander wanderten sie den kurvenreichen Pfad entlang, bis sie auf den Halemauu-Pfad stießen. Als der Krater in Sicht kam, blieb Teri stehen und hielt den Atem an. Diese vielen Farben hatte sie nicht erwartet. Dichte Wolken hingen über den höheren Gipfeln des Gebirges. Aber wo die Gruppe den Krater betrat, schien die Sonne; nur der Wind, der zu ihnen heraufblies, war unheimlich.

„Es gibt auf der Erde keinen Ort wie diesen", sagte Gordon zu Teri und zwei anderen Wanderern, die stehengeblieben waren, um den Anblick zu bewundern, der sich ihnen bot. Er nahm einen Schluck aus seiner Wasserflasche. „Wartet nur, bis wir hineinkommen. Ihr werdet denken, ihr wärt auf dem Mond."

„Weiß zufällig jemand, wann dieser Vulkan das letzte Mal

ausgebrochen ist?“ fragte Teri, als sie in die tiefe Schlucht hinabsah.

„Gegen Ende des siebzehnten Jahrhunderts“, erwiderte Gordon.

„Das bedeutet also nicht, daß er in der nächsten Zeit daran denkt, Dampf abzulassen, oder?“

„Nein, er ist sanft wie ein Kätzchen. In der wissenschaftlichen Station oben auf dem Gipfel wird alle Aktivität aufgezeichnet. Einer meiner Freunde hat dort gearbeitet“, erklärte Gordon. „In der Nacht, als der Halleysche Komet vorbeizog, war ich bei ihm auf dem Gipfel. Durch sein Teleskop konnte ich ihn hervorragend beobachten. Das war eines der schönsten Erlebnisse meines Lebens.“

„Du bist nicht sehr anspruchsvoll, nicht, Gordo?“ fragte Scott.

„Nein, überhaupt nicht.“

Sie folgten dem Pfad hinein in die Stille des Krater. Teris Wasserflasche, die an ihrem Rucksack hing, schlug beim Gehen gegen ihren Oberschenkel. *Gut. Vielleicht wird dadurch das Fett meiner Oberschenkel ein bißchen mehr verteilt.*

Nachdem jeder seinen Rhythmus gefunden hatte, zerstreute sich die kleine Gruppe. Teri ging als vierte von hinten und war durchaus nicht daran interessiert, sich an die Spitze vorzuarbeiten.

Scott trieb sie an. Er wollte, daß sie unmittelbar hinter ihm ging. Er konnte dadurch aber niemanden überholen, weil das bedeutet hätte, daß jemand zwischen ihnen gehen würde.

Nach der dritten Pause sagte Teri schließlich: „Warum gehst du nicht vor? Ich komme mit meinem Rhythmus gut zurecht.“

„Aber ich möchte dich bei mir haben“, gab Scott zurück.

„Ich versuche, Schritt zu halten“, meinte Teri achselzuckend. „Aber ich kann für nichts garantieren. Das soll Freude machen, es ist kein Rennen.“

Doch das war das Verkehrteste, was Teri sagen konnte. Ihr wurde klar, daß es ihm sehr schwer fiel, Schlußlicht zu sein, da er überaus ehrgeizig war. Er wollte den Vulkan erobern.

„Geh ruhig voraus", sagte Teri. „Ich komme gut zurecht. Wir sehen uns dann in der Hütte oder vielleicht auch beim Mittagessen."

„Und du hast auch bestimmt nichts dagegen?"

„Nein. Mach nur, was dir Freude macht. Verausgabe dich. Ich bin nicht darauf versessen."

Scott marschierte davon, ohne auch nur zurückzusehen. Teri betrachtete ihre Weggefährten: zwei Männer, die jünger waren als sie und die sie bis zu diesem Tag noch nie gesehen hatte. „Na, seid ihr bereit?"

Die Tatsache, daß sie Scott freigegeben hatte, schien auch auf diese beiden Einfluß zu haben, denn auch sie marschierten nun schneller. Schon bald hatten sie Teri hinter sich gelassen, und sie erkannte, daß sie nun am Ende der Gruppe ging. Das hatte sie keinesfalls gewollt. Sie wollte nicht die schwache Frau sein, die kaum ihr Gepäck tragen oder mit den Männern Schritt halten konnte. Sie waren alle in Bestform, rannten sie doch den ganzen Tag im Hotel herum und hoben schwere Koffer. Sie dagegen hatte eine gute Woche mit einem verletzten Fuß im Bett gelegen. Und allmählich fing er an, wieder zu schmerzen.

Warum bin ich nur mitgekommen? Ich meine, es ist wunderschön, aber ich hätte das alles doch auch vom Wagen aus betrachten und wieder nach Hause fahren können.

Sie fing an, leise zu beten. „Vater, ich hoffe, du hast einen guten Grund gehabt, mich hierherzubringen."

Kapitel Neunzehn

Während Teri den Pfad entlangwanderte, fiel ihr ein, daß sie keine Ahnung hatte, wo sie hinging. Sie hatte nur mit halbem Ohr hingehört, als die Männer den Namen der Hütte nannten, in der sie übernachten wollten.

Das kann doch nicht so schwierig sein. Ich bleibe auf dem Pfad, bis ich an eine Hütte komme. Sie werden bereits da sein und mich necken, daß ich eine solche Schnecke bin. Aber das macht nichts. Ich will diese Wanderung genießen.

Sie dachte daran, wie Gordon stehengeblieben war, um den Eukalyptusduft einzuatmen. So wollte sie dieses Abenteuer erleben und sich keinen Duft, kein Geräusch und keinen Anblick entgehen lassen. Je tiefer sie in den Krater hinabstiegen, desto stiller wurde es.

Wie haben es die anderen nur geschafft, soviel Vorsprung zu bekommen? Ich bin doch hoffentlich nicht irgendwo falsch abgebogen? Das ist unmöglich. Es gab keine Abzweigungen. Das muß der richtige Weg sein.

Teri blieb stehen, um einen Schluck Wasser zu trinken. Während sie dort stand, den Fuß auf einen ausgehöhlten Vulkanstein gestützt, rissen die Wolken in der Mitte des Kraters auf, und der schönste Regenbogen, den sie je gesehen hatte, wölbte sich über ihr.

„O Vater, ist das schön!" flüsterte sie. Ganz spontan stellte Teri ihre Wasserflasche ab und begann zu klatschen und laut zu lachen. Dann beobachtete sie, wie der Wind den Wolkenvorhang wieder vorzog und der Regenbogen verschwand. „Das war unglaublich!"

Als Teri sich wieder auf den Weg machte, pfiff sie das Lieblingslied ihrer Großmutter „Wie groß bist du" vor sich hin.

Den Chorus sang sie laut. Tränen stiegen ihr in die Augen. Sie konnte sich nicht erinnern, wann sie zuletzt eine solche Liebe zu Gott empfunden hatte. Ihre Seele war ganz von einer tiefen Zufriedenheit erfüllt, und sie wünschte sich, sie könnte diesen Augenblick mit jemandem gemeinsam erleben.

Sie mußte wissen, ob Scott eines Tages eine solche geistliche Erfahrung mit ihr teilen konnte, das war ihr klar. Entweder würde sie an Scotts Leben erkennen können, daß er Christus liebte, oder sie würde ihre Beziehung beenden, ob es sprühende Funken der Leidenschaft gab oder nicht.

Nach der nächsten Biegung wurde das Gelände flacher, und Teri entdeckte eine Hütte. Sie beschleunigte ihren Schritt. Die Männer saßen bereits im Gras, aßen und riefen ihr neckende Bemerkungen zu, als sie an ihnen vorbeikam.

„Ihr könnt mich aufziehen, soviel ihr wollt", sagte Teri, als sie ihren Rucksack abnahm und auf den Boden stellte, „aber ich habe einen Regenbogen gesehen, und ich wette, ihr nicht!"

Sie sahen einander an, so als wollten sie sagen, sie hätten in ihrem Leben schon so viele Regenbögen gesehen.

„Das war nicht nur irgendein Regenbogen. Es war *der* Regenbogen des Tages, der Woche, vielleicht des Jahres!" In einer dramatischen Geste hob sie die Hände in die Luft. „Und ihr habt ihn verpaßt, weil ihr es so eilig hattet!"

Die anderen lachten.

Teri gab auf und setzte sich neben Scott, der ihr einen Fleischspieß hinhielt. „Warum sind wir nicht in der Hütte?"

„Das ist nicht die Hütte, in der wir übernachten", erwiderte Dan.

„Wo übernachten wir denn, oder soll ich das nicht erfahren?" fragte Teri.

„Sagen wir, wir haben etwa ein Drittel des Weges hinter uns", erklärte Gordon.

„Was bedeutet, daß Teri vielleicht gegen Mitternacht ankommt", neckte einer der Männer.

„Ich kann mithalten. Macht euch um mich keine Gedanken."

„So, es ist Zeit aufzubrechen", meinte einer der Männer. „Wir sehen euch heute abend in der Kapalaoa-Hütte."

Teri trank schnell einen Schluck Wasser. „Dann los", sagte sie.

„Du mußt doch etwas essen", meinte Scott. „Ich bleibe bei dir."

„Du brauchst nicht zu warten. Ich kann unterwegs etwas essen."

„Sicher?" Er strich ihr eine Haarsträhne aus dem Gesicht.

Teri stand auf und reichte ihm ihre Hand, so als wolle sie ihm helfen, aufzustehen. Er nahm sie, zog sich hoch und sagte: „Du wirst bestimmt eines Tages durch die Anden wandern. Ich würde gern nach Peru zurückgehen. Bist du interessiert?"

Sie fragte sich, ob die anderen das auch gehört hatten. Die Männer schulterten gerade ihre Rucksäcke wieder. „Das kommt darauf an."

„Worauf?" fragte Scott, der ihr half, ihren Rucksack aufzuladen. Ohne diese Last hatte sie sich viel energiegeladener gefühlt.

„Ich denke, da gibt es einiges, über das wir reden sollten", erwiderte Teri leise. „Unterwegs habe ich intensiv nachgedacht."

„Ach ja?" Scotts Haar war nun nicht mehr ordentlich zurückgekämmt, sondern hing ihm über die Schläfen. „Das ist komisch, weil ich auch sehr intensiv nachgedacht habe."

Die Gruppe brach auf, doch Scott und Teri blieben zurück, um zu reden.

„Ich möchte dich in meinem Leben haben, Teri. Ich habe versucht zu begreifen, worum es dir geht. Ich habe versucht, es langsam angehen zu lassen, wie du mich gebeten hast. Ich habe versucht, dir Freiraum zu geben. Ich habe nicht jeden Tag angerufen und bin nicht dauernd gekommen, weil ich nicht wollte, daß du dich eingeengt fühlst."

„Ich fühle mich nicht eingeengt. Eigentlich fühle ich mich ... na ja, verletzt, weil du nicht gekommen bist oder angerufen hast, vor allem, als ich meinen Fuß verletzt hatte."

Scott schüttelte den Kopf. „Das scheint dann ein Mißverständnis gewesen zu sein. Ich dachte, du würdest mich zurückstoßen, darum habe ich mich zurückgehalten. Aber das ist nicht, was ich mir wünsche. Es liegt an dir. Bist du bereit, daß sich unser Verhältnis ändert?"

Teri zögerte. Sie glaubte ja, aber sie wußte nicht so genau, wo Scott geistlich stand, und darüber wollte sie unbedingt Klarheit haben. „Darf ich dir ein paar Fragen stellen?"

„Sicher. Hast du etwas dagegen, wenn wir das unterwegs tun?"

Teri folgte ihm und sagte: „Scott, ich muß wissen, wie deine Beziehung zu Gott ist. Ich meine, ich weiß, daß du in der Schule Christ geworden bist, dich während der Unizeit von Gott entfernt hast und nun bereit bist, wieder in die Gemeinde zu gehen und so. Aber ich denke, ich möchte wissen, wie du innerlich stehst."

„Was meinst du?"

„Ich meine, weißt du, ob du errettet bist? Liebst du Gott? Hast du Jesus gebeten, dir deine Sünden zu vergeben und in dein Herz zu kommen? Ist er der Herr deines Lebens?" Es war nie Teris Stärke gewesen, mit Menschen über geistliche Angelegenheiten zu sprechen. Sie vermutete, daß ihre Fragen zu direkt waren.

Ihre Vermutung wurde bestätigt, als Scott zu lachen begann und sagte: „Mann, welche Gemeinde würde dich nicht gern zu ihrer obersten Sonntagsschulleiterin machen!"

„Mir ist das wichtig, Scott. Ich möchte wissen, wie wichtig es dir ist.“

„Sehr.“

Sie wartete darauf, daß er näher darauf einging.

„Ich glaube dasselbe wie du, Baby. Ein Grund, warum ich so verrückt nach dir bin, ist, daß du einen guten Einfluß auf mich ausübst. Bist du aufgebracht, weil ich noch nicht mit dir in den Gottesdienst gegangen bin? Du weißt, daß sich das mit meiner Arbeitszeit überschneidet. Sobald ich lange genug hier bin, wechsele ich die Schicht, und dann gehe ich mit dir. Du willst doch hierherziehen, nicht?“

„Ich bin nicht sicher.“

„Was gibt es da noch zu überlegen? Ich dachte, du würdest deine Freundin in Glenbrooke um das Startkapital bitten, damit wir loslegen können. Dan ist von der ganzen Sache überzeugt.“

„Ich halte das auch für eine gute Idee. Es ist nur, daß ...“

„Daß du nicht weißt, wo du mit mir stehst? Ich denke, ich habe meine Absichten deutlich gemacht. Ich möchte dich hier haben, Baby.“

Doch anstatt mehr Sicherheit in bezug auf ihre Beziehung zu Scott zu empfinden, zuckte sie zurück und dachte: *Du willst mich hier haben, aber ich weiß nicht, was ich möchte.* Es störte Teri auch, daß er angefangen hatte, sie „Baby“ zu nennen. Wollte er dadurch weitere Namensverwechslungen vermeiden?

Scott blieb stehen und nahm Teris Hand. Ernst sah er sie an. „Erinnerst du dich, daß ich einmal gesagt habe, du solltest dich entspannen und es einfach geschehen lassen?“

Teri drückte seine Hand. „Du hast recht.“

Er sah ihr in die Augen und flüsterte: „Komm schon, Baby, laß es einfach geschehen.“

Teri sagte nichts, sah ihn nur erwartungsvoll an. Sie war sicher, Scott würde sie in die Arme nehmen und küssen. Aber das tat er nicht. Er verstärkte seinen Griff an ihrer Hand und fuhr ihr mit den Fingern durchs Haar. Schweigend standen sie im Innern des Vulkans und blickten sich an.

„Wir gehen jetzt wohl besser weiter", sagte Teri schließlich.

Scott ließ ihre Hand los. Ihr war nicht so ganz geheuer, daß er es so hervorragend verstand, sie zu manipulieren, mit ihren Gefühlen zu spielen und ihr die richtigen Antworten zu entlocken. Sie folgte ihm den Pfad entlang und versuchte, sich über ihre Gefühle klarzuwerden.

Empfinde ich das wirklich für ihn, oder manipuliert Scott mich irgendwie? Unsere Beziehung ist so stark. Ich wünschte, ich wüßte, was er wirklich denkt und fühlt. Ich höre, was er sagt, aber irgendwie habe ich den Eindruck, daß ich noch nicht weiß, wie es tatsächlich in ihm aussieht.

Schweigend machte Teri dies zu ihrem Ziel. Bevor dieser Ausflug zu Ende ging, wollte sie Scotts eigentliches Wesen kennenlernen. Gordon hatte ihr seine Einstellung gezeigt, als er beim Schwimmen gerufen hatte: „Gute Arbeit, Gott!" Und so wollte sie auch bei Scott wissen, wo sie dran war.

Der Pfad machte eine Biegung. Auf einem Schild stand: „Silberschwertabzweigung". Gordon wartete dort auf sie.

„Ich werde nun meine Rolle als Reiseführer wahrnehmen", sagte er. „Habt ihr schon von dem Silberschwert gehört?"

„Nein", erwiderte Teri.

„Müssen wir denn diese Abzweigung nehmen?" fragte Scott. „Es hat den Anschein, als würde dieser Pfad direkt zum Ziel führen."

„Die Abzweigung stößt wieder auf diesen Weg, ist aber etwa einen halben Kilometer Umweg."

„Dann gehen wir auf dem direkten Weg", sagte Scott und drängte vorwärts.

Teri ließ seine Hand los. „Ich möchte das gern sehen,

Scott. Ich bin nicht den ganzen Weg gelaufen, um alles Schöne zu verpassen."

„Das ist doch nur eine Ansammlung von Pflanzen. Du kannst sie überall sehen."

„Wenn man es genau nimmt", korrigierte Gordon, „ist dieser Krater der einzige Ort auf der Welt, wo das Silberschwert wächst. Sicher, sie sind überall im Krater verteilt, aber hier auf diesem Weg findet man sie in ziemlich großer Menge."

Teri warf Scott einen vielsagenden Blick zu und wandte sich an Gordon. „Das will ich mir unbedingt ansehen", sagte sie.

Widerstrebend folgte Scott.

„Also gut", sagte Gordon, räusperte sich und begann im Ton eines Reiseleiters: „Hier können Sie das Silberschwert in den verschiedenen Wachstumsphasen bewundern."

„Sie sehen aus wie Yuccapalmen", bemerkte Teri. Sie betrachtete die silberfarbenen kaktusähnlichen Pflanzen. Einige waren gerade erst aus dem Vulkanboden hervorgebrochen, andere so groß wie sie, aber auch dazwischen gab es noch alle möglichen Größen.

„Eigentlich gehören sie zur Familie der Sonnenblumen."

„Wirklich? Sie ähneln eher einem Kaktus." Teri blieb stehen, um die silbernen Stacheln zu betrachten, die am unteren Teil der Pflanze wuchsen. „Sie sehen aus wie kleine Stachelschweine mit Ballettröckchen!" Aus den Augenwinkeln erhaschte sie einen Blick auf Scott. Er wirkte verärgert.

„Diese stilettförmigen Blätter", fuhr Gordon fort, der sich von ihrer Bemerkung nicht hatte stören lassen, „brauchen zwischen vier und zwanzig Jahren zum Wachsen. Dann kommt zu irgendeinem Zeitpunkt ein Stengel hoch ... da, wie bei dieser Pflanze zum Beispiel."

„Was sind diese purpurnen Dinger?"

„Die Blüten. Sie können mehr als einhundert Blüten

haben, die bis zu drei Meter hoch werden. Sie blühen nur einmal. Die Blüten halten etwa einen Monat, dann stirbt die Pflanze."

„Erstaunlich", erwiderte Teri. „Wenn man sich vorstellt, bis zur Blüte zwanzig Jahre warten zu müssen und dann nach nur einem Monat zu sterben."

„Das klingt ja fast so, als würdest du von einem Menschen sprechen", sagte Scott, der versuchte, sie zum Weitergehen zu drängen.

„Oh, das wäre aber tragisch", meinte Teri, die hinter Scott herging. „Stell dir vor: Du wartest zwanzig Jahre darauf, dich zu verlieben. Und dann dauert die Liebe nur einen Monat, weil du stirbst."

Scott drehte sich zu ihr um und warf ihr einen vielsagenden Blick zu.

„Komm schon, Scott!" neckte sie und klopfte auf seinen Rucksack. „Wo bleibt dein Sinn für Romantik?"

„Ich habe es satt, unserem ‚Naturburschen' zuzuhören, während alle anderen schon viel weiter sind." Er beschleunigte seinen Schritt. „Wir sehen besser zu, daß wir sie einholen. Du würdest doch nicht wollen, daß ich jetzt meinen Sinn für Romantik verliere, oder?"

Teri warf einen Blick zurück auf Gordon, der unmittelbar hinter ihr ging. Sie zuckte die Achseln und grinste verlegen, als wolle sie sich für Scotts Bemerkung entschuldigen.

Gordons tiefblaue Augen waren mit festem Blick auf sie gerichtet. „Ich würde sogar zwanzig Jahre warten", sagte er so leise, daß nur sie es hören konnte.

Teri verlagerte das Gewicht ihres Rucksacks und starrte auf den Pfad. *Worauf zwanzig Jahre warten? Sich zu verlieben? Ich glaube nicht, daß du soviel Zeit hast, mein Lieber. Zwanzig Jahre, dann bist du …*

„Gordon, wie alt bist du?"

„Vierunddreißig."

Vierunddreißig war für Teri ein stattliches Alter. Sie konnte sich nicht vorstellen, mit vierunddreißig Jahren noch nicht verheiratet zu sein. Oder vierunddreißig zu sein und zu sagen, sie würde noch zwanzig Jahre auf den Richtigen warten. Je mehr sie darüber nachdachte, desto mehr war sie davon überzeugt, mit Scott richtig zu liegen.

In Gedanken träumte sie bereits von einer Ehe mit Scott. Sie würden zwei oder drei Kinder haben. Mit ihren Kindern würden sie dann später auch einmal durch den Krater wandern. Die Jungen würden Wanderstiefel tragen und sich bemühen, mit ihrem Vater Schritt zu halten. Die kleine zweijährige Emily würde auf Scotts Schultern sitzen. Wie ihr Vati würde sie blonde Haare haben, aber von Teri würde sie die wilden Locken geerbt haben. In ihrem Traum war sie mit ihrem vierten Kind schwanger, aber erst im vierten Monat und von daher noch sehr beweglich.

Teri dachte daran, wie wundervoll es sein müßte, ein Kind zu erwarten, ein winziges Leben in sich zu tragen, das ein Teil von ihr war, aber auch von ... Scott? Scott. Ja, Scotts Kinder würden großartig werden, keine Frage.

Aber konnte sie ihn heiraten? War er wirklich der Richtige? Ganz sicher hatte er seine Absichten deutlich gemacht. Wenn das alles nur nicht so gezwungen wirken würde.

Der Pfad führte gerade durch eine tiefe Schlucht im Krater, deren Wände verkohlt waren. Unter ihren Füßen knirschten kleine schwarze Steinchen. Teri betrachtete Scotts stämmige Figur vor sich. Er war das Sinnbild für Kraft und Geborgenheit. Scott Robinson könnte jede Frau haben, die er wollte, und er hatte sich ausgerechnet Teri ausgesucht.

Komm schon, Scott, zeig mir dein Inneres, damit ich es ganz genau weiß.

Kapitel Zwanzig

„Wir wollten schon einen Suchtrupp nach euch dreien losschicken“, sagte Dan, als Teri, Scott und Gordon endlich bei der Hütte eintrafen. Es war Abend, und die anderen waren offensichtlich schon lange angekommen. Einige der Männer fütterten einige gänseähnlichen Vögel, die sich vor der Treppe der Hütte versammelt hatten.

„Ich sehe, die ‚Nenes‘ haben euch gefunden“, sagte Gordon, als er seinen Rucksack abnahm. „Wußtet ihr, daß es diese Vögel nur hier gibt?“

Teri hörte, wie Scott vor sich hinmurmelte: „Wenn der Naturbursche mir noch eine Vorlesung über diesen Vulkan hält ...“ Scotts Gesicht war gerötet, als er die Fäuste ballte und seinen Rucksack abnahm.

Während der vergangenen Stunden hatte es Gordon sehr ernst genommen mit seiner Rolle als Reiseführer. Offensichtlich war er Scott damit auf die Nerven gegangen. Scott hatte die Hütte so schnell wie möglich erreichen wollen. Teri dagegen hatte sich über all die Informationen zur Vegetation gefreut. Aber vor einer Stunde hatte sie um Scotts willen aufgehört, Gordon Fragen zu stellen.

Die letzte Stunde schien länger gewesen zu sein als der ganze Tag zusammen. Solange Gordon erzählt hatte, war die Zeit schnell vorbeigegangen, aber Gordons liebenswürdige Erklärungen zu dem, was sie sahen, hatten Scott auf die Palme gebracht.

„Was gibt es denn zum Abendessen?“ fragte Teri und hoffte, so die Anspannung vertreiben zu können, die sie auf Scotts Gesicht las.

„Wir haben auf euch gewartet“, sagte Dan.

„Was? Damit ich für euch alle das Abendessen machen kann?" fragte Teri. „Das kann doch wohl nicht wahr sein."

„Nein, damit wir alle zusammen essen können", erwiderte Dan. „Entspann dich, Teri. Ich habe die Spaghetti bereits in den Topf getan. Ich habe damit extra gewartet, bis ihr kamt."

„Danke, Dan." Sie setzte sich auf die Holzstufen, die zur Hütte führten, und stieß einen müden Seufzer aus. Alle Männer sahen sie an. „Was ist los?" fragte sie und starrte zurück.

„Warum habt ihr so lange gebraucht?" fragte einer von ihnen.

„Wir haben die Wanderung genossen", gab Teri zurück. „Habt ihr die Silberschwert-Abzweigung genommen?"

Alle sahen sich an. „Nein."

„Was hat es für einen Sinn, eine solche Wanderung zu machen und weder nach rechts noch nach links zu sehen und nur dem Ziel entgegenzustreben?"

„Bier?" fragte einer von ihnen und hob seine halbleere Flasche.

„Das ist genau das Richtige für mich!" sagte Scott. „Wer war so klug, das Bier mitzunehmen?"

Teri beobachtete, wie Scott eine Flasche Bier öffnete und sich zu den anderen gesellte. Es machte ihr nichts aus, daß Scott Alkohol trank, das glaubte sie zumindest. Aber sie war nicht sicher. Gordon setzte sich zu ihnen, ohne eine Flasche Bier anzunehmen. Er beteiligte sich sofort an ihrer Unterhaltung, und Teri fühlte sich auf einmal ausgeschlossen. Still erhob sie sich und trug ihren Rucksack in die Hütte.

In der Hütte war es dunkel. Dan rührte in einem Topf über dem Feuer in einer Ecke der Hütte. Mitten im Raum stand ein langer Tisch, an dessen Seiten jeweils eine Bank stand. An den Wänden befanden sich die eingebauten dreistöckigen Kojen. Die unteren Betten waren bereits alle belegt.

Teri fand eine leere Koje in der Nähe der Tür und kletterte hinauf, um ihr Bett zu machen. Sie fühlte sich wie in einem Sommerlager.

Die Tür öffnete sich, und ein schwacher Lichtschimmer fiel auf Teris Bett. Gordon kam herein, sah zu ihr hinauf und lächelte. „Oberste Koje, ja?“

„Ich glaube, das ist die einzige, die noch frei ist“, erwiderte sie.

„Kann ich dir helfen, Dan?“ fragte Gordon.

Teri entfaltete ihre Wolldecke und sah zu, wie die beiden Männer mit dem großen Topf hantierten. Dan hatte zu viele Spaghettis hineingetan. Sie mußten den Topf nach draußen bringen, um das überschüssige Wasser abzuschütten. In diesem Augenblick begann die Tomatensoße zu kochen. Teri kletterte von ihrer Koje herunter und übernahm die Regie in der Küche, obwohl sie sich eigentlich geschworen hatte, genau das nicht zu tun.

Das Abendessen schmeckte prima. Es gab für jeden genug. Teri aß schweigend, während sie die Männer beim Reden beobachtete. Der Raum war voller Leute. Die meisten verhielten sich so, als sei Teri gar nicht da, und das Hauptthema der Unterhaltung war der Sport.

Dan und Gordon sprachen mit Kai darüber, daß sie der Typ Mann seien, in dessen Leben nur eine Frau Platz habe.

Natürlich war Dan ein solcher Mann. Teri wunderte sich darüber, daß Gordon so etwas von sich behauptete, dieser Mann, der Narben von einem Motorradunfall hatte, der Bierflaschen mit den Zähnen öffnete. Aber noch mehr beschäftigte sie sich gedanklich mit Scott.

Scott hatte anscheinend auch gerade an Teri gedacht, denn er erhob sich von seinem Platz und stellte sich hinter sie. Mit leiser, heiserer Stimme flüsterte er: „Komm mit nach draußen.“

Ihr war es peinlich, daß alle mitbekamen, daß sie mit Scott nach draußen ging. Als sie aufstand, drehte sich Dan zu ihr herum und sah sie eindringlich an. Teri erinnerte sich an seinen brüderlichen Rat, klopfte ihm auf die Schulter und sagte: „Möchte noch jemand einen Spaziergang mit uns machen?"

Niemand antwortete. Teri verließ mit Scott die Hütte, und jetzt hatte sie nicht ganz so stark das Gefühl, als würde sie sich hinausschleichen.

Als sie die Tür hinter sich schlossen, legte Scott seinen Arm um ihre Taille und fragte: „Warum hast du das gemacht?"

„Was?"

„Die anderen aufgefordert. Ich habe dich gebeten, mit mir nach draußen zu kommen, nicht sie."

„Ich hatte wohl den Eindruck, daß es zu offensichtlich war." Scott sah sie an. Seine grauen Augen warteten auf eine Erklärung.

„Ich fühle mich halt ein wenig seltsam, die einzige Frau unter euch Männern zu sein."

„Aber es ist dir doch nicht peinlich, mein Mädchen zu sein, oder?"

Sie konnte nicht antworten. Ihre Gedanken drehten sich nur darum, daß sie die einzige Frau für Scott Robinson war.

„Komm mit", sagte Scott. „Ich möchte dir etwas zeigen." Er führte sie einige Meter in die Dunkelheit hinein, wo es still und dunkel war. An einer offenen, flachen Stelle blieb er stehen, nahm Teri fest in die Arme und begann sich mit ihr zu drehen, wobei er ihr ins Ohr summte.

„Was machst du?" Teri entwand sich ihm mit einem nervösen Lachen.

„Erzähl mir nicht, daß du nicht schon mal unter Sternen getanzt hast."

„Ich habe noch nie getanzt", erwiderte Teri.

„Noch nie?"

Teri schüttelte den Kopf.

„Du hast wirklich ein sehr behütetes Leben geführt. In

Ordnung. Damit können wir klarkommen. Sieh zuerst einmal nach oben."

Sie tat es. Der schwarze Himmel sah wie Satin aus, auf dem unzählige Sterne funkelten. „Es ist wunderschön", sagte sie leise.

„Du auch", flüsterte Scott. „Jetzt lege deine Hand auf meine Schulter. So ist es richtig. Ich halte deine rechte Hand. Und jetzt laß dich von mir führen." Er begann zu summen und bewegte seine Füße langsam vor und zurück.

Teri versuchte sich zu entspannen. *Das wolltest du doch*, sagte sie sich. *Laß es doch einfach geschehen. Sei nicht so steif. Er versucht doch, dir sein Inneres aufzuschließen.*

Scott hielt sie im Arm und summte ihr ins Ohr. Teri spürte, wie sie dahinschmolz. All die starren Regeln ihrer Kindheit zählten nicht mehr. Sie konnte tanzen. Tanzen war nicht verkehrt. Und schon gar nicht das Tanzen mit einem Menschen, den sie liebte.

Ich muß ihn lieben, redete sie sich ein. *Wenn ich ihn nicht lieben würde, könnte ich nicht so für ihn empfinden. Das ist gut. Wenn ich lockerer werde und mich ihm ein wenig anpasse, wird er auf mich reagieren und sich geistlich mir ein wenig annähern. Das hat Dan gemeint, als er sagte, zwei Leben würden zu einem verschmelzen.*

„Wir sind füreinander geschaffen", murmelte Scott ihr ins Ohr. „Meinst du nicht?"

„Mmm-hmmm", murmelte Teri.

„Ich möchte dich nicht verlieren. Sag mir, daß du herziehst, damit wir unser gemeinsames Leben beginnen können."

„In Ordnung", erwiderte Teri.

Scott blieb stehen und bog den Kopf zurück, um sie ansehen zu können. „Meinst du das im Ernst?"

„Ja", flüsterte sie leise. „Ich meine es ernst." *Das ist es. Die neue, veränderte Teri, die sich nicht mehr an starre Regeln hält.* „Ich bin bereit, unsere Beziehung zuzulassen."

„Gut", sagte Scott und zog sie wieder an sich. Er begann wieder zu summen und tanzte weiter.

Teri spürte ihren Herzschlag an seiner Brust. „Du hast doch nichts dagegen, die Dinge langsam angehen zu lassen, oder?" fragte sie.

„So langsam, wie du möchtest, Baby." Scott verlangsamte seinen Walzerschritt. „So langsam, wie du möchtest." Dann beugte er sich vor und küßte sie auf die Lippen, langsam, sanft und sehr lange.

Teri brauchte keinen weiteren Beweis. Scott war der Richtige für sie. Sie war bereit, seine Frau zu werden.

Kapitel Einundzwanzig

Am nächsten Tag, als die Gruppe wieder aufbrach, mußte Teri immer wieder an den vergangenen Abend denken. Wieder und wieder durchlebte sie den Tanz mit Scott unter dem Sternenhimmel und Scotts langsame und zärtliche Küsse. Endlich hatte sie einen Entschluß gefaßt. Sie würde auf Maui bleiben. Keinesfalls wollte sie aus dieser Beziehung die Romantik herausanalysieren.

Scott schien nicht mehr so ungeduldig wie gestern zu sein. Natürlich führte er die Gruppe an, Teri ging unmittelbar hinter ihm, und sie blieben auch nicht mehr stehen, um auf die Erläuterungen des ‚Naturburschen' zu hören. Statt dessen unterhielten sich Scott und Teri mit einer neuen Offenheit.

„Wenn wir zurückkommen", sagte Scott, „müssen wir uns um einen Gewerbeschein für dich kümmern. Aber zuerst müssen wir uns einen Namen ausdenken. Und ein Konto eröffnen. Es würde auch nicht schaden, ein paar Visitenkarten drucken zu lassen."

„Denkst du denn, daß es wirklich laufen wird?" fragte Teri.

„Wir können es doch auf jeden Fall probieren, meinst du nicht? Woher willst du wissen, ob es funktioniert, wenn du das Risiko nicht eingehst?"

Sprichst du von dem Tamalegeschäft oder von unserer Beziehung? Aber sie hatte weder vor dem einen noch vor dem anderen Angst, und das war gut so.

An diesem Tag legten sie etwa sechs Kilometer zurück. Während der letzten Stunde marschierten sie über matschige Wege durch einen Regenwald, in dem riesige Farnpflanzen aus dem glatten schwarzen Felsen emporschossen. Sie waren von grünem Blattwerk umgeben, und es erschien Teri ein um so größerer Kontrast zu der kahlen und sandigen Umgebung am gestrigen Tag zu sein.

Der Weg zur Paliku-Hütte war nicht so weit, und darum kamen sie bereits gegen Mittag dort an. Es regnete in Strömen. Die Männer setzten sich an den Tisch und begannen Karten zu spielen.

Teri hielt drei Spiele durch und gab dann auf. Auch Kartenspiele waren in ihrer Kindheit verpönt gewesen. Sie war zu viele Jahre hinter den Männern zurück, um gut spielen zu können, darum hängte sie sich ihren kleinen Rucksack über die Schulter und machte sich auf den Weg, ihre Umgebung zu erforschen.

Der Regen hatte aufgehört. Neben der Mauer des schwarzen Vulkangesteins, das auf dem Weg aus der Mitte der Erde zum Meer erkaltet war, wirkte die Hütte wie ein Zwerg. Jetzt wuchsen auf der erkalteten Lava große grüne Farne und wilde Orchideen.

Teri wanderte in das Dickicht hinein. Ihre Stiefel drückten sich in den weichen Schlamm. Nach einigen Metern blieb sie stehen und sah nach oben. Zwei vollkommene Regenbogen wölbten sich über ihr am Himmel.

Teri blieb bei diesem Anblick die Luft weg. Doch es war keiner da, der diesen wunderbaren Augenblick mit ihr teilte. Sie wünschte, Scott wäre bei ihr, stände hier neben ihr. In einem solchen Augenblick würde sie sein wahres Ich erkennen. Er würde sie in den Arm nehmen, und sie würde sich sicher und geborgen fühlen.

Doch so fühlte sie sich einsam. Ganz und gar nicht so wie am ersten Tag, als sie beim Anblick des Regenbogens geklatscht und laut gesungen hatte. *Was hat sich verändert? Ich habe das Gefühl, nicht mehr derselbe Mensch wie gestern zu sein.*

Leise begann sie das Lied zu singen, das ihr gestern in den Sinn gekommen war. Sie zwang die Worte auf ihre Lippen. Widerstrebend überwand sie sich schließlich und sang: „Wie groß bist du ..."

Eine volle Baritonstimme fiel ein: „Dann jauchzt mein Herz ..."

Teri wirbelte herum und entdeckte Gordon, der zwischen den Farnen und Orchideen am Berg hockte. „Das hat meine Großmutter immer gesungen", rief er ihr zu.

Teri lächelte. Anscheinend war das das Lieblingslied aller Großmütter. „Meine auch", rief sie zurück.

Gordon pflückte eine Blume und rannte den steilen Hügel hinunter. Teri hielt die Luft an, weil sie Angst hatte, er könnte hinfallen. Wunder über Wunder, aber Gordon schaffte es unbeschadet zu ihr hinunter.

Er kam auf Teri zu. Sie stand still, beobachtete, wie er sich ihr selbstbewußt näherte. Damals am Strand war er mit demselben Überschwang den Wellen entgegengetreten.

Er hielt Teri die Blume hin. Sein Gesicht hatte wieder diesen schelmischen Ausdruck. „Einige brauchen nur wenige Tage, um zu erblühen."

„Nicht wie das Silberschwert", erwiderte Teri und erinnerte sich an die Botanikstunde vom Tag zuvor.

„Seltsam, nicht? Die Blumen weigern sich nicht, zu der ihnen bestimmten Zeit aufzublühen. Warum tun wir es nicht auch?"

Teri nahm die Blume an und fuhr mit dem Finger über die zarten Blütenblätter. Sie war nicht sicher, daß sie wußte, was er meinte. „Ist es das, was du den ‚ungezwungenen Rhythmus der Gnade' nennst?"

Gordon wirkte überrascht. „Richtig! Wo hast du das gehört?"

„Von Annie. Sie hat mir von deinem sehr kreativen Abendmahlsgottesdienst erzählt."

Er brach in schallendes Gelächter aus. „Wir sind wirklich zerbrechliche Menschen und haben mit dem Ewigen zu kämpfen. Ich kann es kaum erwarten, bis wir alle an seinem Tisch versammelt sind zum Hochzeitsfest des Lammes."

„Gordon ..." Er stand sehr dicht neben ihr, und sie zögerte, zu ihm aufzusehen.

„Ich werde in seine geöffneten Arme laufen", sagte Gordon, versunken in seinen Gedanken an den Himmel.

„Gordon?" fragte sie wieder. Sie sah zu ihm auf und wartete, bis er ihren Blick erwiderte. „Darf ich dich etwas fragen?"

„Natürlich. Alles, was du möchtest."

„Denkst du, ich sollte Scott heiraten?"

Gordon trat einen großen Schritt zurück. Er antwortete nicht sofort. Schließlich räusperte er sich und sagte: „Ich fürchte, meine Meinung ist nicht ganz unvoreingenommen."

„Wirklich? Erzähle." Bei der „Taufe" war er zwar nicht gerade sehr sanft mit ihr umgegangen, doch ansonsten hielt Teri ihn für einen sehr liebevollen, aufrichtigen Ratgeber. Sie wollte seine Meinung hören.

Gordon legte einen Arm um Teris Schulter und drückte sie freundschaftlich. „Das ist mit einem Arm", sagte er. Dann umfaßte er sie mit beiden Armen und zog sie so fest an sich, daß ihr die Luft wegblieb. „Und das", murmelte er ihr ins Ohr, „ist mit beiden Armen." Dann ließ er sie so schnell los, wie er sie in die Arme genommen hatte, und trat zurück.

Teri schnappte nach Luft.

„Die eigentliche Frage, Teri, ist: Umfaßt Scott dein Herz mit einem Arm oder mit beiden? Beantworte diese Frage, dann wirst du es wissen."

Sie spürte, wie sie errötete, und mied Gordons Blick. Anstatt ihr einen hilfreichen Rat zu geben, hatte er sie verwirrt.

„Danke", murmelte sie. „Ich werde darüber nachdenken."

Ein Lächeln stahl sich auf Gordons Gesicht. „Er ist ziemlich unberechenbar, mußt du wissen."

„Meinst du Scott?"

„Nein." Gordon lachte. „Gott. Seine Wege sind nicht immer unsere Wege. Seine Gedanken sind nicht unsere Gedanken. Vielleicht überrascht er dich, überrascht er uns beide."

Teri konnte nur zustimmen. Sie gestand Gordon, daß nicht alles in ihrem Leben so gegangen war, wie sie es sich ausgedacht hatte. Aber in jeder Situation hatte sie Gottes Gegenwart erkannt, manchmal vielleicht noch nicht während des Entscheidungsfindungsprozesses, aber ganz bestimmt danach. Sie konnte zurücksehen und überall seine Fingerabdrücke erkennen.

Gordon lächelte und sagte: „Das ist es doch, nicht, Teri? Nach Gottes Fingerabdrücken suchen. Das gefällt mir. Das müssen wir tun. Nach seinen Fingerabdrücken suchen."

„Vermutlich hast du recht", sagte Teri und hielt ihre geöffnete Handfläche zum Himmel. Es hatte wieder angefangen zu regnen. „Ich denke, wir sollten zurückgehen."

Sie wateten zusammen durch den Schlamm zur Hütte

zurück. Das Kartenspiel war noch in vollem Gange. Niemand schien zu bemerken, daß sie zusammen hereinkamen.

Niemand, nicht einmal Scott, sah, daß sie die Orchidee zwischen zwei Taschentücher legte und mit ihrem schweren Stiefel vorsichtig darauf trat. Die Tücher mit der Blume legte sie ganz unten in eine kleine Pappschachtel, dem einzigen Platz, den sie für sicher hielt.

Am Abend nach dem Abendessen saßen alle am Tisch und unterhielten sich. Sie lehnte sich gegen Scott und legte seinen Arm um sich. Bereitwillig zog Scott sie zu sich heran und flüsterte ihr zärtliche Worte ins Haar. Die Aufmerksamkeit, die er ihr zeigte, wirkte belebend auf sie.

Am dritten Tag verhielten sich die anderen Männer der Gruppe ihnen gegenüber ganz anders. Alle gingen davon aus, daß sie allein sein wollten, da sie deutlich gezeigt hatten, daß sie ein Paar waren. Die Männer waren bereits fertig, als Teri gerade ihren Rucksack packte, und brachen auf. Auch Scott war schon fertig. Aber er blieb zurück und wartete auf Teri. Schnell faltete sie ein Tuch und band es sich um ihre wilden Haare.

„Bist du denn noch nicht fertig?“ fragte Scott, als sie gerade ihre Stiefel zuschnürte. „Komm endlich.“

„Ich bin schon fertig, ich bin schon fertig“, sagte Teri fröhlich und nahm ihren Rucksack auf.

„Heute erwartet uns ein mörderischer Marsch, Baby. Die anderen werden nicht auf uns warten.“

„Dann los“, sagte Teri brüsk, marschierte an ihm vorbei und öffnete die Hüttentür. Es regnete wieder. Gordon hatte berichtet, daß bei dieser Hütte durchschnittlich zweihundertfünfzig Zentimeter Regen im Jahr fiel. „Warte! Ich habe vergessen, mein Regencape anzuziehen.“

Jetzt wirkte Scott wirklich ungeduldig. Während der folgenden drei Stunden änderte sich das auch nicht. Als sie in die sonnenüberflutete Mitte des Kraters zurückkehrten, war keiner von ihnen bester Laune.

Scott sah noch wütender aus, als er Gordon an einem der „interessanten Plätze“ stehen sah.

„Na großartig“, murmelte Scott. „Der Naturbursche wartet schon wieder.“

„Scott“, widersprach Teri leise, „er möchte doch nur behilflich sein.“

„Er geht mir auf die Nerven. Der Bursche weiß einfach nicht, wann es Zeit ist aufzuhören! Hast du ihn heute morgen singen hören?“

Teri hatte Gordons Singen während der Zubereitung des Frühstücks für alle nicht als störend empfunden. Er hatte nicht einmal laut gesungen. Es war ähnlich wie bei seinem Lachen; die Töne sprudelten einfach aus ihm hervor. Schon häufiger auf dieser Wanderung hatte sie ihn singen und pfeifen hören. „Sei nett, Scott, ja?“

„Und was haben wir hier, o großer Herr des Kraters?“ rief Scott Gordon zu. Teri spürte, daß sein Necken alles andere als gutmütig gemeint war.

„Die bodenlose Grube“, erwiderte Gordon. Er stand neben einem Geländer, das um ein Loch von etwa drei Metern Breite gezogen worden war. „Zweiundzwanzig Meter bis zum Boden.“

„Bist du sicher?“ fragte Scott. „Können wir nicht etwas hineinwerfen, um das zu testen?“

Teri befürchtete, daß Scotts „etwas“ Gordon selbst war. Ohne seine Geschwindigkeit zu verringern lief Scott an der Stelle vorbei. Er schien nicht die Absicht zu haben, stehenzubleiben.

„Früher hat man hier die Nabelschnüre hineingeworfen.“

„Warte einen Augenblick“, sagte Teri, „ich möchte das sehen.“

„Mach nur“, erwiderte Scott. „Ich muß weitergehen. Wenn ich jetzt stehenbleibe, bekomme ich einen Krampf. Ich bin sicher, ihr zwei holt mich in wenigen Minuten ein.“

Teri sah ihm erstaunt nach und wandte sich Gordon dann wieder zu. Sie hatte vergessen, was Gordon gesagt hatte und warum sie stehengeblieben war. Daß Scott sie am ersten Tag allein gelassen hatte, war eine Sache. Aber jetzt waren sie zusammen. Sie waren ein Paar. Wie konnte er sie so stehenlassen?

Gordon blickte Teri eindringlich an. Irgendwie fühlte sie sich jetzt ruhiger.

„Es tut mir leid, Gordon. Was hattest du gesagt?"

Doch anstatt weitere Erklärungen abzugeben, blickte er Teri mitfühlend an. „Bist du in Ordnung?" fragte er.

„Ich? Sicher. Ja, mir geht es gut." Sie zwang sich zu einem Lächeln. „Was hattest du von diesem Loch erzählt? Zweiundzwanzig Meter oder so?"

„Richtig. Früher kamen die Hawaiianer hierher, um die getrockneten Nabelschnüre ihrer Neugeborenen hier hineinzuwerfen. Aber ich glaube, nur die ihrer Söhne. Wie viele Kinder möchtest du?"

„Kinder? Wie viele ich möchte?"

Teri schüttelte sich, um ihre Betäubung loszuwerden, und antwortete: „Vier. Vielleicht fünf."

Gordon lächelte und wandte sich um, um die Wanderung fortzusetzen. Da verlor er eine Sekunde lang die Balance, und Teri sprang vor, um ihn am Arm festzuhalten. Sie gaben sich gegenseitig Halt, nur wenige Zentimeter von der bodenlosen Grube entfernt.

„Das war gar nicht lustig", schnappte Teri. „Wir hätten auf einem Haufen versteinerter Nabelschnüre landen können."

Gordon brach in Gelächter aus.

„Komm", forderte Teri ihn auf. „Wir wollen die anderen einholen."

Schweigend gingen sie weiter. Der Aufstieg war anstrengend, und sie keuchten schwer. Plötzlich sagte Gordon: „Ich glaube, vier ist gut. Ich mag gerade Zahlen. Sechs wären noch besser als fünf."

Teri hatte keine Ahnung, wovon er sprach, aber sie war auch zu sehr in Gedanken versunken, um ihn danach zu fragen.

Kapitel Zweiundzwanzig

Teri saß allein im Sand und beobachtete die Wellen, die an den Strand rollten. Abgesehen von einigen Männern, die den Strand säuberten, war er verlassen. Drei Tage waren seit ihrer Rückkehr von der Wanderung vergangen, und sie hatte noch immer überall Blasen. Überall.

An diesem Morgen hatte sie sich den Wagen ausgeliehen und versprochen, gegen halb neun zurückzusein. Sie mußte einmal aus dem Haus und alles und jeden hinter sich lassen. Sie mußte nachdenken.

Während sie mit dem Finger in den kühlen Sand malte, listete Teri in Gedanken die Themen auf, über die sie nachdenken mußte, so, wie sie für ihre Klasse die spanischen Verben an die Tafel schrieb, die zu konjugieren waren. Da die meisten Verben regelmäßig waren, fanden ihre Schüler dies langweilig. Aber nur, bis sie die unregelmäßigen Verben einstreute, die nicht nach einer bestimmten Regel konjugiert wurden. Diese Verben konnte man nur auswendig lernen.

An diesem Morgen hätte Teri viel darum gegeben, die richtige Konjugation der „unregelmäßigen Verben" in ihrem Leben zu kennen. Sie wußte die richtigen Antworten nicht. Sie hatte keine Erfahrung, um sie auswendig lernen zu können. Und die drängendsten Fragen ihres Lebens schienen keinem logischen Muster zu folgen.

Die erste unregelmäßige Frage: War es richtig, nach Maui zu ziehen? Gestern abend hatte Scott mit Dans Hilfe einen Zeitplan für Teri aufgestellt. Sie würde am Donnerstag wie geplant nach Oregon zurückfliegen. Während der kommenden zehn Tage würde sie ihren Lehrvertrag für den Herbst auflösen, ihren Mietvertrag kündigen, von ihren Sachen das Nötigste zusammenpacken und nach Maui zurückkehren. Der Gewerbeschein mußte noch beantragt werden. Oh, und sie würde von ihrer reichen Freundin Jessica das benötigte Startkapital besorgen.

„Ist das alles auch dein Wille, Gott?“ Sie wartete auf einen Donnerschlag oder Blitz, der ihre Entscheidung bestätigte. Doch sie hörte nichts als das stetige Rauschen der Wellen, die schäumend ihre Füße umspielten, aber kein Wort stand auf dem Wasser geschrieben, das ihr Antwort gab auf ihre Frage. Oder zumindest keines, das sie lesen konnte.

Teri stellte vorsichtig die nächste Frage. „Vater, möchtest du diese Verbindung zu Scott?“ Aufmerksam lauschte sie in den Morgenwind hinein. Aber seine Sprache verstand sie nicht.

Mit einem tiefen Seufzer schleuderte Teri ihre letzte Frage in die Morgenluft. „Herr, was soll ich tun?“

Nichts. Keine Antwort. Kein Zeichen.

Immer wieder mußte sie an Gordon denken. Sie lächelte, als sie sich an seine Worte erinnerte: „Er ist ziemlich unberechenbar, weißt du.“

„Der Unberechenbare“, flüsterte sie in den Wind und die Wellen. „Aber du wußtest das, nicht?“ Sie dachte an den Bericht, wo Jesus den Wellen und dem Wind befahl, still zu sein. Nur jemand, der Macht über Wind und Wellen hatte, konnte so etwas tun.

Teri stand auf und klopfte sich ihre Jeans ab. Sie streckte sich und ging zum Wagen zurück. *Was für ein herrlicher Morgen*, dachte sie.

Seit der anstrengenden Wanderung aus dem Krater heraus fühlte sie sich geistlich belebt. Scott war mit den anderen gelaufen, Gordon war mit Teri zurückgeblieben. Es fiel ihr schwer, sich selbst, geschweige denn einem anderen, einzugestehen, daß diese Zeit mit Gordon der Höhepunkt der ganzen Wanderung gewesen war. Er hatte ihr viel Anlaß zum Nachdenken gegeben.

Sie hatte auch über Dans Bemerkung nachgedacht, daß sie und Annie sehr streng erzogen worden und immer bemüht waren, so zu leben, daß es anderen akzeptabel erschien. Das paßte zu dem, was Scott ihr gesagt hatte, als er sich darüber beklagte, daß sie sich ständig für alles und jeden entschuldigte.

Es fiel ihr schwer, das alles in wenigen Tagen zu verarbeiten, vor allem, wo so schwerwiegende Entscheidungen bezüglich ihrer Zukunft anstanden. Sie hatte gehofft, an diesem Morgen einige Antworten zu finden, aber nun verließ sie den Strand mit noch mehr Fragen als zuvor. Ihr einziger Gedanke war, daß sie gern mit Gordon sprechen würde, seinen Rat hören wollte, wenn er zu ihr auch immer in Rätseln sprach. Zumindest hatte er ihr Anregungen zum Nachdenken gegeben.

Als Teri wieder im Haus war, nahm sie die Gemeindeliste zur Hand und suchte Gordons Nummer heraus. Sie wählte sie, obwohl sie eigentlich nicht so genau wußte, was sie sagen sollte. Nach elfmaligem Läuten gab sie schließlich auf.

Jetzt wußte Teri nicht mehr, was sie tun sollte. Vielleicht konnte sie mit Scott noch einmal alles besprechen. Sie wählte seine Nummer, doch es meldete sich nur der Anrufbeantworter.

„Scott, ich bin es. Ruf mich an, sobald du kannst. Ich muß mit dir reden. Ich weiß, gestern abend hast du gesagt, du würdest heute gegen fünf Uhr kommen, aber falls wir uns vorher treffen könnten, wäre das toll. Tschüs."

Jetzt konnte sie nur noch warten. Der Tag schleppte sich im Schneckentempo dahin. Um kurz vor fünf rief Scott an und sagte, er sei aufgehalten worden und könne nicht vorbeikommen. Einen richtigen Grund dafür gab er ihr nicht an.

„Mußt du morgen früh arbeiten, oder hast du Zeit, mich in den Gottesdienst zu begleiten?“ fragte Teri. Sie verabscheute den quengelnden Tonfall, den sie in ihrer Stimme wahrnahm.

„Also, ja und nein. Ich muß zwar nicht arbeiten, aber ich habe einigen Leuten versprochen, mit ihnen segeln zu gehen. Sie können nur an diesem Tag. Ich weiß ja, daß du das verstehst.“

Teri verstand. Vielleicht war sie zu verständnisvoll. Sie verstand auch, als Scott am Sonntag nachmittag anrief und sagte, er sei zu müde, um noch vorbeizukommen, ihr aber versprach, sie am Montag abend zu besuchen. Sie zeigte auch Verständnis, als er am Montag abend so spät kam, daß sie, Dan und Annie schon fast mit dem Essen fertig waren. Scott tat so, als sei alles in Ordnung, als er sein aufgewärmtes Essen verspeiste und sich mit Dan über die Finanzen unterhielt.

Als Teri endlich mit Scott allein war, kochte sie vor Wut.

„Dir ist doch sicher klar, daß ich in drei Tagen abreise.“

„Aber doch nur für eineinhalb Wochen. Dann bist du für immer wieder da.“

„Vielleicht“, erwiderte Teri.

„Was meinst du mit ‚vielleicht‘? Das hast du mir doch versprochen. Du warst damit einverstanden, hierherzuziehen, erinnerst du dich nicht?“

„Es ist eine schwerwiegende Entscheidung, Scott. Während der vergangenen Tage habe ich viel darüber nachgedacht, und ich habe dich weder gesehen, noch habe ich mit dir darüber sprechen können. Um ehrlich zu sein, ich bin nicht davon überzeugt, daß es die richtige Entscheidung ist.“

Scott legte den Kopf zur Seite und richtete seine grauen

Augen auf sie. Sie sah den Ärger in ihnen aufsteigen. „Was willst du damit sagen, Teri?"

„Ich weiß es nicht."

„Kann ich es dir denn noch deutlicher machen? Ich möchte dich hier haben. Bei mir."

Seine Worte klangen noch im Traum in ihr nach und begleiteten sie auch in den folgenden Tag, als sie und Anita in Lahaina einkaufen gingen. Teri wollte einige Souvenirs mit nach Hause nehmen und hatte Annie überreden können, mit ihr einen Einkaufsbummel zu machen.

Es war eine gute Beschäftigung für die Schwestern. Sie nahmen sich Zeit, stöberten in allen Souvenirläden herum und setzten sich sogar in eines der kleinen Cafés, um ein leichtes Mittagessen zu sich zu nehmen. Ihre Unterhaltung drehte sich vorwiegend um das Baby und das Tamalegeschäft.

„Ich bin froh, daß du für immer hierherziehst", sagte Anita auf dem Heimweg. „Es wird schön sein, dich hier zu haben."

Teri war nicht sicher, ob Anita das ernst meinte oder ob sie vielleicht Teris Zweifel bemerkt hatte und nun ein wenig auf den Busch klopfen wollte. Am Sonntag morgen hätte Teri beinahe mit Gordon gesprochen, aber Anita hatte in der Nähe gestanden, und darum begrüßte sie ihn nur kurz und bat ihn nicht um seinen Rat, sagte auch nichts von den Zweifeln, die sie plagten.

Während sie durch das Fenster die üppige Vegetation Westmauis betrachtete, dachte sie immer wieder darüber nach, wie verrückt ihre ganze Situation war. Annie wollte sie hier haben, Scott wollte sie hier haben. Sogar Gordon hatte gesagt, er freue sich, daß sie hier sein würde, wenn er kurz vor Weihnachten vom Seminar zurückkehren würde. Dan konnte es kaum erwarten, mit dem Tamalegeschäft loszulegen. Sie war die einzige, die noch kalte Füße hatte. *Und nun mache ich es schon wieder. Ich analysiere das ganze Abenteuer aus meinem Leben.*

Der Heimweg führte sie durch die Straße, in der Scott wohnte. Sein Wagen stand vor der Tür. „Halt an, Annie. Scott ist zu Hause. Ich möchte ihn überraschen. Er kann mich später nach Hause bringen."

Anita fuhr langsam an die Seite und hielt an. „Teri, ich wollte dir noch etwas sagen."

Teris Hand lag an dem Türgriff. Sie wollte die Tür öffnen und aussteigen. Ungeduldig blickte sie ihre Schwester an, bereit, sich oder Scott wieder einmal zu verteidigen. „Was ist denn?"

„Dan erzählte, auf der Wanderung hätten er und ein paar andere sich über das Baby unterhalten. Einer dieser Männer war Scott." Anita hielt inne.

„Und?" Teri spürte, wie die Ungeduld in ihr hochstieg. Wie konnte Anita es wagen, wieder einmal einige Giftpfeile auf Scott abzuschießen, kurz bevor Teri ihn sah? Warum hatte Anita während des Mittagessens nicht davon gesprochen? „Was willst du damit sagen?"

„Dan erzählte, Scott hätte keinen Zweifel daran gelassen, daß er keine Kinder haben wollte. Nie."

„Und warum erzählst du mir das?"

„Ich dachte, du solltest es wissen", gab Anita kurz zurück.

„In Ordnung, jetzt weiß ich es." Teri stieg aus und stapfte wütend die Treppe hoch. *Warum tut sie mir das an? Nur weil sie weiß, daß ich mir viele Kinder wünsche, erzählt sie mir irgendeinen Blödsinn, den Scott gesagt haben soll. Ich war da, und ich habe nicht gehört, daß er eine solche Äußerung gemacht hätte.*

Teri klopfte an die Tür und versuchte, durch das Fliegengitter zu sehen. „Scott?" rief sie.

Eine junge schlanke Blondine in einem rückenfreien Sommerkleid kam aus der Küche an die Tür. „Hallo", sagte sie.

Teri starrte sie an. „Ist Scott da? Ich sah seinen Wagen, und ich ..."

„Nein, er ist auf der Arbeit. Wir haben heute die Wagen getauscht. Wollen Sie eine Nachricht für ihn hinterlassen?"

„Nein", erwiderte Teri und richtete sich auf. „Es ist nicht so wichtig, vielen Dank."

Sie wandte sich zum Gehen, doch der Schock und ihre Neugier hinderten sie daran. Sie betrachtete die gutaussehende Frau, die hinter der Fliegengittertür stand. Geistesgegenwärtig fragte sie: „Übrigens, wie heißen Sie?"

„Julie. Soll ich Scott erzählen, daß Sie vorbeigekommen sind?"

„Nein", murmelte Teri verhalten, als sie sich umdrehte. „Bemühen Sie sich nicht."

Kapitel Dreiundzwanzig

„Du hast gewonnen", rief Teri, als sie ins Haus stürmte und die Tür hinter sich zuschlug. „Du hattest die ganze Zeit recht, Annie. Na los, jetzt kannst du dich freuen."

Anita telefonierte gerade in der Küche. Sie legte den Kopf zur Seite und bedeckte mit ihrer freien Hand ihr Ohr. „Ja, sie ist gerade gekommen", sagte Anita und hielt Teri den Hörer hin. „Es ist Scott."

„Ich möchte nicht mit ihm sprechen!" wütete Teri.

„Er sagt, es sei wichtig." Anita hielt ihr den Hörer hin.

„Das wette ich."

„Was soll das eigentlich?" Anita verdrehte die Augen. „Ich werde mich nicht hier hineinziehen lassen!" Sie knallte den Hörer auf den Tisch und hielt verzweifelt die Hände in die Höhe. „Ich lebe ja nur hier. Ich weiß nicht, was los ist, und ich will es auch gar nicht wissen." Mit diesen Worten marschierte sie in ihr Schlafzimmer und warf die Tür ins Schloß.

Teri starrte den Hörer auf dem Küchentisch an. Sie hörte Scotts unterdrückte Stimme.

Teris Wut war wie ein Vulkanausbruch. Sie packte den Hörer und schrie in den Hörer: „Ich glaube nicht, daß du mir etwas zu sagen hast, Scott Robinson, das meine Meinung von dir ändern könnte!"

„Wo liegt denn dein Problem?" rief er zurück.

„*Mein* Problem? Du bist derjenige, der ein Problem hat!"

„Worüber regst du dich eigentlich so auf?"

„Ich werde dir sagen, worüber ich mich aufrege." Sie versuchte, ihre Stimme zu senken, um sich zu beruhigen. „Ich bin bei dir zu Hause vorbeigegangen, weil ich deinen Wagen gesehen habe. Und rate mal, wer die Tür geöffnet hat?"

Scott antwortete nicht.

„*Julie.*"

„Ach ja?"

„Ach ja. Und sie tat so, als würde sie dort wohnen!"

„Sie wohnt ja auch da", erwiderte Scott.

Teri ließ sich auf den nächsten Stuhl sinken. Sie wußte überhaupt nicht mehr, was sie denken sollte.

„Julie ist Bobs Freundin. Vor ein paar Wochen ist sie bei uns eingezogen. Habe ich dir das nicht erzählt?"

„Bobs Freundin?" Teri hatte das Gefühl, als hätte ihr jemand in den Magen geboxt.

„Ja, Bobs Freundin. Hast du heute einen schlechten Tag, oder was ist los?"

Teri antwortete nicht.

„Bist du noch dran?"

„Ja", erwiderte Teri mit leiser Stimme.

„Ich habe dich angerufen, um dir zu sagen, daß ich für sieben Uhr einen Tisch bestellt habe."

„Sieben Uhr", wiederholte Teri mit kaum vernehmbarer Stimme.

„In Ordnung", sagte Scott mit ruhiger Stimme. „Sieben Uhr. Ich hole dich gegen halb sieben ab. Es ist ein elegantes Hotel. Vielleicht möchtest du dich ein bißchen schick machen."

„In Ordnung", sagte Teri. „Scott, ich ..." Sie wollte gerade sagen, daß es ihr leid tat, doch dann erinnerte sie sich daran, wie wütend ihn das machte.

„Ich freue mich darauf, dich zu sehen."

„Ich freue mich auch, dich zu sehen", sagte er und legte auf.

Eine Zeitlang blieb Teri still sitzen. Sie hatte soviel zu verarbeiten, und sie wußte langsam selbst nicht mehr, was sie fühlte. Anita kam aus dem Schlafzimmer und setzte sich neben Teri. Sie saß da und wartete darauf, daß Teri zu reden begann.

„Ist die Liebe wirklich so? Macht sie einen verrückt?" fragte Teri schließlich mit monotoner Stimme.

„Sie sollte dich heilen", erwiderte Anita leise.

„Es liegt an mir", meinte Teri, und Tränen traten ihr in die Augen. „Ich tauge nicht zu einer Beziehung. Das hast du selbst gesagt. Ich analysiere alle Romantik aus einer Beziehung. Scott sagt, ich sei steif und verrückt. Er hat recht."

„Es liegt nicht an dir, Teri", sagte Anita mit fester, doch liebevoller Stimme. „Wenn der richtige Mann kommt, wirst du es wissen. Es wird ganz anders sein."

„Der richtige Mann? Scott ist der Richtige für mich. Es wird niemals jemanden geben, der besser zu mir paßt als Scott. Er ist genau das, wovon Frauen träumen."

„Dann sollen doch die anderen Frauen mit ihm glücklich werden", gab Anita zurück. „Er ist nicht der richtige Mann für dich. Denk darüber nach, Teri! Mach nur eine Minute lang die Augen auf und sieh, was diese Beziehung zu Scott aus dir gemacht hat. Du bist nicht mehr du selbst. Du spielst eine Rolle für diesen Mann, versuchst so zu sein, wie er es von dir erwartet. Das ist keine Liebe. Das ist ein Spiel. Warum hast du solche Angst davor, diese Beziehung zu beenden? Sie ist nicht gesund."

Teri war zu erschöpft, um sich zu streiten. „Laß mich einfach nur in Ruhe."

Anita stand auf, ging aber nicht. Sie schien noch etwas sagen zu wollen, änderte dann aber ihre Meinung und verschwand.

Teri zwang sich aufzustehen und ins Bad zu gehen, wo sie eine lange, heiße Dusche nahm. *Ich werde durchhalten. Mehr kann ich nicht tun. Ich werde mit ihm zum Abendessen gehen und sehen, was passiert. Ich kann nicht auf Annie oder irgendeinen anderen hören. Ich muß das durchstehen. Nach heute abend werde ich wissen, was richtig ist.*

Scott kam pünktlich und sah so gut aus wie nie zuvor. Er trug lässige Kleidung, doch sein Blick auf Teri war keineswegs beiläufig. Sie trug ein vorne gerafftes Sommerkleid, das ihre Sonnenbräune unterstrich. Als sie es angezogen hatte, hatte Teri sich im Spiegel betrachtet und sich Vorwürfe gemacht, daß sie nicht so schlank und jugendlich wirkte wie Julie in ihrem rückenfreien Sommerkleid. Aber für Teri war dieses Kleid schon gewagt genug. Offensichtlich gefiel es Scott.

„Hallo, Schöne", sagte er und zog sie an sich. „Können wir?"

Teri blickte zu ihm auf und lächelte. Er roch sauber, wie der Wind, der vom Meer kam. Er war bestimmt der gutaussehendste Mann, den sie je gesehen hatte. Und er war bei ihr, hielt sie im Arm, flüsterte ihr liebe Worte zu, führte sie zum Abendessen aus. All ihre Verwirrung begann zu schwinden, und sie ließ sich wieder von ihren Phantasien fortreißen.

Auf der Fahrt nach Lahaina hatte er den Arm auf ihren Sitz gelegt, und seine Finger spielten mit ihren Locken. Weicher

Jazz ertönte aus seinem Radio. Keiner von ihnen sagte ein Wort. So würde es sein, wenn sie erst einmal verheiratet waren. Alle ihre Konflikte basierten auf mangelnder Kommunikation und der Verwirrung, die sie empfand, wenn er nicht bei ihr war. Solange sie zusammen waren, wie an diesem Abend, konnte nichts sie trennen. Je schneller sie heirateten, desto besser, dachte Teri. Das würde ihre Kritiker zum Schweigen bringen. Und wenn sie gekonnt hätte, hätte sie ihm noch in diesem Augenblick ihr Jawort gegeben.

„Ich habe den ganzen Tag an dich gedacht." Scotts Stimme war leise und paßte genau zur Musik. „Das wird ein wundervoller Abend für uns werden." Seine Hand wühlte sich durch ihr dichtes Haar und streichelte ihren Hals.

„Das tut gut", schnurrte Teri wie eine kleine Katze.

„Ich nehme an, dir geht es wieder etwas besser als bei dem Anruf heute nachmittag?"

Er sah flüchtig zu ihr hinüber. „Ich muß mich bei dir entschuldigen, Scott. Ich war etwas daneben. Danke, daß du so verständnisvoll gewesen bist."

Sie sah, wie sich seine Lippen zu einem Lächeln verzogen. „Kein Problem", erwiderte er. Dann nahm er seinen Arm von ihrem Sitz und bog in eine enge Parklücke ein. „Bist du schon mal im ‚Kimos' gewesen?"

„Ja, im vergangenen Sommer. Wußtest du, daß Dan freitags hier arbeitet?"

Scott öffnete ihr die Tür und bot ihr seine Hand, um ihr beim Aussteigen zu helfen. „Vielleicht arbeite ich in Zukunft auch Freitag abends hier", erklärte er. „Meine Stundenanzahl im Halekuali wird reduziert. Kannst du dir das vorstellen? Sechzehn Stunden pro Woche als Parkwächter und vierundzwanzig im Zimmerservice. Nicht mal genug, um die Rechnungen zu zahlen. Je eher wir das Tamalegeschäft starten können, desto besser."

Der Gehweg vor dem Restaurant vor voller Touristen.

Doch in der Menschenmenge entdeckte Teri sofort Mark Hunters Gesicht. Er hatte seinen Arm um eine zierliche dunkelhaarige Frau gelegt, und auch er hatte Teri sofort erspäht.

„Hallo." Teri ergriff als erste das Wort. Sie blieb mitten auf dem Bürgersteig stehen und lächelte Mark an. „Scott, du erinnerst dich doch noch an Mark, nicht? Mark Hunter, Scott Robinson."

Die beiden Männer begrüßten sich freundlich.

„Das ist Claire", sagte Mark. „Claire, dies sind Teri und Scott."

Die beiden Frauen gaben sich die Hand.

Danach wußte keiner mehr etwas zu sagen. Dutzende Fußgänger liefen an ihnen vorbei.

„Wir wollten gerade ins ‚Kimos'", sagte Scott und zog an Teris Hand, um ihr zu zeigen, daß er gehen wollte.

„Dan hat mir erzählt, daß du diese Woche abfliegst", sagte Mark schnell. Er sah Teri an, als ob es niemand anderen gäbe.

„In zwei Tagen", erwiderte Teri, den Blick fest auf Mark gerichtet. Ihr Magen krampfte sich wieder zusammen, und sie hatte das Gefühl, daß immer noch nicht alles zwischen ihnen geklärt war.

„Entschuldige mich", sagte Mark und nahm seinen Arm von Claires Schultern. „Scott, Claire, hättet ihr etwas dagegen, wenn ich kurz mit Teri unter vier Augen sprechen würde?"

Scott wollte Teris Hand nicht loslassen. Sie blickte ihn an, und endlich gab er sie frei, wobei er sagte: „Ich gehe schon mal hinein, um zu sehen, ob unser Tisch bereit ist."

„Ich sehe mich mal in diesem Geschäft um, Mark", sagte Claire. Sie lächelte Teri an. „Ich freue mich, Sie kennengelernt zu haben, Teri. Mark hält viel von Ihnen." Sie schlüpfte in das Geschäft mit T-Shirts und Strandlaken.

Teri spürte, wie sie errötete, als sie aufsah.

Mark zog sie an die Seite, damit die Fußgänger ungehindert an ihnen vorbeigehen konnten. „Teri, ich wollte dich noch anrufen. Ich hätte es bestimmt getan. Eigentlich wollte ich vor deiner Abreise sogar noch mal vorbeikommen. Aber so ist es besser. Ich wollte mich noch bei dir bedanken, daß du, na ja ... daß du an jenem Morgen beim Frühstück so direkt gewesen bist."

Teri spürte, daß es Mark Mühe machte, die richtigen Worte zu finden. Vermutlich hatte er diese Worte mehr als einmal einstudiert.

„Du sollst wissen, daß der vergangene Sommer mir wirklich viel bedeutet hat", fuhr er fort. „Ich war gern mit dir zusammen, und ich habe schöne Erinnerungen an unsere gemeinsame Zeit. Und ich habe jedes Wort ernst gemeint, das ich dir in meinen Briefen geschrieben habe. Ich habe mich so darauf gefreut, dich in diesem Sommer wiederzusehen. Und dann warst du da, und ..."

„Ich weiß", sagte Teri. „Es war einfach nicht mehr dasselbe. Dafür kann keiner etwas. Beziehungen ändern sich. Claire scheint genau die richtige Frau für dich zu sein."

„Aber das wollte ich dir doch erklären", fuhr Mark fort. „Ich habe das gar nicht gemerkt. Monatelang haben wir zusammengearbeitet, und ich habe in ihr nie mehr als eine Kollegin gesehen, weil ich auf dich gewartet habe. Sie wußte das. Und als es dann zwischen uns nicht mehr so war wie im vergangenen Jahr, fühlte ich mich miserabel. Nachdem du mich an diesem Morgen dann schließlich freigegeben hattest, konnte ich endlich erkennen, daß ich an einer Illusion festhielt. Verstehst du, was ich meine?"

Teri nickte.

„Dann war es, als würde ich Claire zum ersten Mal sehen. Ich wollte dir sagen, daß ich nicht hinter deinem Rücken eine andere Frau gehabt habe. Ich weiß, wir waren einander nicht verpflichtet, aber ich denke, wir beide wollten warten und sehen, was passierte."

„Du hast recht", meinte Teri. „Ich weiß auch nicht, warum manche Beziehungen nur eine kurze Zeit dauern."

„Aber deswegen sind sie nicht weniger real oder wichtig. Du hast mich gelehrt, etwas fröhlicher zu werden. Du sahst in jeder Situation das Gute, und es hat mir gut getan, dich kennenzulernen."

„Du wirst immer einen Platz in meinem Herzen haben, Mark. Danke, daß du mir das alles erzählt hast."

Mark griff nach ihrer Hand und drückte sie. Sie drückte seine, und die beiden Freunde lächelten sich an.

„Teri", rief Scott von der Eingangstür des Restaurants aus. Er legte zwei Finger in den Mund und pfiff laut.

„Ich glaube, unser Tisch ist bereit", sagte Teri. „Gott segne dich, Mark."

„Das hat er schon", erwiderte Mark und nahm sie schnell in den Arm. „Und Gott segne dich auch."

Sie drehte sich um und winkte Claire zu, die die beiden vom Geschäft aus beobachtete. Claire errötete, weil sie ertappt worden war, winkte aber zurück.

Teri bahnte sich ihren Weg durch die Menschenmenge und eilte zu dem Restaurant. Sie strahlte innerlich. *Was für ein Mann. Wie seltsam, daß er gesagt hat, ich hätte ihn gelehrt, etwas fröhlicher zu werden. Ich muß mich verändert haben. Jetzt bin ich diejenige, die immer zugeknöpft ist. Bin ich das? Oder ist es die Art, wie ich mich in Scotts Nähe verhalte, wie Annie sagt? Ich würde sagen, es ist an der Zeit, daß ich wieder das Gute in jeder Situation entdecke.*

„Komm schon." Scott packte sie am Ellbogen. „Unser Tisch ist bereit."

„Das waren die besten fünf Minuten, die ich je erlebt habe, Scott", sagte Teri in dem Bemühen, Scott an ihrer Freude teilhaben zu lassen. „Jetzt geht es mir wieder richtig gut."

Scott schob ihr den Stuhl zurecht, und die Kellnerin reichte ihr eine Speisekarte. „Danke", sagte Teri. „Ich war doch ziemlich unruhig über die Art, wie die Sache mit Mark zu Ende gegangen war, doch jetzt ist alles geklärt. Ich bin so glücklich."

Scott zog ihr die Speisekarte fort, damit er sie ansehen konnte. „Wovon sprichst du eigentlich? Bist du mit diesem Kerl gegangen?"

„Im vergangenen Sommer. Habe ich dir das nicht erzählt?"

Scott schien gar nicht erfreut. „Du willst sagen, daß zwischen dir und diesem Burschen im vergangenen Sommer etwas gelaufen ist?"

„Etwas gelaufen?" wiederholte Teri lachend. „Na ja, wenn du das so ausdrückst. Wir waren ein paarmal miteinander aus. Haben uns im Laufe des Jahres einige Briefe geschrieben. Ein paar Telefonanrufe."

„Und du hast ihn auch in diesem Sommer gesehen? Bist mit ihm ausgegangen, so wie mit mir?"

„Nein, natürlich nicht. Das heißt", Teri fing sich schnell wieder, „wir haben uns einmal zum Frühstück verabredet, aber nur, um zu reden und herauszufinden, wo wir standen."

Scott zog mißbilligend die Augenbrauen in die Höhe und forderte sie auf, fortzufahren. „Es war nichts, Scott. Das versuche ich doch, dir klarzumachen. Du benimmst dich, als wäre ich mit zwei Männern gleichzeitig ausgegangen!" Jetzt war Teri frustriert. „Ich hätte erst gar nichts erzählen sollen. Was ich sagen will, ist, daß ich bei diesem Frühstück allein geredet habe. Ich sagte, ich wollte keine Beziehung. Darauf hatte er nichts erwidert, aber heute abend hat er mir gesagt, daß er einverstanden war. Er ist jetzt mit Claire zusammen. Hast du nicht gesehen, wie glücklich sie wirkten? Du willst doch jetzt keine große Sache daraus machen, oder?"

Scott nahm seine Speisekarte zur Hand und schwieg. Teri bemühte sich, sich ihre gute Laune nicht verderben zu lassen. Vielleicht war Scott eifersüchtig, so wie sie auf Julie eifersüchtig gewesen war. Aber er hatte keinen Grund, eifersüchtig zu sein, genau wie auch sie keinen Grund gehabt hatte. Sie versuchte, ihm das zu erklären.

Er senkte die Speisekarte und sagte: „Wir wollen die ganze Geschichte vergessen und noch einmal neu anfangen." Er lächelte sie an, und sofort fühlte sie sich besser.

„Der Fisch klingt gut", sagte Scott, während er die Speisekarte überflog. „Weißt du schon, was du möchtest?"

Sie waren beide hinter ihren Speisekarten verschanzt, als der Kellner an ihren Tisch kam. Eine Stimme mit einem sehr ausgeprägten australischen Akzent sagte: „Guten Abend. Darf ich Ihnen unsere Spezialitäten empfehlen?"

Kapitel Vierundzwanzig

„Gordon? Seit wann arbeitest du denn hier?" fragte Teri überrascht. Sie legte ihre Speisekarte beiseite und lächelte ihren Kellner an.

„Hallo, Teri, hallo, Scott", sagte er. „Das ist ja großartig. Mein erster Abend in einer neuen Stellung, und ich kann gleich an Freunden üben. Mal sehen", begann Gordon und las die Spezialitäten von dem Block in seiner Hand ab. „Wir haben frischen Fisch, gegrillt, mit einer Zitronenbuttersoße ..." Teri sah zu Scott hinüber. Er wirkte nicht gerade begeistert. *Wieso empfindet Scott Gordon gegenüber eine solche Abneigung?*

Gordon beendete seine Liste und blickte Teri erwartungsvoll an. „Ich nehme den Mahi Mahi", sagte sie. „Das ist mein Lieblingsgericht."

„Meines auch“, sagte Gordon und notierte die Bestellung. „Und für dich, Scott?“

„Rückensteak und eine Ofenkartoffel. Mit Butter und Sauerrahm dazu.“

„In Ordnung! Ich bringe euch sofort den Salat.“ Gordon nahm die Speisekarten wieder an sich und sagte zu Teri gewandt: „Du siehst heute abend großartig aus!“

Sie lächelte ihn an und sah ihm nach, wie er davonging. Erst danach wandte sie Scott ihre Aufmerksamkeit zu. Dieser runzelte wiederum eifersüchtig die Stirn.

Eine junge Frau in einem engen, gewickelten Kleid kam mit einem Korb voller Blumengirlanden an ihren Tisch und forderte sie zum Kaufen auf. „Blumen?“

Teri atmete den süßen Duft der Blumen ein, während sie sie betrachtete. „Sie sind wunderschön“, sagte sie in der Erwartung, daß Scott ihr welche kaufen würde. „Wie heißen diese kleinen weißen?“ Sie deutete auf eine Girlande, die aus schlanken weißen Knospen gewunden worden war.

„Tuberosen“, antwortete die Frau.

Teri wartete darauf, daß Scott reagieren und die Girlande für sie kaufen würde. Er tat es jedoch nicht. Er war düsterer Stimmung. Ohne die Frau zu beachten, sagte er zu Teri: „Was ist heute abend nur los? Du ziehst ja die Männer an wie ein Magnet!“

„Wie meinst du das?“

Das Blumenmädchen verschwand diskret.

„Erst Mark draußen auf der Straße und jetzt Gordon, der dich ansieht, als wärst du die einzige Frau hier im Lokal.“

„Was soll denn diese Eifersucht, Scott? Du hattest doch nichts dagegen, daß ich auf der Wanderung mit Gordon zusammen war. Im Gegenteil, du hast mich sogar stundenlang mit ihm allein gelassen.“

„Doch nur, weil du zurückbleiben und alle seine langweiligen Geschichten hören wolltest.“

„Seine Geschichten waren nicht langweilig. Gordon weiß eine Menge über die Insel. Ich wollte etwas lernen." Teri wurde langsam ärgerlich und merkte gar nicht, daß die Blumenverkäuferin an ihren Tisch zurückkam.

„Entschuldigen Sie", sagte sie. „Die ist für Sie." Sie legte Teri eine wunderschöne Blumengirlande um den Hals. „Mit besten Grüßen von Ihrem Kellner."

Sofort griff Scott nach seiner Brieftasche. „Wieviel kostet sie? Ich werde sie bezahlen", sagte er.

„Sie ist bereits bezahlt", erwiderte sie und ging zum nächsten Tisch, um ihre Blumen zu zeigen.

Teri sog den süßen Duft ein. Scott schien noch etwas sagen zu wollen, doch in diesem Augenblick trat Gordon an den Tisch und stellte den Salat vor sie hin. „Gemahlenen Pfeffer?" fragte er und hielt die Pfeffermühle über Teris Teller.

„Nur ein wenig. Danke für die Blumen. Sie sind wunderschön. Und sie duften so stark!"

„Freut mich, daß sie dir gefallen", erwiderte Gordon und drehte die Pfeffermühle. „Möchtest du auch Pfeffer, Scott?"

Der wirkte noch immer verärgert. „Klar", murmelte er, ohne Gordon anzusehen.

Gordon hielt die Pfeffermühle über Scotts Salat. Noch bevor er jedoch zu drehen begonnen hatte, fiel die Metallkappe am unteren Ende ab und landete zusammen mit einer Flut schwarzen Pfeffers auf Scotts Salat.

„Huch, das ist jetzt vielleicht ein wenig zuviel!" Gordon drehte die Mühle schnell um, um die Flut aufzuhalten, wobei er Scott eine Ladung Pfeffer ins Gesicht streute. „Es tut mir so leid. So was!" Er nahm den Teller und sagte: „Ich bringe dir sofort einen neuen Salat."

Scott klopfte seine Hose und den Tisch mit der Serviette ab und murmelte: „Tolpatsch!"

„Das war doch ein Unfall", meinte Teri leise. „Es war nicht seine Schuld."

„Ja, aber er hat anscheinend einen Unfall nach dem anderen, falls du das noch nicht bemerkt hast!"

„Ich weiß." Nur mühsam unterdrückte Teri ein Kichern. „Vor ein paar Wochen hat er mich mit sich ins Meer gerissen, als er auf einem Felsen ausgeglitten ist."

„Wann war denn das? Das hast du mir ja gar nicht erzählt!"

Teri spielte den Zwischenfall herunter, berichtete, sie sei an den Strand gegangen, um nachzudenken. Dort sei sie Gordon begegnet. „Er nannte es eine von Gott bestimmte Verabredung", schloß sie mit einem Lachen.

„Bist du sicher, daß du nicht mit ihm verabredet warst? Oder hast du das Treffen geplant wie das Frühstück mit diesem anderen Burschen?"

„Natürlich nicht!"

„Anscheinend hast du ja in den vergangenen Wochen ziemlich viele Verabredungen mit Männern gehabt. Und ich wollte dir Freiraum geben, damit du in Ruhe über unsere Beziehung nachdenken kannst!"

„Ich kann nicht glauben, was ich da höre, Scott!"

Gordon kam mit einem neuen Salat.

„Dieses Mal keinen Pfeffer", sagte Scott kurz angebunden.

Gordon schien das nicht zu stören. Er nickte mit dem Kopf und ging zum nächsten Tisch.

„Du hättest ruhig ein bißchen höflicher sein können!" mahnte Teri.

„Ich war nicht unhöflich." Scott nahm eine Gabel voll Salat und steckte sie in den Mund. „Ich weiß gar nicht, warum du heute abend unbedingt einen Streit vom Zaun brechen willst."

„Ich? Ich versuche doch nicht, einen Streit vom Zaun zu brechen!"

Scott aß weiter seinen Salat und fragte: „Warum ißt du nicht?"

„Normalerweise bete ich vor dem Essen." Mit weicherem

Tonfall fragte sie: „Scott, würdest du für uns beten? Ich denke, wir könnten es im Augenblick gut brauchen."

Scott legte seine Gabel hin und schluckte. „Bete ruhig", sagte er und wartete respektvoll darauf, daß sie betete.

„Ich hätte gern, daß du betest", beharrte sie. „Ich bin der Meinung, ein Mann sollte die Führung übernehmen, vor allem in geistlichen Dingen."

„Nun kommst du schon wieder mit deinen Gewohnheiten aus der Kindheit!" Scott wurde langsam ungeduldig. „Männer und Frauen sind gleichberechtigt. Und zwar in jeder Beziehung, sei es nun in geistlicher oder anderer Hinsicht."

„Vergiß es", meinte Teri. „Wir brauchen nicht zu beten."

„Nein, bete ruhig", drängte Scott. „Es stört mich nicht."

„Das ist das Problem, Scott. Es stört dich überhaupt nicht."

„Was soll das jetzt wieder heißen?"

„Nichts. Vergiß es. Wir wollen in Ruhe essen, ja?"

Scott nahm seine Gabel wieder zur Hand und machte sich genüßlich über seinen Salat her. Teri schloß die Augen und betete leise. *O Vater, was tue ich hier? Scott ist nicht der richtige Mann für mich. Wie konnte ich mir das nur jemals einreden? Zeige mir, was du für mich willst. Bitte bringe die Dinge wieder in Ordnung.*

Sie öffnete die Augen, und das erste, was sie sah, war Gordons Hand, der ihr einen Korb mit frischen Brötchen hinhielt. „Wie ist der Salat?" erkundigte er sich.

„Prima", sagte Teri und bemühte sich, so zu tun, als sei alles in Ordnung.

„Großartig. Dann sehe ich mal nach, wie weit euer Essen ist."

„Scott", begann Teri einen Augenblick später, „ich bin nicht sicher, ob das mit uns gutgeht."

„Komm schon, Baby", beruhigte er sie. „Alle Paare haben ab und zu Streit. Das darfst du nicht so ernst nehmen."

Teri schüttelte den Kopf. „Scott, wir sind zu verschieden."

„Kommt jetzt wieder diese Rassenfrage?"

„Nein, ich meine, hier verschieden", sagte sie und deutete auf ihr Herz. „Ich denke, wir sollten gleichberechtigt sein, wie du gesagt hast. Vermutlich ist mir klargeworden, daß unsere innere Übereinstimmung nicht so groß ist, wie ich dachte. Ich meine, wir beide haben es versucht. Ich weiß, daß du es versucht hast, und auch ich habe mein Bestes getan. Es ist nur so, daß alles so gezwungen wirkt. Wenn wir ernsthaft vorhaben zu heiraten –"

„Heiraten?" sagte Scott und begann zu lachen.

Gordon stand plötzlich mit ihrem Essen am Tisch.

„Wie kommst du darauf, daß ich an eine Heirat gedacht habe?"

Teri war es peinlich, daß Gordon dies alles mitbekam. Sie schob ihren Salatteller beiseite und machte Platz für den dampfenden Mahi Mahi, den Gordon vor sie hinstellte.

„Und gegrilltes Steak", sagte er und stellte den Teller vor Scott hin.

„Ich brauche noch Meerrettich", sagte Scott, ohne Gordons Gegenwart wahrzunehmen, „und noch mehr Sauerrahm."

„In Ordnung", erwiderte Gordon. „Noch etwas für dich, Teri?"

Ohne aufzusehen, sagte sie: „Könntest du mir bitte ein Glas Eistee bringen?"

Er verschwand, und Scott griff nach Teris Hand. „Hey, ich weiß zwar nicht, was in deinem Kopf vorgegangen ist, aber in den vergangenen Wochen habe ich davon gesprochen, daß wir zusammenkommen. Du weißt schon, Schritt für Schritt. Es war nicht mein Plan, daß du nach Maui kommst, damit wir heiraten können. Solche Entscheidungen darf man nicht überstürzen. Eine Ehe bedeutet eine große Verantwortung. So weit sind wir noch nicht."

Wie so oft in den vergangenen Wochen fühlte sich Teri vollkommen verwirrt. Scott hatte recht. Sie mußten die Dinge langsam angehen lassen. Hatte sie das nicht von Anfang an gesagt? Wieso hatte sie eigentlich geglaubt, daß er sie heiraten wolle?

Scott ließ ihre Hand los, und sofort war der Zauber verschwunden. „Wenn du in der nächsten Woche deine Sachen packst, sehe ich mich nach einer passenden Wohnung für uns um. Alles wird anders sein, wenn du erst mal für immer hier bist."

„Eine Wohnung für uns?" fragte Teri. „Du meinst, wir sollen zusammenziehen?"

„Natürlich. Im Haus deiner Schwester kannst du doch nicht die ganzen Tamales zubereiten. Sie kann den Geruch nicht ertragen."

Aus dem Augenwinkel sah Teri, wie Gordon mit einem Tablett auf ihren Tisch zukam. Mit leiser Stimme sagte sie: „Scott, ich kann nicht mit dir zusammenziehen."

„Warum nicht?"

„Weil ich ... ich ..."

„Wenn wir es ernsthaft miteinander versuchen wollen", sagte Scott, „müssen wir den ganzen Weg gehen."

Bei diesen Worten bekam Teri Angst.

„Der einzige Weg zu erfahren, ob es funktioniert, ist zusammenzuziehen."

Gordon hatte diesen Satz gehört. Sie wußte, daß er ihn gehört hatte. Teri konnte ihn nicht ansehen. Er stellte das Schälchen mit Meerrettich auf den Tisch. Verlegen sah sie hoch, als er das Schälchen mit dem Sauerrahm vom Tablett nahm. In diesem Moment bemerkte Teri, daß das Glas mit Eistee auf dem Tablett zu rutschen begann, doch bevor sie etwas sagen konnte, kippte es um, und der Eistee ergoß sich über Scotts Hose.

„Du Blödmann!" rief Scott, der mit einem Ruck aufgestanden war. Er sah so aus, als hätte er Gordon am liebsten einen Kinnhaken verpaßt. „Jetzt reicht es aber endgültig! Sag dem Geschäftsführer, daß ich mit ihm sprechen möchte. Nein, warte. Ich werde selbst mit ihm sprechen.“ Scott drängte sich an Gordon vorbei und marschierte mit seiner nassen Hose zum Empfangstisch.

Teri verbarg ihr Gesicht in den Händen. Sie konnte kaum glauben, daß dieser Abend so enden sollte.

„Teri“, hörte sie da Gordons Stimme. Sie spähte zwischen ihren Fingern hindurch, konnte ihn aber nicht sehen.

„Teresa“, wiederholte er. Sie nahm die Hände herunter. Gordon kniete mit einem Bein vor ihrem Stuhl. Er blickte sie ernst an, und er schien sich keinerlei Gedanken darüber zu machen, was ihn erwartete, nachdem Scott mit dem Geschäftsführer gesprochen hatte.

„Vielleicht ist der Zeitpunkt nicht besonders günstig gewählt, Teri, aber ich muß dir sagen, daß ich dich liebe. Ich weiß nicht, wie ich das anders sagen soll. Teresa, willst du mich heiraten?“

Sie starrte ihn an, zusammen mit zwei Dutzend anderen Leute, die in ihrer Nähe saßen. „Gordon“, erwiderte sie mit einem nervösen Lachen. „Die Leute beobachten uns.“

„Die Engel auch“, gab er ungerührt zurück.

Teri lachte wieder nervös. Entschuldigend blickte sie die Leute um sich herum an.

„Gordon“, zischte sie durch die Zähne, „das ist lächerlich. Steh auf.“

„Ich werde aufstehen, wenn du mir eine Antwort gibst.“

Teri sah, daß Scott mit dem Geschäftsführer zu ihrem Tisch kam.

„Nein. Gordon, die Antwort lautet nein. Bitte steh auf!“

Er erhob sich ungerührt, den Blick fest auf sie gerichtet. Sie hatte das Gefühl, als würde dieser Mann unaufgefordert in das Innerste ihrer Seele blicken. „Ich kann warten“, sagte er mit ruhiger Stimme.

Kapitel Fünfundzwanzig

Teri stand am Gepäckfließband am Flughafen in Eugene, Oregon, und wartete auf ihren Koffer. Mit Schwung nahm sie ihn vom Fließband und ging damit nach draußen, wo Jessica sie bereits erwartete. Teri entdeckte Kyles Wagen sofort. Kyle und Jessica saßen darin und winkten ihr zu.

Kyle, Jessicas Mann, sprang aus dem Wagen und kam mit offenen Armen auf Teri zu. „Willkommen zu Hause, Teri! Hattest du eine schöne Zeit?“

„Frag lieber nicht“, murmelte Teri und reichte ihm ihren Koffer, den er auf die Ladefläche seines Trucks warf. Sie öffnete die Beifahrerseite, stieg ein und umarmte Jessica.

Kyle setzte sich ans Steuer, und beide sahen Teri an.

„Also“, sagte Jessica und warf ihr honigblondes Haar über die Schulter zurück, „wie war dein Urlaub?“

„Anstrengend“, stöhnte Teri. „Ich möchte nicht darüber sprechen. Lieber möchte ich von euren Flitterwochen hören. Wie war die Kreuzfahrt?“

„Wundervoll“, schwärmte Kyle. Er warf Jessica einen zärtlichen Blick zu. Sie hatten vor fünf Wochen geheiratet, zwei Tage, bevor Teri nach Maui abgereist war. Teri war eine von Jessicas Brautjungfern gewesen und mit einem Arm voller rosa Rosen vor Jessica in die Kirche eingezogen. Die Hochzeit war sehr romantisch und hatte Teri zu Phantasien bezüglich Mark hingerissen. Seltsam, wieviel in einem Monat passieren konnte. Jetzt war alles ganz anders.

„Ich freue mich, daß eure Hochzeitsreise schön war“, sagte Teri. „Vielleicht fahre ich in meinem nächsten Urlaub auch einmal in die Karibik. Ganz bestimmt fliege ich nie mehr nach Maui!“

Kyle ordnete sich in den Verkehr ein. „Na, uns kannst du es doch erzählen. Schieß mal los. Was ist denn passiert?"

Teri war schon seit mehreren Jahren mit Kyle befreundet gewesen, bevor Jessica nach Glenbrooke gezogen war. Mehr als einmal hatten Kyle und Teri sehr persönliche Gepräche geführt. Und Jessica war Teris beste Freundin. Warum sollte sie den beiden nicht ihr Herz ausschütten?

„Ich fange mit den guten Neuigkeiten an. Meine Schwester erwartet ein Baby, und bisher läuft alles gut. Der Arzt hat ihr gesagt, sie brauche sich diesmal keine Gedanken wegen einer Fehlgeburt zu machen, und ich glaube, daß alles prima laufen wird. Danny ist total aufgeregt und stolz."

„Das ist ja wunderbar", erwiderte Jessica. Sie saß in der Mitte zwischen Kyle und Teri. Teri bemerkte, wie dicht Jessica an Kyle herangerutscht war, sehr viel dichter, als nötig gewesen wäre. Es sah beinahe so aus, als wären die beiden an den Oberschenkeln aneinandergenäht. Teri fragte sich, wie es wohl sein würde, wenn man sich einem Mann so nah fühlte. In gewisser Weise war sie eifersüchtig darauf, daß Jessica etwas erlebte, was sie selbst sicher nie erleben würde. Nicht nach dem, was sie gerade durchgemacht hatte.

„Und jetzt die schlechten Neuigkeiten", meinte Kyle. „Ich nehme an, die Sache mit dir und diesem ... wie hieß er noch gleich? ... ist nichts geworden."

„Mark. Nein, mit Mark hat es nicht geklappt. Er ist jetzt mit einer sehr netten Frau namens Claire zusammen, und ich freue mich sehr für ihn."

„Es tut mir leid, Teri", sagte Jessica mitfühlend.

„Wartet, es geht noch weiter! Ich habe einen Mann kennengelernt, der in dieselbe Schule gegangen ist wie ich, und mehrere Wochen lang habe ich mich vollkommen lächerlich gemacht, indem ich mir vorgemacht habe, zwischen uns könnte sich eine dauerhafte Beziehung entwickeln. Ich habe mir einfach etwas eingeredet. Wir waren von Anfang an nicht füreinander geschaffen. Es war, als wollte ich mir oder meiner Schwester etwas beweisen. Sie und ich haben die meiste Zeit gestritten, vor allem wegen Scott, und ich war nahe dran, Glenbrooke zu verlassen und ein sehr riskantes Geschäft mit Scott und meinem Schwager aufzubauen. Ich wollte Tamales machen und verkaufen. Könnt ihr euch das vorstellen?"

„Tamales klingen im Augenblick gar nicht schlecht. Hat einer von euch Hunger?" fragte Kyle.

„Kyle!" Jessica strich ihm sanft über den Arm. „Wenn eine Frau dir ihr Herz öffnet, darfst du nicht fragen, ob sie Hunger hat."

„Tut mir leid", sagte er mit einem gutmütigen Achselzucken. „Erzähle weiter, Teri. Du hattest also eine Beziehung mit einem Burschen namens Scott."

„Eigentlich hatten wir keine richtige Beziehung. Na ja, vielleicht ja doch. Auf jeden Fall war ich sehr darauf fixiert. Glaube ich. Ich weiß es nicht. Ich bin so verwirrt. Ich wünsche mir nichts anderes, als nach Hause zu kommen, mein normales Leben wieder aufzunehmen und das ganze Fiasko zu vergessen."

Sehr taktvoll wechselte Jessica das Thema und begann Teri von ihrem großen Vorhaben zu erzählen. Sie wollten das alte viktorianische Haus in der Nähe renovieren, das bereits seit mehr als acht Jahren zum Verkauf gestanden hatte. Sie hatten es gekauft und schon mit der Renovierung begonnen. Noch vor Weihnachten wollten sie einziehen. Im Augenblick wohnten sie in Kyles Haus im Außenbezirk der Stadt. Jessica hatte einmal gesagt, sie hätte nichts dagegen, eine Weile dort zu leben, aber es war doch ein wenig zu einfach für sie. Das viktorianische Haus war ein krasser Gegensatz zu Kyles Haus. Aber Kyle schien sich für das Projekt zu begeistern.

Als sie Teri bei ihrem kleinen Bungalow absetzten, sagte Jessica: „Ist es in Ordnung, wenn ich in ein paar Tagen mal vorbeikomme? Ich weiß, du willst dich erst wieder häuslich einrichten. Ruf mich an, wenn du bereit bist für Besucher."

Zwei Tage später rief Teri sie an. Sie hatte genügend nachgedacht, geweint, saubergemacht und sehnte sich nach Gesellschaft. Sie wollten sich zum Mittagessen bei Teri treffen, und Teri hatte einen Salat vorbereitet. Jessica brachte eine Tüte Croissants aus der Bäckerei mit, und die beiden Freundinnen setzten sich in Teris gemütliche Küche und erzählten. Es war in der Zwischenzeit ja so viel passiert!

„Also", begann Teri, „berichte mir von deinem Leben als Ehefrau. Ist es so, wie du es dir vorgestellt hast?"

„Ich glaube schon", sagte Jessica. Sie war keine Schönheit, hatte aber ein sanftes und liebevolles Wesen. Ihre Zurückhaltung war ein wohltuender Gegensatz zu Teris Offenheit und Direktheit. Die beiden Frauen verband eine tiefe Freundschaft, und Teri hatte das Gefühl, daß sie Jessica rückhaltlos vertrauen konnte. Sie hoffte, daß Jessica dasselbe von ihr dachte.

„In gewisser Weise fühle ich mich gar nicht verheiratet", sagte Jessica. „Ich weiß gar nicht, wie ich das erklären soll. Alles scheint so natürlich zu sein, und seit wir verheiratet sind, leben wir natürlich zusammen und machen alles zusammen." Sie brach sich ein Stück ihres Croissants ab und wirkte nachdenklich. „Teri, es ist wirklich seltsam. Meine Gefühle für Kyle sind so stark, so intensiv, aber unser tägliches Zusammenleben ist ziemlich normal. Ich meine, es ist wundervoll, so ganz vereint zu sein, du weißt schon, was ich meine. Aber es ist irgendwie auch normal, so, als müßte alles so sein. Ich kann das nicht richtig erklären."

„Ich glaube, ich verstehe, was du sagen willst. Ich habe das auch bei meiner Schwester und ihrem Mann erlebt."

„Ich glaube, ich habe die Ehe immer als großes Geheimnis gesehen. Du findest den richtigen Menschen, und man wird eins, und irgendwie ändert sich alles. Aber eigentlich ändert sich gar nichts. Alles geht so weiter wie bisher, nur dann ist alles, ich weiß nicht ... erfüllter, tiefer, reicher und vollständiger."

„Irgendwie enttäuschst du mich, Jess. Ich dachte, du würdest mir nun alle möglichen romantischen Geschichten von wilder Leidenschaft und Schmetterlingen im Bauch erzählen."

Jessica lächelte, und die Narbe an ihrer Oberlippe kräuselte sich leicht. „Oh, du kannst mir glauben, die gibt es." Einen Augenblick schien sie mit den Gedanken weit entfernt zu sein.

„Na, das ist ja tröstlich", erwiderte Teri.

Jessica räusperte sich. „Dieser Teil meiner Ehe spielt sich zwischen Kyle und mir ab." Ein Lächeln umspielte ihre Lippen. „Ich spreche von dem alltäglichen Teil des Zusammenlebens mit einem Menschen. Es ist seltsam, wie Gegensätze sich anziehen. Nie hätte ich mir vorstellen können, mit einem Mann wie Kyle zusammenzusein. Jetzt könnte ich mir nicht mehr vorstellen, mit einem anderen Mann als Kyle zusammenzuleben."

Teri dachte an Mark und Scott. Sie konnte sich jetzt auch nicht mehr vorstellen, mit einem von den beiden zusammenzuleben. Sie hatte sich so sehr auf die Übereinstimmung zwischen ihr und dem „Richtigen" konzentriert, und nun erzählte Jessica, die eigentliche Kraft käme aus dem Gewöhnlichen, der alltäglichen Kameradschaft. Seltsam. Sie hatte nach Romantik gesucht, und sie hatte sich zu zwei Männern hingezogen gefühlt, in deren Gegenwart sie sich eigentlich gar nicht so recht wohlgefühlt hatte.

„Jessica, ich glaube, ich muß mal mit einem Seelsorger sprechen. Im Augenblick bin ich so verwirrt. Ich weiß nicht mehr, was ich von einer Beziehung erwarten soll. Vielleicht soll ich gar nicht heiraten. Vielleicht gehöre ich zu den Menschen, die besser für den Rest ihres Lebens allein bleiben.

Aber warum hat Gott mir dann diese Wünsche gegeben? Mit meinem ganzen Sein möchte ich einen Mann lieben. Ich möchte Kinder, viele Kinder. Ich möchte verheiratet sein." Tränen traten in Teris Augen und rollten ihre Wangen hinunter. „Ich glaube, es liegt an mir. Ich bin eine Niete."

Jessica trat neben sie und legte den Arm um Teris Schulter. „Du bist *keine* Niete", sagte sie fest. „Erinnerst du dich, was du mir im vergangenen Herbst gesagt hast, als ein Unbekannter mir die Lebensmittel geschickt hat? Das werde ich nie vergessen. Du hast gesagt: ‚Wenn man sich Gott ausliefert, wirkt er auf übernatürliche Weise.' Du hast gesagt, er würde alles zum Besten wirken. Damals war ich nicht gerade gut auf Gott zu sprechen, aber deine Worte sind mir haften geblieben."

Teri wischte sich mit einer Serviette die Tränen fort. Innerlich schalt sie sich, daß sie Jessica solche oberflächlichen Antworten gegeben hatte. Sie nahm es Jessica nicht übel, daß sie ihr nun, fast ein Jahr später, auf dieselbe Weise antwortete, aber Teri war zu der Überzeugung gekommen, daß das Leben ziemlich kompliziert war. Mit oberflächlichen Antworten konnte sie nichts mehr anfangen.

„Jess, ich weiß deine Absichten zu schätzen. Ich bin nur der Meinung, daß ich doch ein sehr viel nachdenklicherer Mensch bin, als ich dachte, und ich habe lange darüber gegrübelt, was ich falsch mache."

Jessica kehrte auf ihren Platz zurück und sagte nach einer Weile: „Kennst du Robert Burns?"

„Wohnt er hier in Glenbrooke?"

„Nein, Robert Burns, der schottische Dichter. In der Schule mußte ich einige seiner Gedichte auswendig lernen, und mir ist gerade eines seiner Gebete wieder eingefallen. Hast du etwas dagegen, wenn ich es dir aufsage?"

Teri zuckte die Achseln, und Jessica begann.

Du weißt, daß du mich geformt hast
mit wilden und starken Leidenschaften,
und auf ihre verlockende Stimme zu hören,
hat mich häufig in die Irre geführt.

Wo ich mit Absicht abgewichen bin,
so habe ich kein anderes Gebet,
als daß du gut bist; und Güte
vergibt gern.

Teri versuchte sich dieses Gebet ins Gedächtnis zu rufen, nachdem Jessica gegangen war. Es stimmte, ihre Leidenschaften waren wild und stark. Und als sie an Vergebung dachte, konnte sie nicht umhin, ein langes Gebet zu sprechen. „Vater, waren meine Absichten falsch? Ich war so darauf aus, zu lieben und geliebt zu werden, daß ich bereit war, mich an Scott zu binden, obwohl er dich kaum kennt. Ich suchte auf der falschen Seite. Du siehst das Herz an. O Gott, bitte vergib mir. Reinige mich. Bereite mich auf den richtigen Mann vor. Auf einen Mann, der dich liebt und den Rest seines Lebens mit mir verbringen will."

Es half ihr, Gott im Gebet ihr Herz auszuschütten. Jedoch konnte sich Teri nicht des Gefühls erwehren, daß ihr Gebet um einen solchen Mann reine Träumerei war. Es fiel ihr schwer zu glauben, daß es auf der Erde solch einen Mann gab.

Kapitel Sechsundzwanzig

Innerhalb von zwei Wochen nach Teris Rückkehr von Maui war alles wieder beim alten. Das Leben in Glenbrooke war angenehm, und sie verbrachte ihre Zeit mit guten Freunden und vielen Freizeitaktivitäten. Der starke Wunsch nach einem Mann, der sie nach Maui gezogen hatte, schien langsam in den Hintergrund zu treten, während sie sich ganz auf den Unterricht an der Schule konzentrierte.

Anita hatte an dem Sonntag nach Teris Rückkehr nach Oregon angerufen. Ihre Unterhaltung verlief sehr friedlich. Annie berichtete, daß Dan darüber nachdachte, einige Kurse in Betriebswirtschaft zu belegen. Bei den Überlegungen zum Tamalegeschäft hatte Dan gemerkt, daß er doch mehr Sinn fürs Geschäft hatte, als ihm klar gewesen war. Annie war der Meinung, daß aus der ganzen Idee doch noch etwas Gutes entstanden war, und sie dankte Teri für alle ihre Pläne mit dem Tamale-Projekt, auch wenn das Ganze nun doch nicht geklappt hatte. Teri war froh zu erfahren, daß Dan nicht böse auf sie war, weil das Vorhaben geplatzt war.

Am vierten Sonntag nach ihrer Rückkehr war es an Teri, Anita anzurufen. Sie wollte endlich einmal nach Scott fragen.

„Scott?“ neckte Annie. „Wer ist Scott?“

„Komm schon, Anita. Sei nicht so. Hast du mit ihm gesprochen oder ihn gesehen?“

„Nicht mehr seit dem Tag deiner Abreise, als er zu uns kam und versucht hat, dir deine Entscheidung auszureden, ihn fallenzulassen.“

„Ich habe ihn nicht fallenlassen“, widersprach Teri, die sich daran erinnerte, wie gezwungen dieses Gespräch verlaufen war. Scott war an der Haustür erschienen, als sie gerade aus der Dusche gestiegen war. Ihr Haar war noch tropfnaß, und sie stand in Dans Morgenmantel im Wohnzimmer. Scott hatte gefragt, ob er etwas sagen oder tun könnte, um ihre Meinung zu ändern. Sie hatte erwidert, ihr sei klar geworden, daß sie beide eine völlig andere Art von Beziehung anstrebten. Sie suchte eine Beziehung, die zur Ehe führte. Scott hatte gesagt: „Ich bin nicht der Typ, der eine solch lebenslange Verpflichtung eingehen kann. Warum bist du nicht bereit, alles so zu nehmen, wie es kommt?"

Teri hatte es ihm mit gleicher Münze zurückgegeben. „Weil ich vermutlich nicht der Typ bin, der alles so nehmen kann, wie es kommt. Ich brauche eine lebenslange Bindung."

Scott hatte ihr tief in die Augen geblickt und gesagt: „Dann gibt es für dich also nur Heirat oder gar nichts?"

Teri nickte.

„Zu schade", hatte Scott geantwortet und war ihr mit dem Finger über ihre Wange gefahren. Ein letztes Mal hatte er ihre Haare in die Hand genommen. „Wir werden niemals erfahren, wie gut wir zueinander gepaßt hätten." Und damit war er gegangen.

Teri schob die Erinnerung beiseite und sprach weiter. „Scott und ich waren beide der Meinung, daß es nicht funktionieren würde. Er war nicht der Richtige. Ich habe ihn nicht fallengelassen."

„Du brauchst nicht zu versuchen, mich davon zu überzeugen, daß er nicht der Richtige war", meinte Annie. „Ich war schon immer der Meinung, daß es nicht klappen wird. Ich wünschte nur, du hättest nicht soviel durchmachen müssen, um zu demselben Schluß zu kommen."

„Jawohl, allwissende Schwester, ich weiß, ich weiß. Vermutlich hoffte ich wider alle Hoffnung, daß Scott vielleicht von selbst anfangen würde, den Gottesdienst zu besuchen oder so etwas."

„Nein. Oh, aber Gordon läßt dich grüßen."

Eine seltsame Wärme durchströmte sie bei Annies Worten. Auch wenn Gordon etwas seltsam war, so gehörte er doch zu den schönen, freundlichen Erinnerungen ihres Urlaubs. Sie hatte niemandem von Gordons lächerlicher Vorstellung im Kimos erzählt. Seinen Heiratsantrag hatte sie sich damit zu erklären versucht, daß er in seiner Meinung über Scott vermutlich auf Dans und Anitas Seite stand. Als Gordon Scotts Bemerkung gehört hatte, er habe nicht vor, sie zu heiraten und wolle einfach nur mit ihr zusammenleben, hatte Gordon offensichtlich versucht, sie abzulenken. Vermutlich hatte er geglaubt, daß er damit erfolgreich gewesen war, da Teri tatsächlich mit Scott gebrochen hatte. Aber diese Entscheidung hatte sie bereits getroffen, bevor Gordon den Tee verschüttete.

Danach hatte sie Gordon nicht mehr wiedergesehen. Wenn sie sich noch einmal gesprochen hätten, hätte sie ihm vermutlich auf den Rücken geklopft und ihm für seine Bemühungen gedankt, sie von Scott Robinson abzulenken, auch wenn sie unnötig gewesen waren.

„Wie geht es dem alten Gordo?“ fragte Teri.

„Er fährt morgen zur Bibelschule aufs Festland zurück. Heute morgen hat er gepredigt, und Teri, du hättest da sein müssen. Auf diesem Mann liegt tatsächlich die Hand Gottes.“

„Das ist sicher gut für ihn“, meinte Teri. „Sonst würde er vermutlich andauernd nur stolpern.“

„Das ist aber nicht nett! Du weißt doch, daß er Gleichgewichtsstörungen hat, oder nicht?“

„Natürlich. Das weiß ich sehr gut.“ Und sie erzählte Anita von dem Zwischenfall auf dem Felsen, als er Teri mit sich ins Meer gezogen hatte.

„Das wußte ich ja gar nicht! Warum hast du es mir nicht erzählt, als du hier warst?“

„Ich glaube, ich habe dir vieles nicht erzählt, Annie, und das tut mir jetzt leid. Ich wünschte, ich könnte den ganzen

Sommer noch einmal erleben. Ich bin froh, daß ich das alles habe durchmachen müssen, aber ich wünschte, ich hätte diesen ganzen Beziehungskram bereits in der Uni hinter mich gebracht. Ich schätze, in diesem Sommer war ich nicht besonders gut drauf."

„Ja, aber mit mir war auch nicht gerade gut Kirschen essen, und das tut mir leid. Mir geht es jetzt etwas besser. Ich bin wesentlich ausgeglichener als vorher. Wenigstens ist Dan dieser Meinung."

„Und der Arzt? Was sagt er?"

„Ich gehe erst in zwei Wochen wieder hin, aber bisher läuft alles gut. Die anderen beiden Babys hatte ich zu diesem Zeitpunkt bereits verloren, und so werde ich immer ruhiger. Für mich ist das Ganze ein Glaubenswagnis."

„Weißt du, auch wenn dieser Sommer nicht so war, wie er hätte sein können, bin ich froh, daß ich da sein konnte, als du herausfandest, daß du schwanger bist."

„Ich bin auch froh, daß du da warst. Wann kommst du wieder?"

„Oh, vielleicht nie mehr."

Annie lachte. „Komm schon, du mußt dir doch deine Nichte ansehen."

„Deinen Neffen", rief Dan aus dem Hintergrund.

„Hast du das gehört?" fragte Anita.

„Ja. Sag Dan, daß er überstimmt ist; ich glaube auch, daß es ein Mädchen wird."

„Ich werde es ihm sagen. Ich muß jetzt Schluß machen. Ich schicke dir eine Kassette mit Gordons Predigt von heute morgen."

Die Kassette traf eineinhalb Wochen später ein, und Teri legte sie auf das Regal in ihrem Schlafzimmer, wo sie langsam verstaubte. Im neuen Schuljahr erwartete sie viel Arbeit. Der Direktor, Herr McGregor, war nach fast einem Jahr Abwesenheit wegen eines Schlaganfalls zurückgekehrt. Die stellvertretende Direktorin, Charlotte Mendelson, war in der letzten Schulwoche vor den Sommerferien mit dem Fußballtrainer durchgebrannt. Für diese kleine Stadt war das ein Riesenskandal gewesen. Viele der Eltern machten sich nun Sorgen darüber, was ihre Kinder im Herbst erwarten würde. Die Rückkehr von Hugh McGregor war für die ganze Stadt eine Erleichterung.

In drei Klassen sollte Teri Anfangsunterricht in Spanisch geben. Außerdem unterrichtete sie noch zwei Mittelstufenklassen und schließlich noch ihre Lieblingsklasse, die vierzehn Schüler der Oberstufe.

Wie in den vergangenen drei Jahren half Teri auch in der Jugendarbeit der Gemeinde mit. Viele der Jugendlichen gehörten zu ihren Schülern, was bedeutete, daß sie eine besonders enge Beziehung zu ihnen hatte.

Kyle fühlte sich für die Jugendarbeit in der Gemeinde verantwortlich. Jessica half ihm dabei. Sie unterrichtete Englisch an der Schule, und ihr Klassenraum lag direkt neben Teris Klassenzimmer.

Alles schien wieder in geordneten Bahnen zu laufen. Ihr Leben war ausgefüllt und normal. Es waren weder neue und interessante Männer nach Glenbrooke gezogen noch schien sich einer der alleinstehenden Männer für Teri zu interessieren. Es war wieder wie vorher. Und doch fügte sie sich in ihre Routine, fühlte sie sich einigermaßen zufrieden und ausgefüllt.

Erst als ihr Leben wieder normal verlief, wurde ihr klar, wie verrückt der Sommer gewesen war. Nie wieder würde sie zulassen, daß sie sich für einen Mann so grundlegend veränderte. Wenn Gott wollte, daß sie heiratete, dann würde er auch, wie Jessica gesagt hatte, auf seine Art eine Heirat möglich machen.

In der zweiten Dezemberwoche erlag Teri schließlich ihrer Erkältung, die sie bereits seit dem Erntedankfest mit sich herumschleppte. Am Dienstag meldete sie sich krank und verbrachte den Tag im Bett. Am folgenden Morgen mußte sie feststellen, daß sie keine Stimme mehr hatte. Das erschwerte den Anruf in der Schule, als sie sich weiterhin krankmelden mußte. Gegen halb acht flüsterte sie ihre Nachricht auf den Anrufbeantworter der Schule und hoffte, die Sekretärin würde in der Lage sein, sie zu verstehen. Die Halsentzündung dauerte drei lange und langweilige Tage.

Am Freitag nachmittag fiel ihr die Kassette mit Gordons Predigt in die Hand. Sie legte sie in ihren Walkman ein und machte sich an ihre freiwillig gewählte Therapie, die daraus bestand, einen großen Berg Tamales herzustellen. Seit ihrer Rückkehr von Maui hatte sie keine Tamales mehr gemacht. Die Arbeit stimmte sie melancholisch.

Sie schaltete das Gerät ein. Gordons weiche Stimme mit dem bezaubernden Akzent drang ihr ins Ohr. Nie hatte sie jemanden mit solcher Klarheit und Leidenschaft predigen hören. Es war, als spräche er zu einem Menschen, als würde er sich offen und frei mitteilen. Und im Mittelpunkt seiner Botschaft stand seine Liebe zu Gott.

Er predigte ganz anders als ihr Vater. Ihr Vater verkündigte das Wort Gottes laut, mit gewaltigen Worten und vielen Gesten.

Gordons Predigt gefiel ihr so gut, daß sie sie sich zweimal anhörte und sogar noch einmal zurückspulte, um sich die letzten Sätze seines einzigartigen Segens ein drittes Mal anzuhören.

„Bis“, sagte Gordon, „bis zu diesem Tag. Und mögen wir so leben, als wäre morgen dieser Tag.“

Sie hatte mehrmals gehört, wie er diesen „bis“-Gruß verwendet hatte, doch sie wußte immer noch nicht, was er damit meinte. Sie interpretierte dieses „bis“ als den Tag, an dem der Gläubige stirbt und bei Gott ist. Vielleicht meinte er aber auch den Tag, an dem Jesus wiederkam. Wie auch immer, der

Gedanke, das Heute so zu leben, als ob man morgen bereits vor Jesus stehen könnte, war faszinierend.

Um sechs Uhr an diesem Abend waren die Tamales fertig, und die Küche sah aus, als hätte eine Bombe eingeschlagen. In diesem Augenblick klingelte es an der Tür. Kyle und Jessica standen mit Pizzaschachteln und einem Korb mit Lebensmitteln beladen davor.

„Wußtest du“, sagte Kyle mit tiefer Stimme, „daß das beste Heilmittel für Halsentzündung eine extra große Pizza mit Peperoni ist?“

Teri lächelte ihre Freunde herzlich an und bat sie herein.

„Es riecht hier so, als hättest du dir bereits dein Abendessen gemacht“, sagte Kyle und schnüffelte. „Und ich muß sagen, es riecht viel besser als das, was wir dir mitgebracht haben.“

Teri holte eine große Tüte mit Tamales aus dem Kühlschrank und reichte sie Kyle mit einem strahlenden Lächeln.

„O nein, Teri, ich habe nur Spaß gemacht. Ich möchte dir deine Tamales nicht wegessen.“

Teri öffnete die Gefriertruhe und zeigte ihren Vorrat an Tamales. „Hast du die alle gemacht?“ fragte Jessica erstaunt. Sie war keine große Köchin, da sie mit Dienstboten und Köchen aufgewachsen war.

Teri nickte und machte Kyle mit Gesten klar, daß er die Tamales nehmen und auf dem Herd warm machen sollte.

„Na ja, wenn du darauf bestehst“, gab Kyle schließlich nach. „Vielleicht eine. Oder zwei.“

„Oder die ganze Tüte“, neckte Jessica. An Teri gewandt meinte sie: „Du hast meinen Mann gerade sehr glücklich gemacht. Das einzige, was ich bisher für ihn gekocht habe, war eingefrorene Lasagne, die ich in der Mikrowelle erwärmt habe.“

„Na komm, Jess, das stimmt nicht. An einem Abend hast du einen wirklich guten Braten gemacht.“

„Es fällt mir schwer, das einzugestehen, Lieber, aber der kam auch aus der Gefriertruhe."

„Mann, riechen die gut", sagte Kyle und machte sich mit Appetit daran, seine Tamales warm zu machen. „Du solltest sie verkaufen, Teri. Du könntest ein Vermögen damit verdienen!"

Teri verdrehte die Augen, und Jessica übernahm das Reden für sie. „Erinnerst du dich denn nicht, Kyle? Das war auf Maui doch ihre Idee. Der Mann, mit dem sie ging, und ihr Schwager wollten doch ein großes Geschäft damit aufziehen."

„Ach ja", erwiderte Kyle.

„Er erinnert sich nicht", flüsterte Jessica Teri zu.

Teri winkte ab. Sie holte einige Teller aus dem Schrank. Sie besaß zweiunddreißig Teller, alle mit unterschiedlichem Muster, die sie auf Flohmärkten erstanden hatte. Ganz bewußt paßten immer nur zwei zusammen. Ihre Wohnung war in einfachen Elfenbeinfarben gehalten. Alle Wände, Schränke und Böden waren hell. Sogar ihre Couch war beige. Nur die Dekorationsgegenstände brachten Farbe in ihre Wohnung. Auf den Küchenstühlen lagen bunte Kissen, jeder Stuhl hatte ein unterschiedliches Muster. Auf ihrer Couch lagen Kissen aller Formen und Farben. Überall hatte sie Gegenstände in fröhlichen Farben und Muster verteilt.

Einigen Leuten gefiel das überhaupt nicht. Sie waren der Meinung, sie hätte keine Linie in ihrer Einrichtung. Das war Teri egal. Ihre Einrichtung spiegelte ihr Wesen wider.

In jeder Beziehung stimmte Teris Leben mit ihrem Heim überein: Das Grundmuster war da, aber die Einzelheiten waren weniger vorhersehbar.

Sie griff nach einigen Gläsern und wollte sie gerade mit Wasser füllen, als Jessica ihre Einkaufstasche öffnete. „Ich habe Getränke mitgebracht", sagte sie. „Und natürlich", sie griff in die Tasche und holte eine Schachtel mit Eisriegeln hervor, „den wesentlichen Bestandteil einer jeden erfolgreichen Dinnerparty. Ich habe mir nur gerade überlegt, ob die überhaupt noch in deinen Eisschrank passen?“ Jessica riß die Packung auf.

„Ach du meine Güte, sie schmelzen ja bereits. Ich schätze, wir werden unseren Nachtisch zuerst essen müssen. Hier, Teri.“ Jessica reichte Teri und Kyle einen Eisriegel. „Laßt es euch schmecken!“

Teri probierte das Eis und dachte, wie glücklich sie sich schätzen konnte, Freunde wie Kyle und Jessica zu haben. Sie hätte die beiden bestimmt vermißt, wenn sie nach Maui gezogen wäre.

In diesem Augenblick läutete das Telefon. Teri nahm ab und meldete sich krächzend.

„Ist Teri da?“

„Hier spricht Teri.“

Ihre Stimme klang so tief und rauh, daß die Anruferin noch einmal nachfragte. „Ich wollte mit Teri Moreno sprechen. Ist sie da?“

„Ich bin es doch“, krächzte sie. „Ich habe Halsentzündung.“

„Oh Teri, das hört sich ja schrecklich an. Ich bin es, Lauren. Ich hoffe, ich störe dich nicht.“

Seit Monaten hatte Teri nichts mehr von Lauren gehört. An der Uni hatten sie ein Zimmer geteilt und seither losen Kontakt durch gelegentliche Anrufe oder Geburtstags- und Weihnachtskarten gehalten. Teri bat Kyle und Jessica, sie zu entschuldigen, und nahm das Telefon ins Wohnzimmer mit.

„Wie geht es dir?“ krächzte Teri.

„Na ja“, antwortete Lauren langsam, „es geht so.“

„Gut!“

„Ich habe deine Weihnachtskarte bekommen“, fuhr Lauren fort. „Und da habe ich gemerkt, daß wir lange nicht mehr miteinander gesprochen haben und du gar nicht mehr weißt, was sich in meinem Leben so ereignet hat. Ich wollte dir schreiben, aber dann dachte ich, es wäre vielleicht leichter, wenn ich dich anrufe."

„Laß mich raten", flüsterte Teri. „Ihr habt das Hochzeitsdatum vorverlegt."

Lauren und Jeff waren seit Ostern verlobt. Sie waren seit fast einem Jahr befreundet, seit Lauren in ihre Heimatstadt in Tennessee zurückgekehrt war. Ihren Universitätsabschluß hatte Lauren zwei Jahre nach Teri gemacht, und dann hatte sie ein Jahr lang versucht, eine Stellung in Kalifornien zu finden. Schließlich hatte Lauren aufgegeben und war nach Hause zurückgekehrt. Dort hatte sie Jeff kennengelernt. Die beiden verstanden sich bestens.

Lauren zögerte ein wenig, bevor sie sagte: „Um ehrlich zu sein, haben Jeff und ich uns getrennt. Ich weiß, ich hätte es dir schon viel früher sagen sollen, aber mir ist erst durch deine Weihnachtskarte klargeworden, daß du es überhaupt nicht wußtest."

„O Lauren, das tut mir so leid!" sagte Teri schließlich.

„Mir auch", flüsterte Lauren traurig.

Kapitel Siebenundzwanzig

Nach dem Telefongespräch mit Lauren fühlte sich Teri ganz erschöpft. Ihr Hals tat von der Anstrengung scheußlich weh.

„Es tut mir leid", flüsterte Teri, als sie in die Küche zurückkam. Jessica und Kyle standen am Spülbecken. Ihr Abendessen hatten sie bereits verzehrt, und ihre schmutzigen Teller standen auf der Arbeitsplatte. Mit geschlossenen Augen hielten sie sich im Arm. Sie hatten gar nicht gemerkt, daß Teri hereingekommen war. Nach dem, was sie gerade am Telefon gehört hatte, war es ein wunderschöner Anblick.

Teri klopfte auf eine Flasche, und Jessica fuhr zusammen und löste sich leicht errötend aus Kyles Armen. Kyle lächelte, als gäbe es nichts, was ihm peinlich sein müßte, und ließ seinen Arm auf Jessicas Schulter liegen.

„Tut mir leid, wenn ich euch störe. Das war meine Zimmerkollegin von der Uni", erklärte Teri heiser. „Sie rief mich an, um mir zu sagen, daß ihre Verlobung gelöst ist."

„Oh! Wie geht es ihr?" fragte Jessica.

„Sie scheint damit fertigzuwerden. Lauren ist eine starke Persönlichkeit."

„Wo wohnt sie denn?" fragte Kyle. „In Tennessee."

„Denkst du, du solltest zu ihr fahren?" fragte Jessica. „Ich weiß, es ist ziemlich weit, aber ..."

„Vielleicht sollte sie aus ihrer Umgebung fort", meinte Kyle. „Sie könnte herkommen. Bei uns zu Haus ist reichlich Platz, und wenn wir nächste Woche umziehen, könnte sie bleiben, solange sie möchte."

Teri zuckte die Achseln. „Ich weiß nicht, was sie tun wird. Sie schien es selbst noch nicht zu wissen. Sie arbeitet in einer Bank, aber das ist nicht, was sie eigentlich tun möchte. Sie hat Kunst studiert."

„Wir meinen es ernst", betonte Kyle. „Wenn wir irgendwie helfen können, sag nur Bescheid."

„Vielen Dank für die Pizza", sagte Teri.

„Hey, du kannst sie ganz aufessen. Wir haben uns schon an den Tamales gütlich getan. Ich sage dir, Teri, das sind die besten, die ich je gegessen habe. Vielen Dank."

„Möchtest du die Pizza jetzt essen?" fragte Jessica.

Teri schüttelte den Kopf.

„Dann packen wir sie in den Kühlschrank", beschloß Jessica. „Das ist ein guter Mitternachtssnack."

„Wir müssen los", sagte Kyle. „Gibt es etwas, das wir dir morgen mitbringen können? Tee oder etwas für deinen Hals?"

Teri schüttelte den Kopf. Auch wenn sie sich scheußlich anhörte, ging es ihr doch nicht schlecht. Laurens Anruf hatte sie nur ein wenig erschüttert. Sie nahm noch eine weitere Packung Tamales aus dem Kühlschrank und reichte sie Kyle.

„Oh, das geht doch nicht."

Teri drückte sie ihm in die Hand.

„Na ja, wenn du darauf bestehst."

„Laß uns wissen, wenn wir dir oder Lauren irgendwie helfen können, ja?" sagte Jessica und griff nach ihrer Tasche. Es erstaunte Teri immer wieder, wie bodenständig Jessica war. Von der Art, sich zu kleiden oder sich zu benehmen, hätte niemand geglaubt, daß sie mehrfache Millionärin war. Sie gab nie damit an, aber sie war einer der großzügigsten Menschen, die Teri je kennengelernt hatte. Kyle war genauso. Keiner von ihnen prahlte mit seiner Hilfe. Sie halfen unauffällig und auf ganz praktische Weise. Zum Beispiel hatte Jessica angeboten, sie am Flughafen abzuholen, und nun bot sie an, daß Lauren bei ihr wohnen könnte. Teri brachte sie zur Tür und winkte ihnen nach, als sie Arm in Arm zu ihrem Wagen gingen.

Welch ein Gegensatz! dachte Teri. *Zwei Menschen, die sich aufrichtig lieben und zwei andere Menschen, die gerade auseinandergegangen sind. Wäre es mir wie Lauren ergangen, wenn ich bei Scott geblieben wäre?*

In dieser Nacht konnte Teri nicht richtig schlafen. Gegen zwei Uhr wachte sie in Schweiß gebadet auf. Ihr erster Gedanke war, daß jemand gestorben war. Doch dann fiel ihr ein, daß es sich nicht um einen Todesfall handelte, sondern daß Laurens Anruf sie so durcheinandergebracht hatte. Teri ging in die Küche, um sich ein Glas Wasser zu holen. Bei dem Anblick des Berges von schmutzigem Geschirr im Spülbecken verzog sie das Gesicht. Sie ging hinüber ins Wohnzimmer und kuschelte sich in ihre Kissen.

In gewisser Weise war diese Nachricht so schlimm wie ein Todesfall. Für ihre Freundin war diese Trennung jedenfalls ein Schicksalsschlag. Wie konnte ein Mann ein solches Versprechen brechen?

Fast eine Stunde lang versuchte sie herauszufinden, was mit Lauren und Jeff wohl schiefgegangen war. Ganz eindeutig war er derjenige, der Lauren sitzengelassen hatte. Im vergangenen Frühjahr hatte Lauren ihr häufig über die Einzelheiten der geplanten Hochzeit geschrieben. Sie hatte Fotos aus Brautzeitschriften geschickt, damit Teri sich vorstellen konnte, wie das Brautkleid und die Kleider der Brautjungfern aussehen sollten. Die Hochzeit war für den April festgesetzt. Zu diesem Zeitpunkt wären Jeff und Lauren gerade ein Jahr verlobt gewesen. Alles schien anfangs richtig gewesen zu sein, und doch hatten sie sich jetzt getrennt.

Lauren hatte am Telefon keine Einzelheiten berichtet. Sie schien ganz gut damit fertigzuwerden. Trotzdem, es hatte ihr sicher das Herz gebrochen.

Teri legte sich wieder ins Bett. Zwischen Schlafen und Wachen betete sie für ihre Freundin. Und sie fragte sich, ob das, was Lauren passiert war, eines Tages auch ihr passieren könnte. Auch Teri war sicher gewesen, sich den richtigen Partner ausgesucht zu haben, und doch war die Freundschaft auseinandergegangen. Vielleicht würde auch sie eines Tages Hochzeitspläne schmieden, und kurz vorher würden alle ihre Träume und Hoffnungen platzen.

Als Teri am folgenden Morgen aufwachte, war sie sehr aufgewühlt. Ihr war klar, daß es keine Garantie dafür gab, daß eine Beziehung hielt. Es war richtig gewesen, daß sie die Beziehung mit Scott beendet hatte. Teri hatte das Gefühl, daß man nur als Single richtig sicher war, nicht verletzt zu werden. Wenn sie für den Rest ihres Lebens allein bliebe, dann war das die einzige Garantie, daß ihr nicht irgendwann jemand das Herz brach.

Durch die Auflösung von Laurens Verlobung ging auch für Teri ein Traum kaputt, nämlich ihr Traum von einer Ehe und von eigenen Kindern. Sie *würde* nicht zulassen, daß ihr das Herz gebrochen wurde, wie es bei Lauren der Fall war. Sie war fest entschlossen, sich nicht mehr zu verlieben. Die Entscheidung war getroffen: Sie würde nicht heiraten. Sie würde keine Kinder bekommen.

Kapitel Achtundzwanzig

Pünktlich in der letzten Woche vor Weihnachten kehrte Teris Stimme zurück, so daß sie die wenigen Tage vor den Weihnachtsferien wieder Unterricht halten konnte. Abends half sie Jessica und Kyle beim Einzug in ihr neues Haus, und ihre Weihnachtseinkäufe erledigte sie in ihrer Mittagspause per Katalog und Telefon.

Teri hatte vor, über Weihnachten nach Hause nach Escondido zu fliegen. Ihr Flug ging am Sonntag nachmittag, was bedeutete, daß sie nach dem letzten Schultag noch eineinhalb Tage Zeit hatte, ihre Sachen zu packen. Am Samstag morgen fuhr sie mit ihrem Weihnachtsgeschenk, mehreren Tüten Tamales, zu Kyles und Jessicas neuem Haus. Kyle freute sich riesig über die Tamales. Das neue Haus war wunderschön geworden.

„Es sieht so aus, als wärt ihr bereits fertig", sagte Teri und sah sich im Wohnzimmer um. Das Zimmer hatte einen wunderschönen Kamin aus Marmor. Die Möbel waren schlicht, aber ganz im viktorianischen Stil und paßten daher sehr gut zu dem Haus.

„Wir brauchen nur noch ein paar große Hortensien vor dem Haus, dann ist es wirklich unser Zuhause“, sagte Kyle. Er warf Jessica einen Blick zu, und sie gab ihn liebevoll zurück. Teri bemerkte, daß sie sich gegenseitig Kraft zu geben schienen.

„Ach ja.“ Jessica schien etwas einzufallen. Sie ging zu ihrem Schreibtisch und zog einen Umschlag heraus. „Ich habe etwas für dich, Teri.“ Sie reichte ihr einen Umschlag. „Ich weiß, es ist nichts Ausgefallenes, und ich hatte nicht einmal mehr Zeit, es einzupacken. Na los, mach es auf.“

Teri schlitzte den Umschlag auf und zog etwas heraus, das wie ein Ticket aussah. „Was ist das?“

„Es ist ein Gutschein für einen Flug. Du kannst ihn jederzeit und für jeden Bestimmungsort einlösen. Du rufst einfach diese Nummer an und sagst, wann und wohin du fliegen möchtest. Ich dachte, du könntest es vielleicht brauchen, wenn Anita ihr Baby bekommt. Vielleicht willst du ja auch Lauren in Tennessee besuchen. Ich weiß, es ist ein etwas seltsames Geschenk, aber ich wollte dir etwas kaufen, was du auch wirklich gebrauchen kannst.“

Teri umarmte sie. „Das ist so lieb von dir! Vielen Dank, Jess.“

„Gern geschehen. Und vielen Dank dafür, daß du uns für die kommende Woche mit deinen Tamales versorgt hast!“

„Glaubst du etwa, daß sie so lange halten?“ fragte Kyle.

Jessica lächelte und sagte: „Na gut, dann eben für die nächsten Stunden.“

„Wann fliegst du?“ fragte Kyle.

„Morgen nachmittag.“

„Sollen wir dich zum Flughafen bringen?“

„Nein, ich habe beschlossen, den Wagen am Flughafen stehen zu lassen. Aber trotzdem vielen Dank.“ Teri steckte den

Umschlag in ihre Tasche und umarmte ihre Freunde zum Abschied. „Frohe Weihnachten wünsche ich euch! Ich muß mich beeilen. Ich muß noch acht Tamalepäckchen abliefern, und gepackt habe ich auch noch nicht."

„Sage deiner Mutter von uns recht herzlichen Dank, daß sie dich in die Kunst der Tamalezubereitung eingeführt hat", rief Kyle ihr nach, als sie ging. „Wir wissen das zu schätzen."

Mehrere Tage später erinnerte sich Teri an diese Worte, als sie zu Hause mit ihrer Familie am Tisch saß und sich die Enchiladas ihrer Mutter schmecken ließ. Ihre Mutter gab das Lob an ihre Mutter weiter, die neben Teri saß.

Großmutter Maria tätschelte Teri die Hand. „Du hast gelernt, was du brauchst, um einen *esposo* glücklich zu machen – gutes Essen zu kochen."

„Jetzt braucht sie nur noch einen *esposo*", bemerkte einer ihrer Brüder.

Ich brauche keinen Mann! Teri konnte sich jedoch nicht überwinden, ihre Gefühle in Worte zu fassen, und beschloß, die Bemerkungen über sich ergehen zu lassen, die ganz sicherlich jetzt kommen würden. Schließlich war sie die älteste aller ihrer noch nicht verheirateten Schwestern und Cousinen.

Es tat weh. Sie versuchte, das zu ignorieren, aber im Laufe der Feiertage wurde ihr doch klar, daß sie in ihrer Familie allein dastand. Am Weihnachtstag drängten sich siebzehn Personen im Wohnzimmer ihrer Eltern. Ihr fiel auf, daß alle jemanden hatten – alle außer ihr. Sogar ihre vierzehnjährige Schwester, das Nesthäkchen der Familie, hatte am Tag zuvor von einem Jungen aus ihrer Schule eine Kette mit einem Herz geschenkt bekommen.

Teri versuchte sich einzureden, daß sie alleinstehend sein und trotzdem einen wichtigen Platz in dieser Familie ausfüllen konnte. Bei ihrer Tante Yolanda war das beispielsweise so. Sie hatte sich in der Geschäftswelt hochgearbeitet und war sogar bis zur Führungsebene aufgestiegen. Teri allerdings hatte solche Ambitionen nicht.

Eine ihrer Cousinen reichte Teri ihr vier Monate altes Baby, damit sie ihrem Zweijährigen helfen konnte, seine Geschenke auszupacken. Teri beobachtete, mit welcher Fröhlichkeit alle in der großen Familie damit beschäftigt waren, ihre Geschenke auszupacken. Sie wiegte den Kleinen, bis er in ihren Armen einschlief.

Eine tiefe Traurigkeit überfiel sie, doch sie nahm sich zusammen. Sie wollte ihre Gefühle auf keinen Fall zeigen. Abgesehen davon freute sie sich, Weihnachten mit ihrer Familie verbringen zu können. Wenn sie sich nur nicht so einsam fühlen würde.

Am Morgen nach Weihnachten wurde Teri um fünf Uhr vom Klingeln des Telefons geweckt. Ihre Mutter nahm das Gespräch im Schlafzimmer entgegen. Als Teri zu ihr kam, hatte sie bereits aufgelegt.

„Wer war's denn?"

Ihre Mutter wirkte ein wenig verwirrt und auch ängstlich. „Es war Danny. Sie sind im Krankenhaus. Das Baby kommt!"

„Bist du sicher, Mutti? Es soll doch erst in zwei Monaten kommen!"

„O Teri", rief ihre Mutter und packte sie an den Händen, „wir müssen beten."

Die beiden Frauen begannen zu beten. Teris Vater kam dazu und beteiligte sich am Gebet. Andere Familienmitglieder, darunter auch Großmutter Maria, schlossen sich ihnen an.

Als das letzte Amen gesagt war, machte sich Teris Mutter daran, Kaffee zu kochen.

„Mutti", sagte Teri, stellte sich hinter sie und legte die Arme um sie, „warum fliegst du nicht zu Annie? Ich habe ein Ticket, das du nehmen kannst. Du kannst es jederzeit einsetzen."

„Nein, ich kann doch nicht dein Ticket benutzen."

Teris Vater hörte das Gespräch und mischte sich ein. Er war genau wie Teri der Meinung, daß ihre Mutter fliegen sollte, und für Teri könne man schließlich auch noch ein Ticket kaufen. Großmutter Maria war ebenfalls der Meinung, sie sollte nach Hawaii fliegen. Schließlich kamen sie überein, daß Teri, Mutter und Großmutter so bald wie möglich aufbrechen sollten.

Teri zog sich ins Schlafzimmer zurück und rief die Fluggesellschaft an. Sie buchte für den Vormittag einen Flug. Daraufhin brach hektisches Treiben in der Familie aus, und knapp zehn Stunden später standen die drei Frauen der Familie Moreno auf hawaiischem Boden.

„Du hast Dan doch gesagt, mit welchem Flug wir kommen, oder?" fragte Mutter. Die Sorgenfalten auf ihrem Gesicht vertieften sich.

„Ja, natürlich habe ich das", versicherte Teri ihr. „Er wollte das Krankenhaus nicht verlassen, darum sagte er, er würde einen Freund schicken, der uns abholen soll."

Immer noch wie betäubt vom Gang der Ereignisse standen sie bei der Gepäckausgabe. Aber niemand kam, der sich als Dannys Freund vorstellte.

Als sie alle ihre Taschen beisammen hatten, sagte Teri: „Paßt auf, ihr zwei bleibt hier, und ich gehe telefonieren. Ich hätte Dan sagen sollen, daß wir uns einen Wagen mieten. Das können wir ja immer noch tun."

Teri war erstaunt, daß am Flughafen sehr viel mehr Betrieb herrschte als im Sommer. Maui schien ein bevorzugter Winterurlaubsort zu sein. Sie konnte die Leute gut verstehen.

Als sie aus dem Flugzeug stieg und von der warmen Inselbrise empfangen wurde, wurde ihr klar, wie sehr sie diese Insel liebte, und sie erinnerte sich daran, wie sehr sie sich gewünscht hatte, hierherzuziehen, lange bevor jemand die Idee mit dem Tamalegeschäft hatte und lange bevor sie Scott begegnet war. Erneut wurde dieser Wunsch in ihr wach, und sie wünschte, sie wäre für immer hier, nicht nur auf Besuch, vor allem nicht unter solchen besorgniserregenden Umständen.

Sie ging zum Telefon, blieb jedoch stehen, als sie ein bekanntes Gesicht entdeckte. Braune Haarsträhnen fielen ihm ins Gesicht, und seine Augenwinkel waren von Lachfältchen zerfurcht. Der Australier winkte und lief auf Teri zu.

Paß auf, wo du hingehst, Gordon!

Nur um Millimeter verpaßte er den Mülleimer.

„Es ist ein Mädchen!“ rief er atemlos. „Nur drei Pfund, aber sie lebt.“

Teri verspürte den Wunsch, ihn zu umarmen, doch sie drehte sich schnell um und eilte zurück zu ihrer Mutter und Großmutter. Gordon folgte ihr auf den Fersen. Sobald Teri sie erblickte, rief sie ihnen die Neuigkeit zu.

„Woher weißt du das?“ fragte Großmutter ein wenig verwirrt.

Teri stellte Gordon vor und bat ihn, ihnen die ganze Geschichte zu erzählen. Das Baby war vor einer guten Stunde geboren worden, und Annie ging es gut. Mehr würden sie erst erfahren, wenn die Ärzte die Untersuchung des Kindes abgeschlossen hatten.

Gordon nahm den älteren Damen das Gepäck ab und führte sie zu seinem Wagen auf dem Parkplatz. Sie fuhren sofort ins Krankenhaus.

Die Schwester bestand darauf, daß nicht mehr als zwei Personen auf einmal zu Anita ins Zimmer gingen. Teris Mutter und Großmutter waren die ersten, während Danny eine Pause machte und sich etwas zu essen holte. Teri hatte in der Ecke eine Couch entdeckt und ließ sich erschöpft darauf nieder.

Erst nach einer ganzen Weile bemerkte Teri, daß Gordon neben ihr saß. Bestimmt seit fünf Minuten blätterte er nun schon schweigend in einer Zeitschrift. Er sprach nicht, drängte nicht, war einfach nur neben ihr.

„Danke, daß du uns abgeholt hast, Gordon." Teri lächelte ihn an. Er gab ihr Lächeln zurück, und Teri hatte das Gefühl, als würde etwas in ihr langsam wieder lebendig werden, so wie sterbende Glut wieder zu einem fröhlichen Feuer auflodert, wenn man sie anfacht. Ihr wurde klar, daß sie Gordon seit jenem Abend im Restaurant im vergangenen Sommer nicht mehr gesehen und auch nicht mehr mit ihm gesprochen hatte. Und doch fühlte sie sich wohl, hier neben ihm zu sitzen. Es schien ganz natürlich, daß er diese ganze Familienkrise mitbekam. Vielleicht lag das an seinem Beruf als Pastor.

„Teri", begann Gordon, hielt jedoch inne. Er blickte sie eindringlich an, als würden sich seine ernsten blauen Augen durch ein Fenster in ihre Seele hineinbohren.

Was siehst du in mir? dachte sie. *Wie kommt es, daß ich mich dir so verbunden fühle?* Teri merkte, daß diesem Mann nichts verborgen war und daß sie auch gar nichts vor ihm verbergen wollte. Sie waren irgendwie vereint. Ob es nun an diesem Notfall lag oder eine Folge ihrer langen und aufrichtigen Gespräche im Krater war, konnte sie nicht so genau sagen. Aber in diesem Augenblick hatte Teri das Gefühl, als träte ihr eigentliches Ich in eine enge Verbindung zu diesem Mann, und sie hatte nichts getan, um eine solche Verbindung hervorzurufen.

„Teri", sagte er wieder und wandte ihr sein gutes Ohr zu, „ich ..."

Doch bevor Gordon zu Ende sprechen konnte, trat Teris Großmutter in den Raum und sagte: „Teresa, du bist dran."

Es dauerte eine Weile, bis Teri ihren Blick von Gordon lösen konnte. „In Ordnung", sagte sie und blickte langsam zu ihrer Großmutter auf. „Wie geht es ihr?"

Großmutter Maria antwortete nicht. Mit dem Ausdruck freudigen Erstaunens blickte sie zuerst Teri an, dann Gordon, als hätte sie ihn zum ersten Mal bemerkt. Dann murmelte sie auf Spanisch etwas vor sich hin. Als Teri sich erhob, setzte sich Großmutter neben Gordon, tätschelte seine Hand und sagte: „So, und nun erzählen Sie mal von sich."

Kapitel Neunundzwanzig

„Hallo", sagte Teri und setzte sich vorsichtig auf Anitas Bett. „Wir hatten also recht. Es ist ein Mädchen."

Mutter stand neben Anita und strich ihr liebevoll das Haar aus der Stirn.

„O Teri, sie ist so winzig", sagte Anita. „So winzig. Ich kann mir nicht vorstellen, daß sie –"

„Schsch", unterbrach sie Mutter. „Sprich jetzt nicht, *mi hija*. Das liegt in Gottes Hand."

Nach einem Augenblick unbehaglicher Stille fragte Teri: „Wie geht es dir?"

„Es geht. Ich bin froh, daß ihr alle hier seid. Ihr hättet aber nicht zu kommen brauchen."

„Doch, das mußten wir. Du weißt, wir halten zusammen, wenn es nötig ist. Und du bist uns allen sehr wichtig", erklärte Teri.

„Ich habe Mutti gesagt, ich warte schon seit Jahren darauf, daß sie mich mal hier besucht. Wenn sie nur so etwas herführt, weiß ich nicht so genau, ob ich mir noch mehr Besuche wünsche."

Teri lächelte. Anita sah nicht gut aus. Vielleicht war es die Erschöpfung nach der Geburt oder aber auch die Unklarheit über das Befinden des Kindes.

„Habt ihr schon einen Namen für sie?"

Anita schüttelte den Kopf. „Wir hatten sie ja noch nicht erwartet. Ich habe nicht einmal eine Wiege oder ein Bett. Ich wollte alles Geld, das wir gestern zu Weihnachten bekommen haben, dafür verwenden." Sie runzelte die Stirn. „War Weihnachten gestern oder vorgestern?"

„Es war gestern", erwiderte ihre Mutter. „Du brauchst jetzt Ruhe, Annie. Dann wird es dir sicher besser gehen."

„Ich möchte warten, bis der Arzt kommt. Ich könnte sowieso nicht schlafen, bevor ich gehört habe, was er zu sagen hat."

„Warum versuchst du nicht einfach, dich auszuruhen?" schlug Teri vor. „Wir bleiben hier und versprechen dir, dich sofort zu wecken, wenn der Arzt kommt."

Wie auf ein Stichwort hin öffnete sich die Tür, und ein älterer Mann mit weißem Haar und einem weißen Kittel kam herein. „Nanu?" sagte er erstaunt, als er Teri und ihre Mutter erblickte. „Schon Besuch?" Er reichte beiden die Hand. „Dr. Vaughan", stellte er sich vor.

„Das sind meine Mutter und meine Schwester." Anitas Stimme klang ein wenig höher als gewöhnlich. „Sie sind gerade vom Festland eingetroffen."

„Westküste, nehme ich an?" sagte er und betrachtete sie über seine Brillengläser hinweg. Er schien sehr freundlich zu sein. Teri konnte nicht sagen, ob die Karteikarte in seiner Hand gute oder schlechte Neuigkeiten für Anita bedeutete.

„Südkalifornien", antwortete Mutter. „Sollen wir Danny rufen?"

„Nein, ich habe gerade im Flur mit ihm gesprochen. Er sagte, er würde sofort nachkommen."

Teri machte Platz, damit Dr. Vaughan an Anitas Bett treten konnte.

„Sie brauchen doch nicht hinauszugehen, oder?" fragte Anita.

„Das liegt an Ihnen."

„Ich möchte gern, daß sie bleiben." Anita griff nach der Hand ihrer Mutter, gespannt darauf zu erfahren, wie es ihrem Baby ging.

„Also dann." Dr.Vaughan setzte sich auf ihr Bett und öffnete die Karte. „Ich werde alles mit Ihnen durchgehen. Erstens, Ihre Tochter wiegt drei Pfund und vierhundertzwanzig Gramm."

Teri zuckte zusammen. Sie sah, wie Mutter Annies Hand drückte.

„Ihr Herz ist recht stabil, ihre Lungen noch nicht voll ausgebildet. Aber sie sind nicht geschädigt. Sie kann noch nicht selbständig atmen, darum muß sie noch eine Weile künstlich beatmet werden."

„Wie lange?" fragte Anita.

„Das ist im Augenblick schwer zu sagen. In einer Woche werden wir mehr wissen. Unsere Hauptsorge ist im Augenblick, ihr Gewicht konstant zu halten und sie vor Infektionen zu schützen. Sie liegt isoliert, aber natürlich können Sie und Dan zu ihr, wann immer Sie wollen. Habe ich noch etwas vergessen?" Er überflog die Karteikarte in seiner Hand.

„Wie stehen ihre Chancen?" wollte Anita wissen. „Ich meine, denken Sie, daß sie überleben wird?"

„Natürlich können wir in solchen Dingen keine Garantie geben", erwiderte Dr.Vaughan ruhig. „Aber ich würde sagen, ihre Chancen stehen gut. Vor sechs Monaten hatten wir eine Frühgeburt mit einem Geburtsgewicht von nur zwei Pfund und hundertfünfzig Gramm, die dazu noch ein Loch im Herzen hatte. Wir ließen das Baby nach Honolulu bringen, und innerhalb von drei oder vier Wochen konnte es entlassen werden. Ich habe es gestern noch gesehen. So stark und gesund wie nur etwas. Ihr kleines Mädchen wiegt fast vier Pfund. Das ist nach den heutigen medizinischen Maßstäben eine Menge."

Anita wirkte nur schwach getröstet. Teri fühlte mit ihr. Aber wenigstens war das Baby am Leben. Wenigstens hatte es keine größeren Komplikationen gegeben. Sie hatten viel Grund zum Danken.

„Können wir sie sehen?“ fragte Teris Mutter.

„Natürlich, aber nur durch die Scheibe vom Kinderzimmer. Wir versuchen, sie so gut es geht vor Bakterien zu schützen.“ Der Arzt erhob sich und lächelte Anita herzlich an. „Sie ist eine richtige Schönheit, wissen Sie? Ich glaube, sie sieht Ihnen ähnlich.“

Teri entdeckte Tränen in den Augen ihrer Schwester.

„Sie möchte ich noch mindestens zwei Tage hierbehalten, Anita. Ihr Blutdruck sollte stabil sein, bevor wir Sie nach Hause schicken.“

„Ich habe nichts dagegen, in der Nähe meines Babys zu sein“, erwiderte Annie.

Teri schlüpfte aus dem Zimmer und fand Danny im Wartezimmer mit Gordon und ihrer Großmutter vor. Er aß gerade ein Sandwich.

„Ist der Arzt jetzt bei ihr?“ fragte Dan und schluckte einen Bissen hinunter.

„Ja. Er hat uns bereits alles gesagt. Ich denke, du und Anita könnt sie sehen, wann immer ihr wollt. Annie sieht schrecklich erschöpft aus. Ich bin nicht sicher, ob es so gut ist, daß wir hier sind.“

„Es ist gut“, erwiderte Dan, warf die Serviette in den Papierkorb und nahm einen großen Schluck aus seiner Dose. „Wir sind beide sehr froh, daß ihr gekommen seid.“

Sie besprachen ihre weiteren Schritte und beschlossen, daß Teri, Mutter und Großmutter am besten mit Gordon zu Dans und Anitas Haus fuhren. Das Krankenhaus war eine knappe Stunde von ihrem Wohnort entfernt, und es wurde bereits dunkel. Hier im Krankenhaus konnten sie sowieso nichts mehr tun, und es war besser, sie ruhten sich in der

Nacht gut aus, um dann für die nächsten Tage gerüstet zu sein.

Großmutter Maria schien die Reise am meisten zuzusetzen. Alles war so schnell gekommen. Während der ersten beiden Tage war sie etwas durcheinander, doch dann schien sie sich eingewöhnt zu haben, und schon bald übernahm sie ihre Rolle mit Energie. Die Frauen wechselten sich im Krankenhaus ab und verbrachten viele Stunden an Anitas Bett.

Doch obwohl sie Dutzende Male das Baby durch die Glasscheibe hindurch betrachteten, sie konnten es nicht deutlich erkennen.

Gordon begleitete sie jeden Tag. Manchmal fuhr er sie nur zum Krankenhaus und setzte sie dort ab. Doch abends rief er immer an oder kam vorbei, um sie nach Hause zu bringen. Aber am meisten kümmerte er sich um Großmutter Maria. Teri und ihre Mutter blieben so lange sie konnten bei Anita und kamen erst mit Dan nach Hause. Sie gewöhnten sich allmählich an die Routine, doch ihre Gefühle schwankten mit jedem Fortschritt oder Rückschritt des Babys zwischen Hoffnung und Verzweiflung.

Während der ersten beiden Tagen verlor das Baby sechzig Gramm Gewicht. Das war sehr viel, wenn man bedachte, daß es nur so wenig bei der Geburt gewogen hatte. Anita konnte das Baby stillen, und die Kleine nahm an diesem Tag ganze dreißig Gramm zu. Am folgenden Tag nahm sie noch mal sechzig Gramm zu, doch am fünften Tag bekam sie Fieber und verlor soviel Gewicht, daß sie nicht einmal mehr ihr Geburtsgewicht hatte.

Anita kam am Nachmittag des dritten Tages nach Hause, aber nur, um in der Nacht ein paar Stunden zu schlafen. Dans Urlaub ging zu Ende, und obwohl seine Kollegen einige seiner Stunden übernommen hatten, mußte er doch mindestens zwanzig Stunden arbeiten.

Eine Woche ging vorüber, eine Woche mit Höhen und

Tiefen. Sie schliefen alle in Dans und Anitas Haus, wenigstens jeden Tag von Mitternacht bis sechs Uhr. Dann standen sie auf, nahmen die einstündige Fahrt zum Krankenhaus auf sich, wo Teri, ihre Mutter und Großmutter den Tag vor der Babystation und im Warteraum verbrachten.

Sie schienen nichts tun zu können. Der Zustand des Babys stabilisierte sich allmählich, aber wer wußte das schon so genau? Anita war ziemlich am Ende. Das veranlaßte Teri zu dem Entschluß, ein wenig länger zu bleiben. Ihre Mutter und Großmutter hatten Rückflugtickets für den dritten Januar. Es war sicher gut, wenn sie nach Hause zurückkehrten.

Die Entscheidung fiel Teri schwer, zumal sie die ihr zustehenden Krankheitstage bereits verbraucht hatte. Das bedeutete, sie würde Urlaub nehmen müssen. Eines Abends sprach sie ausführlich am Telefon mit Jessica darüber. Jessica machte ihr Mut und sagte, es sei bestimmt das richtige.

„Selbst wenn du jetzt zurückkämst", meinte Jessica, „wärst du vermutlich in Gedanken immer noch auf Maui, so daß du dich sowieso nicht auf den Unterricht konzentrieren könntest. Außerdem denke ich, daß es ein Segen für Marita wäre. Sie braucht die Stunden wirklich."

Marita war die Ersatzlehrerin, die im Dezember für Teri eingesprungen war, als sie wegen ihrer Halsentzündung nicht in die Schule kommen konnte. Ihr Spezialgebiet war Spanisch, und da Teri die einzige Spanischlehrerin im Umkreis von siebzig Kilometern war, kam sie nicht sehr oft dazu, ihr Lieblingsfach zu unterrichten.

„Vermutlich hast du recht", meinte Teri. „Wenigstens weiß ich, daß meine Klasse in guten Händen ist."

„Du mußt unbedingt bleiben", sagte Jessica noch einmal. „Wir holen auch weiterhin deine Post aus dem Briefkasten. Ich habe schon eine ganze Schachtel voll. Eigentlich könnte ich sie dir schicken. Es ist nichts Dringendes, weswegen du zurückkommen müßtest. Bleib einfach, okay?"

„Okay“, stimmte Teri zu. „Hast du Mr. McGregors Telefonnummer?“

„Ich könnte diese Anrufe doch für dich erledigen“, schlug Jessica vor. „Von hier aus ist es leichter. Ich rufe dich dann in ein paar Tagen an und lasse dich wissen, wie alles läuft, okay?“

„Vielen Dank, Jess. Habe ich dir jemals gesagt, daß du ein Schatz bist?“ Bevor Jessica antworten konnte, fuhr sie fort: „Mein Nachbar hat einen Schlüssel zu meinem Haus. Sag Kyle doch, er möchte sich bitte die Tamales in meinem Kühlschrank holen. Die im Gefrierschrank sind okay, aber die im Kühlschrank müssen gegessen werden. Er kann auch gern seinen Kollegen davon abgeben.“

„Großartige Idee“, erwiderte Jessica. „Übrigens, hast du Scott wiedergesehen?“

„Nein. Ich habe nicht einmal nach ihm gefragt. Wir sind so im Streß.“

„Ich hoffe, du hast nichts dagegen, daß ich danach gefragt habe.“

„Nein, natürlich nicht. Irgendwie ist es seltsam. Seit ich hier bin, habe ich kaum an ihn gedacht. Und ich empfinde nichts für ihn. Ist das normal?“

„Frag mich nicht! Vermutlich ist das ein Zeichen, daß alles zwischen euch geklärt und daß die Sache vergessen ist.“

„Ich hoffe, du hast recht“, sagte Teri. In diesem Augenblick kam Gordon in den Warteraum und winkte Teri zu. „Ich muß jetzt Schluß machen, Jess. Gordon ist gerade gekommen.“

„Gordon?“ wiederholte Jessica. „Der Typ, der dir an jenem Abend im Restaurant einen Heiratsantrag gemacht hat?“

Teri spürte, wie sie errötete. Sie wußte gar nicht mehr, daß sie Jessica davon erzählt hatte. „Ja“, sagte sie mit ruhiger Stimme.

„Seht ihr euch oft?“

„Ja", erwiderte Teri erneut. Gordon sollte nicht merken, daß sie über ihn sprach.

„Siehst du Gordon denn jetzt mit neuen Augen?"

Teri antwortete nicht. Wovon sprach Jessica? Wollte sie Teri wegen des Heiratsantrags necken?

„Wir sprechen uns dann in ein paar Tagen", sagte Teri. „Danke, daß du diese Anrufe für mich übernimmst."

„Kein Problem. Wir können ja später noch mal reden, dann kannst du mir die Einzelheiten berichten. Tschüs." Jessica legte zuerst auf.

Teri stellte das Telefon auf den Tisch zurück und drehte sich zu Gordon um. Er setzte sich neben sie, schien aber die Entfernung falsch eingeschätzt zu haben, weil er plötzlich ganz dicht neben ihr saß. Vermutlich war das sein Gleichgewichtsproblem.

„Ich habe Dan gesehen. Sie haben ihr endlich einen Namen gegeben. Weißt du das schon?"

„Ja, Grace Malia. Meiner Großmutter gefällt, daß sie ihr als zweiten Namen die hawaiische Form von Maria gegeben haben", erwiderte Teri. „Oder hat sie dir das bereits erzählt?"

„Das hat sie", sagte Gordon lächelnd. „Sie hat mir auch erzählt, daß du deine beiden mittleren Namen von ihr hast: Angelina Raquel." Sein Lächeln wurde breiter, und dann sprach er Teris Namen aus, als wäre es ein Gedicht, das er auswendig gelernt hatte: „Teresa Angelina Raquel Moreno."

Kapitel Dreißig

„Ein ganz schön langer Name, was?“ entgegnete Teri trocken. „Und wie lautet dein zweiter Vorname?“

„Thomas. Gordon Thomas Allister. Klingt auch ganz gut, oder was meinst du?“

„Ja, er ist sehr schön“, meinte Teri. Es erschien ihr seltsam, daß sein Name sie nicht so störte wie damals, als sie zum ersten Mal gehört hatte, daß die Leute ihn Gordo nannten. Sie sprach ihn immer mit Gordon an, und nun fand sie diesen Namen sogar richtig vornehm.

„Deine Großmutter hat mir nicht nur deinen zweiten Namen genannt, sondern auch mitgeteilt, daß sie morgen mit deiner Mutter abreisen will. Fährst du auch morgen?“ Fragend blickte er sie an.

Teri sah ihn nicht an. Auf diese Frage war sie nicht vorbereitet. Sie wollte nicht, daß er merkte, wie es in ihr aussah. Sie nahm ihre Tasche und ihr Adreßbuch vom Tisch und antwortete: „Nein, ich habe beschlossen, noch ein wenig zu bleiben. Meine Freundin wird dafür sorgen, daß ich eine Stellvertreterin für die Klasse bekomme.“

„Jessica?“ fragte Gordon.

Teri blickte ihn an. „Ja. Woher weißt du von Jessica?“

„Du hast schon mal von ihr gesprochen. Sie scheint eine gute Freundin zu sein.“

„Ja, das ist sie wirklich. So, ich denke, wir sollten Anita sagen, daß wir fahren. Soweit ich weiß, wollte sie hierbleiben, bis Dan nach der Arbeit vorbeikommt.“ Teri und Gordon machten sich auf den Weg zur Kinderstation. Teris Mutter und Großmutter standen am Fenster und unterhielten sich. Sie machten Anita ein Zeichen, daß sie fahren wollten. Anita, die einen sterilen Kittel, Handschuhe und eine Haube trug, stand in der Ecke mit einer der Schwestern zusammen. Sie winkte ihnen und warf ihnen einen Handkuß zu.

Gordon bot Großmutter seinen Arm, um sie zum Auto zu geleiten. Teri hatte beobachtet, daß er das schon häufiger getan hatte. Großmutter genoß sichtlich die Aufmerksamkeit, die ihr der junge Mann schenkte. Es hatte den Anschein, daß sie Gordon außerordentlich mochte, denn sie schwärmte unablässig von ihm. „Er ist ein so feiner Mann. So umsichtig. So selbstlos in seiner Liebe für andere. Ich sage euch: Die Hand Gottes liegt auf diesem Mann."

Teri hörte, wie er Großmutter fragte, ob sie Tuberosen kenne. Er hätte nämlich welche im Wagen für sie. Großmutter errötete wie ein Schulmädchen und drückte vor Freude seinen Arm. Teri erinnerte sich daran, daß er ihr im Restaurant auch Blumen gekauft hatte. Es waren ebenfalls Tuberosen gewesen. Sie liebte den Duft dieser Blumen.

Als Gordon seine Wagentür öffnete, stieg ihr dieser wundervolle süße Duft wieder in die Nase. Er hatte drei Girlanden, eine für jede von ihnen. Zuerst legte er Großmutter eine um den Hals und gab ihr einen Kuß auf die Wange. Auch Großmutter küßte ihn zum Dank auf beide Wangen. Dann legte er eine Girlande um Mutters Hals und küßte sie auf die Wange.

Teri stand wartend dabei und spürte, wie ihr Herz zu klopfen begann. *Wird er auch mir einen Kuß geben?* Sie wußte, das war so Sitte auf der Insel und ganz und gar nicht ungewöhnlich, aber aus irgendeinem Grund bekam sie Bauchflattern bei dem Gedanken, von Gordon Thomas Allister geküßt zu werden.

Er legte ihr die Girlande um den Hals und blickte ihr dabei so tief in die Augen, wie er es noch nie getan hatte. Es war, als gäbe es keine andere Frau auf der Welt als sie. Doch er ließ sie los, ohne sie zu küssen.

Aber Teri hatte das Gefühl, als wäre sie geküßt worden.

Die Intimität, die zwischen ihnen entstanden war, war sehr viel stärker als alles, was sie je bei einem Mann gefühlt hatte. Doch abgesehen von seiner Hand auf ihrer Schulter nach ihrer „Taufe“ und der Umarmung im Krater hatte Gordon sie nie berührt.

Teri setzte sich neben ihre Mutter auf den Rücksitz und schwieg. Gordon brachte sie nach Lahaina zurück, und er und Großmutter unterhielten sich sehr angeregt. Mutter sagte immer wieder, wie wundervoll die Blumen dufteten.

„Zu schade, daß ihr von der Insel nicht sehr viel gesehen habt“, sagte Teri.

„Wir müssen irgendwann mal wiederkommen. Ich muß deinen Vater dazu überreden“, sagte Mutter. „Seit Jahren hat er keinen richtigen Urlaub mehr gemacht. Wenn ich ihn erst einmal dazu gebracht habe, sich seine Enkelin anzusehen, wird er sicher gar nicht mehr fort wollen.“

„Ja ja, wer einmal hier war, kommt wieder“, sagte Teri. „Jetzt kannst du vielleicht verstehen, warum ich daran gedacht habe, hierherzuziehen.“

Während sie an den Zuckerrohrfeldern vor Lahaina vorbeifuhren, ging gerade die Sonne am Winterhimmel unter. Kleine weiße Wölkchen sammelten sich über dem Molokai-Gebirge und spielten um die Sonne, die ihren Weg am Himmel entlangwanderte, um dann im Meer zu versinken.

„Darf ich Sie heute abend vielleicht zum Abendessen einladen?“ fragte Gordon.

„Oh, wie nett von Ihnen“, erwiderte Großmutter. „Das brauchen Sie aber nicht.“

„Um ehrlich zu sein, ich habe bereits alles vorbereitet.“ Gordon bog von der Straße ab auf einen Parkplatz am Strand. Dort war ein Picknickplatz mit Tischen, einer Toilette, Duschen und einer Reihe windgebeugter Kokosnußpalmen. Er stellte den Wagen ab und ging zur Beifahrerseite, um Großmutter die Tür zu öffnen und ihr beim Aussteigen behilflich zu sein. Dann öffnete er Teri und ihrer Mutter die Tür. Aus seinem Kofferraum holte er eine Decke, zwei Klappstühle, eine Kühlbox und eine Gitarre.

„Kann ich dir irgendwie helfen?“ fragte Teri.

„Könntest du diese beiden Tüten halten? Das wäre lieb.“

Voll beladen nickte Gordon mit dem Kopf und sagte: „Folgen Sie mir bitte, meine Damen. Es erwartet Sie ein ‚Luau‘ bei Sonnenuntergang.“

Teri konnte das Lachen nicht länger unterdrücken. Ihr Lachen klang beinahe so wie das von Gordon. Die vergangene Woche war so voller Streß und Sorge gewesen, daß ihr alles so unwirklich vorkam. Sie fühlte sich, als ob sie eine schwierige Klassenarbeit hinter sich hätte.

Vorsichtig gingen sie den Weg zum Strand. Vielleicht ging Gordon wegen Großmutter so vorsichtig, vielleicht hatte er aber auch nur Angst zu stolpern, vor allem, da er voll beladen war. Nur wenige Leute genossen den Sonnenuntergang am Strand; die meisten saßen auf den Terrassen der Hotels und Wohnungen.

Diesen Strand hatte Teri noch nie besucht. Sie fand ihn wundervoll. Dutzende Male war sie daran vorbeigefahren, hätte aber nie gedacht, daß es hier so herrlichen weißen Sand geben würde.

Gordon blieb stehen und legte seine Sachen ab. Er breitete die Decke aus und stellte die beiden Stühle für Mutter und Großmutter auf. Sie fanden alles großartig. In ihren Augen war Gordon ein wundervoller Mann. Teri stellte die Lebensmitteltüten neben die Kühlbox und warf einen Blick hinein: Eine Tüte Chips, Brötchen und Würstchen sowie eine Tüte Holzkohle und eine Rolle mit Küchentüchern waren darin. Das würde ein einzigartiges Luau werden.

„So, meine Damen“, sagte Gordon. „Ich habe einige hawaiische Getränke für Sie vorbereitet. Wer möchte Papaya-Kokosnuß?“

Großmutter Maria nahm fröhlich die Flasche mit kaltem Saft aus der Kühlbox entgegen und betrachtete den Sonnenuntergang. „*Que bonita!*“ seufzte sie. „Was für ein schöner Abend!“

„Ich führe Sie nur in die exquisitesten Lokalitäten. Wenn Sie mich jetzt entschuldigen würden, ich muß die Garnelen auf den Grill legen.“ Er holte eine Tüte mit Würstchen aus der Kühlbox und schnappte sich die Tüte mit der Holzkohle und den Streichhölzern. „Bedienen Sie sich ruhig mit den Getränken.“

„Na auf, hilf ihm!“ forderte Großmutter Teri auf.

„Wobei? Er braucht meine Hilfe nicht.“

Großmutter verdrehte die Augen und drückte ihre Hand auf die Brust. „O Teresa, natürlich braucht er deine Hilfe nicht. Aber er möchte dich bei sich haben. Er ist einfach der Traum einer jeden Frau.“

Teri schüttelte den Kopf beim Anblick dieser dramatischen Geste ihrer Großmutter. Sie griff in die Kühlbox und holte sich einen Ananas-Mango-Saft heraus. „Man könnte ja fast denken, du hast dich in Gordon verliebt“, neckte sie.

„Dann würde zumindest eine von uns zugeben, in ihn verliebt zu sein!“ Teri setzte sich zwischen ihre Mutter und ihre Großmutter auf die Decke, Gordon den Rücken zugewandt. Sie hoffte, daß er ihre Unterhaltung nicht mitgehört hatte. „Was für ein wunderschöner Sonnenuntergang!“

„Warum siehst du nicht ein, daß Gordon der richtige Mann für dich ist, Teresa?“

„Großmutter, warum sagst du so etwas? Das würde nie gutgehen! Er ist neun Jahre älter als ich.“

„Dein Großvater ist sieben Jahre älter als ich.“

„Das ist lächerlich. Der Mann kommt aus einer ganz anderen Kultur, er ist ganz anders als ich, und er hat schon viel durchgemacht. Er entspricht nicht im mindesten meinen Anforderungen.“

„Vielleicht entspricht er ja aber Gottes Anforderungen." Großmutter fing an, 1. Korinther 13 auf Spanisch zu zitieren, wo es heißt, daß Liebe geduldig und freundlich ist, niemals eifersüchtig oder prahlerisch. Sie blickte Teri bedeutungsvoll an und vervollständigte ihren Vortrag mit dem Satz, daß die Liebe niemals aufgibt.

Teri blickte über ihre Schulter zu Gordon hinüber, der nicht weit von ihr damit beschäftigt war, die Würstchen zu braten. Wie konnte sie ihrer Großmutter nur begreiflich machen, daß sie Leidenschaft brauchte und daß sie gar nicht sicher war, ob sie die bei ihm empfand?

Teri mußte zugeben, daß seine Blicke ihr das Gefühl gaben, als hätte er sie mit den Händen oder sogar seinen Lippen liebkost, obwohl er sie kaum berührt hatte. Und in diesen Situationen hatte sie sich sehr von ihm angezogen gefühlt.

Trotzdem, es war verrückt. Sie und Gordon? Niemals.

„Bring du ihr Vernunft bei", sagte Großmutter resigniert. Damit schob sie Teris Mutter den Schwarzen Peter zu.

Mutters Gesichtsausdruck zeigte, daß sie auf Großmutters Seite stand, ehe sie ein Wort gesagt hatte. „Ich denke, er würde dich glücklicher machen, als du dir vorstellen kannst. Und du würdest ihn damit zum glücklichsten Mann der Welt machen. Er liebt dich, Teri. Man merkt es an der Art und Weise, wie er dich ansieht und behandelt. Das ist nicht die Verliebtheit eines Jungen. Er empfindet eine ernste, reife Liebe, die dich glücklich machen wird, wenn du dazu bereit bist."

„Habt ihr zwei etwa eine Unterredung mit Gordon gehabt und euch dabei alles so fein ausgedacht?" Teri fühlte sich in die Enge getrieben und war ärgerlich, daß alle zu solchen Schlußfolgerungen in bezug auf ihr Leben gekommen waren, ohne zu fragen, was *sie* eigentlich wollte.

„Natürlich nicht," widersprach ihre Mutter. „Wann hätten

wir denn dazu wohl die Zeit gehabt? Wir sprechen jetzt zum ersten Mal darüber."

„An eine kleine Kleinigkeit habt ihr aber nicht gedacht", sagte Teri leise. „Ich liebe ihn nicht. Ist das nicht die Voraussetzung für eine Ehe?"

Mutter und Großmutter wechselten bedeutungsvolle Blicke und lächelten einander zu.

„Was soll das heißen?"

„Schon als kleines Mädchen hast du immer als letzte die Sachlage erfaßt", entgegnete ihre Mutter sanft. „Vielleicht hast du es ja selbst noch nicht erkannt, aber du bist in Gordon verliebt. Er ist der Richtige."

Jetzt war Teri wütend. Von der Bemerkung ihrer Mutter verletzt, sprang sie auf und stapfte leise vor sich hin schimpfend zum Wasser. „Was wissen die denn schon? Ich erkenne die Sachlage nicht?? Hah! Was mischt Mutter sich überhaupt ein? Und Großmutter ist so neugierig! Wer hat sie denn um ihre Meinung gefragt? Es ist doch schließlich mein Leben!"

Am meisten beschäftigte sie der Satz ihrer Mutter, daß Gordon der Richtige sei. An dem Tag, an dem er die Cola über sie geschüttet und sie ihn kennengelernt hatte, hatte Gordon selbst gesagt: „Sie könnten durchaus die Richtige sein."

Sie hielt ihr Gesicht in den Wind und rief stumm zu Gott: *Was soll das? Kennen denn alle anderen außer mir bereits den richtigen Lebenspartner für mich? Mach mir bitte klar, ob er nicht doch der richtige Mann für mich ist!*

Teri erinnerte sich, daß sie vor vielen Monaten schon einmal am Strand gesessen und ein solches Gebet gesprochen hatte, nur hatte sie bei dieser Gelegenheit Scott im Sinn gehabt. Gott hatte an diesem Morgen geschwiegen. Sie hatte keine Antwort bekommen.

Auch an diesem Abend kam keine Botschaft von Gott. Teri kam unwillkürlich der Gedanke, daß sie sich jetzt gern in die

Wellen stürzen würde, sogar mit Kleidern. Sie war schon einmal mit Kleidern schwimmen gegangen. Wann war das bloß gewesen?

Ach ja. Mit Gordon. Was ist nur los mit mir? Hier stehe ich und versuche, Gottes Willen herauszufinden, und alles, was ich denken kann, ist, daß ich gern mit Gordon schwimmen gehen würde.

Und plötzlich drängten sich ihr Tausende von Erinnerungen mit Gordon auf: Erinnerungen an ihre langen Gespräche im Krater, als Scott zu ungeduldig gewesen war, um auf sie zu warten; daran, als er ihr im Restaurant die Blumengirlande gekauft hatte, während Scott zu sehr mit sich selbst beschäftigt gewesen war, um überhaupt zu bemerken, daß sie sich eine wünschte; und daran, daß Gordon niemals Eifersucht gezeigt hatte, obwohl klar war, daß sie und Scott zusammen waren.

Teri wurde klar, daß Gordon genau die Eigenschaften hatte, die sie bei einem Ehemann für wichtig hielt. „Liebt er mich wirklich, Gott?"

Teri kannte die Antwort. Gordon hatte ihr seine Liebe schon damals im Restaurant gestanden. Warum hatte sie das so verdrängt?

Dann erkannte sie, daß sie genau das schon häufiger auch mit anderen Problemen getan hatte. Doch die Probleme waren dadurch nicht gelöst, sondern kamen immer hoch. Teri beschloß, später über das alles noch genauer nachzudenken, und ging zu ihrer Decke zurück. Morgen würden ihre Mutter und ihre Großmutter abreisen. Wenn sie erst einmal fort waren, konnten sie auch nicht mehr wegen Gordon sticheln.

„Genau zur richtigen Zeit", sagte Gordon, als sie sich auf der Decke niederließ. „Unser Gourmet-Abendessen ist fertig."

Auf dem Grill lagen mehr als ein halbes Dutzend Würstchen, die einen angenehmen Duft verbreiteten. Mutter hatte die Tüte mit den Brötchen geöffnet und holte Ketchup und Senf aus der Kühlbox.

„Großartig!" sagte Gordon. „Wollen wir beten?"

Kapitel Einunddreißig

Das Luau hätte nicht schöner sein können – abgesehen davon, daß Teri so nervös war, daß sie meinte, alle müßten ihr Herzklopfen hören. Am liebsten wäre sie sofort aufgebrochen, wäre Gordons beunruhigender Nähe entflohen und wieder hineingetaucht in die Ablenkung durch die Sorge um die kleine Grace Malia.

„Werden Sie uns jetzt etwas vorsingen?“ fragte Großmutter Maria, nachdem Gordon aufgegessen hatte.

„Ja, gern“, sagte Gordon, wischte sich die Hände ab und öffnete den Gitarrenkoffer. Er stimmte die Gitarre und begann leise zu summen. Das Summen wuchs zu einem Lied an, das der laue Abendwind weitertrug.

Teri versuchte stillzusitzen, aufzupassen und zuzuhören. Das Lied war wunderschön. Aber trotzdem konnte sie ihre Unruhe nur mühsam verbergen.

Gordon sang weiter. Das Lied handelte von Gott, dem himmlischen Vater, der sich um seine Kinder kümmert. Einer seiner Arme war das Gesetz, der andere die Gnade. Dann wurde ein anderes Bild gebraucht, das eines Liebenden, der sich nach der Geliebten ausstreckt. Der Arm des Gesetzes und der Wahrheit allein reichte nicht aus. Der Arm der Gnade und der Freiheit reichte auch nicht aus. Der Vater konnte sein geliebtes Kind nur zu sich ziehen, wenn er es in beide Arme nahm. Die letzte Zeile des Liedes sprach von dem Liebenden, der der Geliebten beide Arme entgegenstreckte und darauf wartete, sie in die Arme zu schließen.

„Was für ein schönes Lied. Und diese bildhafte Sprache!“ Teris Mutter schien überwältigt. „Noch nie gehört, daß jemand Gottes Liebe so gut beschrieben hat! ‚Gottes Arme‘

heißt das Lied? Wo kann ich eine Aufnahme dieses Liedes bekommen? Ich würde es zu gern unserer Gemeinde vorspielen."

„Ich mache Ihnen gern eine Kassette damit", erbot sich Gordon.

„Wollen Sie damit sagen, Sie haben dieses Lied selbst geschrieben?" fragte Mutter.

Auch Teri fand das Lied wundervoll. Das Bild hatte sie sehr beeindruckt, und es hatte ihr etwas deutlich gemacht, was sie seit Jahren verdrängt hatte. Müssen wir nach starren Regeln leben? Oder sollten wir tun, was wir für richtig halten, und uns darauf verlassen, daß Gott uns vergibt? Das Bild der beiden Arme, die für eine richtige Umarmung notwendig sind, war die Antwort auf ihre Frage. Wir müssen mit beiden Armen leben, nicht nur mit dem einen oder dem anderen. Mit beiden.

Jetzt wurde Teri noch unruhiger. Sie fühlte sich so verletzlich wie seit Monaten nicht mehr.

„Ich denke, wir sollten zurückfahren", sagte sie, erhob sich und räumte zusammen. „Anita und Dan sind vermutlich schon zu Hause. Sie werden sich schon wundern, wo wir bleiben."

„O Teri, sei doch nicht so rastlos", schimpfte Großmutter. „Wir können uns Zeit lassen. Dan und Annie kommen nie vor Mitternacht zurück."

„Anita hat mir gesagt, daß sie aufbrechen wollten, nachdem sie Grace um sechs gestillt hat, damit sie noch ein wenig mit euch zusammen sein kann, bevor ihr morgen früh abreist."

„Wir können zusammenpacken", sagte Gordon. Er räumte die Picknicksachen zusammen und begleitete Großmutter Maria zum Wagen.

Mutter und Teri gingen hinter ihnen. „Teri, ich weiß, daß dein Vater mit ihm einverstanden wäre."

„Mutter, du hörst mir nicht zu! Ich bin weder an einer Beziehung mit Gordon noch mit irgendeinem anderen Mann interessiert. Ich bin glücklich und zufrieden mit meinem Leben, so wie es ist."

Mutter warf ihr einen skeptischen Blick zu, den Teri jedoch nicht beachtete. Sie fragte sich, warum sie selbst nicht so ganz überzeugt war.

Sie dachte an Lauren. Das war ihr das beste Beispiel. Sie mußte an ihrer Entschlossenheit festhalten. Man sah ja, was ihrer Freundin passiert war. Und alle hatten gedacht, Lauren und Jeff seien wie füreinander geschaffen.

Na ja, nicht alle. Laurens Eltern waren anfangs mit Jeff gar nicht so recht einverstanden gewesen. Aber sie hatten Laurens Entscheidung akzeptiert.

Wie Teri vorausgesagt hatte, waren Dan und Anita bereits zu Hause. Sie setzten sich in die kleine Küche, um miteinander zu reden. Da läutete es an der Tür.

Als sie die Tür öffneten, standen ein Dutzend Freunde aus der Gemeinde davor und riefen: „Überraschung!" Einer nach dem anderen brachte Babykleidung, einen Babysitz, einen weißen Kinderwagen und eine ganze Kiste mit Lebensmitteln und vorgefertigten Gerichten, die nur noch eingefroren werden mußten.

Mark und Claire kamen als letzte herein. Mark hielt ein Riesenpaket Windeln in der Hand. Irgendwie wirkten sie in seinem Arm komisch. Teri lächelte Mark und Claire an.

„Oh, ich habe es dir noch gar nicht erzählt", sagte Anita leise zu Teri. „Sie haben in der Woche vor Weihnachten geheiratet." Sie wandte sich wieder an den Mann mit dem vorgekochten Essen und meinte zu ihm: „Ja, sicher, der Gefrierschrank ist leer. Du kannst alles hineinpacken. Vielen Dank, Leute. Das ist großartig von euch."

„Hallo", sagte Mark zu Teri. „Ich habe gehört, daß du hier bist."

„Und ich habe gerade gehört, daß ihr verheiratet seid."

Teri bemühte sich, ihre Überraschung zu überspielen, indem sie den beiden herzlich gratulierte. „Meinen Glückwunsch! Ich wußte gar nicht ..." Sie wußte nicht, was sie sagen sollte.

Mark legte den Arm um seine strahlende Frau und sagte: „Ich hatte viel zu lange gar keine Augen für sie." Dann blickte er Teri entschuldigend an. „Ich meine, nicht, daß ich das vorletzte Jahr bereue oder so ..."

„Ich weiß", unterbrach ihn Teri und umarmte ihn herzlich. „Du brauchst gar nichts zu sagen, Mark. Ich verstehe, und ich freue mich für euch beide." Sie umarmte auch Claire und sagte: „Wißt ihr, so ist das bei Gott. Sein Zeitplan und seine Wege sind nicht vorhersehbar."

„Er ist unberechenbar", mischte sich Gordon ein. Teri wußte nicht, wie lange er bereits neben ihr stand.

„Ja, allerdings", bestätigte Mark. „Er ist unberechenbar." Er schüttelte Gordon die Hand. „Ich habe dich seit deiner Rückkehr noch nicht gesehen. Claire kennst du doch, nicht?"

„Sicher. Wir haben uns schon häufig in der Gemeinde getroffen. Herzlichen Glückwunsch, Claire", sagte Gordon, trat vor und gab ihr einen Aloha-Kuß auf die Wange.

Seltsam, daß Gordon alle anderen küßt, nur mich nicht. Nicht, daß ich mir das wünsche.

„Dann hast du die Bibelschule jetzt also abgeschlossen?" fragte Mark.

„Ja, ich habe vor drei Wochen meine Prüfung gemacht und bin sofort nach Maui zurückgekehrt. Jetzt bete ich darum, daß Gott mir den nächsten Schritt zeigt."

„Was hast du denn jetzt für Möglichkeiten?" fragte Mark und reichte die Windelpackung Großmutter Maria, die Anita begeistert half, alles einzuräumen.

„Ich habe ein Angebot von einer Gemeinde in Sydney, aber ich würde viel lieber hier auf der Insel bleiben und eine neue Gemeinde gründen. Vielleicht unten in Kihei."

„Das hört sich gut an", erwiderte Mark.

„Wir brauchen mehr Pastoren auf der Insel", fügte Claire hinzu. „Vor allem Pastoren, wie du bist, die Gott aufrichtig liebhaben."

Teri genoß es, eine Weile zu schweigen, einfach nur dabeizustehen und zu hören, wie alle anderen Gordon Ratschläge gaben. Vielleicht wurden dann seine Gedanken von ihr abgelenkt.

„Na ja, wenn ich bleibe, könnte ich meine Aufgaben viel besser wahrnehmen, wenn ich verheiratet wäre."

Teri spürte, wie sich ihr Magen zusammenkrampfte.

„Gordon!" sagte Mark mit für ihn untypischer Fröhlichkeit, „da kann ich dir nur recht geben. Ich kann das Eheleben wärmstens empfehlen." Er schlug Gordon auf die Schulter. „Hast du denn schon die Richtige gefunden?"

Gordon sah Teri nicht an, doch seine Worte gingen ihr durch und durch. „Ich habe sie im vergangenen Sommer kennengelernt. Sie überlegt noch."

Nun reichte es Teri. Ihre Entscheidung war endgültig gefallen. Sie hatte es ihm einmal im Restaurant gesagt, und sie würde es noch hundertmal wiederholen, wenn es sein mußte. *Nein! Nein! Nein! Ich werde Gordon nicht heiraten.*

„Entschuldigt mich", sagte Teri mit geröteten Wangen. „Ich sehe mal nach, ob ich Anita etwas helfen kann."

Sie huschte durch das überfüllte Wohnzimmer und zog sich ins Schlafzimmer zurück. Teri hatte gar nicht bemerkt, daß sich ein Mann darin befand, der gerade den Kinderwagen zurechtmachte.

„Hallo, Teri!" Es war Kai, der Barkeeper am Swimmingpool, der mit ihnen durch den Krater gewandert war.

„Hallo, Kai. Danke, daß ihr die ganzen Sachen für Dan und Anita gebracht habt." Sie versuchte fröhlich zu klingen. Ihr wurde auf einmal bewußt, daß alle hier zur Gemeinde gehörten. Was machte Dans Arbeitskollege hier?

„Das haben wir gern gemacht. Jena und ich helfen gern."

„Jena? Kenne ich sie?"

„Ich weiß nicht. Sie ist meine Frau."

„Deine Frau?" Teri ließ sich auf das Bett sinken. „Ist hier irgendwo eine Epidemie ausgebrochen?"

Kai blickte Teri verwundert an und fragte: „Hat Gordon dir nichts erzählt? Er hat Jena und mich zu Gott geführt, etwa zwei Wochen nach deiner Abreise. Wir wurden am selben Tag getauft und getraut."

„Von Gordon?"

„Ja. Na ja, er hat geholfen. In der Gemeinde, von dem Pastor. Warum siehst du so überrascht aus?"

„Ach nur so. Ich freue mich, wirklich! Vor allem, daß ihr beide Christen geworden seid. Und ihr seid verheiratet! Das ist phantastisch."

„Na ja, wir haben ja schon fast zwei Jahre zusammengelebt, doch nachdem wir uns bekehrt hatten, wurde uns klar, daß das nicht in Ordnung war. Was ist mit dir? Wie geht es dir?"

„Prima." Sie mußte Kais Neuigkeiten erst noch verdauen.

„Hey, das mit Scott war ja eine Geschichte, nicht?"

Teri stählte sich innerlich. „Was denn?"

„Du weißt schon, es stellte sich doch heraus, daß sein Freund den *Mondfisch* gestohlen hatte. Hast du nichts davon gehört?"

Teri schüttelte den Kopf.

„So ein Typ, der mit seiner Yacht in Maalaea anlegte, hat sie erkannt. Bob wurde verhaftet, aber Scott kam davon, weil er seine Unschuld beweisen konnte. Er hat die Insel allerdings verlassen. Scott, meine ich. Ich glaube, er ist nach Peru gegangen. Kurz vorher habe ich mit Julie gesprochen, und ich bin ziemlich sicher, sie sagte, sie würden nach Peru gehen."

„Julie? Bobs Freundin?"

„Na ja, sie war Bobs Freundin, bis die Polizei an die Tür klopfte. Dann wurde sie schnell Scotts Freundin."

„Das ist ja unglaublich“, sagte Teri und ließ den Kopf in die Hände sinken.

„Ach ja, stimmt! Du bist doch mit ihm gegangen, nicht? Das hab’ ich ganz vergessen. Tut mir leid.“

„Ist schon in Ordnung, Kai. Das war vor einer Ewigkeit.“ Teri brauchte frische Luft. Sie stand auf und sagte: „Noch einmal vielen Dank, daß ihr Anita und Danny so geholfen habt. Und ich freue mich für dich und Jena. Möge Gott eure Ehe segnen.“

„Das hat er bereits“, meinte Kai mit einem verlegenen Lächeln. „Vor zwei Tagen haben wir festgestellt, daß wir ein Kind erwarten. Ich schätze, wenn Dan und Anita die Sachen nicht mehr brauchen, werde ich sie mir ausleihen.“

Teri eilte zur Haustür. *Babys! Hochzeiten! Scott ist nach Peru geflohen, noch dazu mit Julie! Ich muß hier raus!*

Kapitel Zweiunddreißig

Während des restlichen Abends vermied Teri es, mit Gordon oder irgendeinem anderen zusammenzutreffen. Es war alles zuviel für sie. Sie verstand auf einmal gar nichts mehr. Draußen leuchtete ein herrlicher Abendhimmel. Noch vor sechs Monaten hatten die Sterne vollkommen anders ausgesehen. Sie dachte an den Abend, als sie mit Scott zum Strand gefahren war und er die Raketen abgeschossen hatte. Ihre eigenen Worte kamen ihr wieder in den Sinn: Das Feuerwerk hat mich gebissen. Sie durfte sich nicht mehr auf die Leidenschaft in einer Beziehung konzentrieren, sonst würde sie nur wieder gebissen.

Mark war nicht der Richtige. Scott erst recht nicht. Zwei schiefgegangene Beziehungen reichen mir. Ich will nicht noch mal denselben Fehler machen.

Sie hörte, wie sich hinter ihr die Tür öffnete. Teri versteckte sich im Schatten des Hauses. Falls das Gordon war, wußte sie nicht, was sie tun sollte. Aber es war Anita.

„Teri, bist du hier draußen?"

„Hier drüben."

Anita kam zu ihr in die Dunkelheit. „Geht es dir gut?"

„Warum hast du mir nicht erzählt, daß Mark geheiratet hat? Oder das mit Scott?"

„Weil ich es bis heute abend selbst nicht wußte. Dan hat mir auf dem Weg vom Krankenhaus von Mark und Claire erzählt. Und gerade hat Kai mir im Schlafzimmer die Geschichte mit Scott berichtet. Es tut mir leid, Teri. Wie fühlst du dich?"

„Ich habe das Gefühl, als hätte ich alles nur vermasselt."

„Du hast gar nichts vermasselt. Du kannst nichts dafür, daß es nicht geklappt hat. Deshalb brauchst du dich doch nicht zu schämen."

„Vielleicht schäme ich mich ja gar nicht", erwiderte Teri. „Vielleicht fürchte ich mich nur einfach. Ich habe keine Ruhe mehr."

„Hast du Angst, es noch einmal zu versuchen?"

Teri nickte.

Anita legte den Arm um ihre Schwester. „Ich weiß, was du empfindest. Ich habe zwei Babys verloren. Auch ich hatte Angst, es noch einmal zu versuchen. Angst vor dem, was passieren könnte. Und sieh nur, was passiert ist. Es ist zwar nicht alles ideal. Grace hat noch einen langen Weg vor sich. Aber sie ist da. Und ich bin da. Und Gott ist bei uns."

Teri hörte, wie ihre Schwester leise schluchzte, und auch sie konnte die lange aufgestauten Tränen nicht mehr zurückhalten.

„Ich möchte dir nur sagen", begann Anita und wischte ihre Tränen fort, „daß ich für dich da bin, ob du dich für Gordon entscheidest oder nicht. Ich möchte mehr als eine Schwester sein, Teri. Ich möchte deine Freundin sein."

Die beiden Schwestern umarmten sich fest.

„Komm, laß uns wieder hineingehen. Du mußt mir helfen, alle Babysachen zu verstauen."

„Grace kann meine Ecke im Flurschrank bekommen", schlug Teri vor.

Mit rotgeweinten Augen und eng umschlungen gingen sie ins Haus. Die Freunde brachen allmählich auf. Teri verabschiedete sich von allen. Gordon ging mit den anderen. Er sagte, er würde Mutter und Großmutter morgen früh um sechs zum Flughafen bringen. Teri war erleichtert, daß er nichts mehr sagte und sie auch nicht mit einem seiner besonders innigen Blicke bedachte. Im Augenblick hätte sie das einfach nicht verkraftet.

Die ganze Nacht über lag sie auf ihrer Luftmatratze im Wohnzimmer wach und dachte nach. Es war nur das gedämpfte Surren des Deckenventilators und das leise Schnarchen ihrer Großmutter zu hören, die sich mit ihrer Mutter die Bettcouch teilte. Teri tat die ganze Nacht kein Auge zu. Doch als der Wecker um fünf Uhr klingelte, wußte sie, was sie tun würde.

„Annie", flüsterte Teri und klopfte leise an die Schlafzimmertür. „Es ist fünf Uhr. Seid ihr wach?"

„Du kannst reinkommen", erwiderte Anita. Sie setzte sich gähnend im Bett auf. Dan lag auf dem Bauch neben ihr und schlief noch tief und fest.

Teri schlich auf Zehenspitzen herein und setzte sich neben Anita auf die Bettkante. „Ich habe beschlossen, doch nach Hause zu fliegen."

Anita sah sie enttäuscht an.

„Ich wollte bleiben, um dir zu helfen, die Babysachen zu

besorgen, aber gestern abend hast du alles bekommen, was du brauchst. Ich dachte auch, ich könnte dir ein wenig vorkochen, aber nun ist dein Gefrierschrank gefüllt. Ich muß gehen. Ich habe keinen Urlaub mehr."

„Ich dachte, eine hervorragende Lehrerin würde dich vertreten."

„Das ist auch so, aber wenn ich nicht zurückgehe, verliere ich vielleicht meine Stellung. Du brauchst mich nicht mehr unbedingt. Für Grace Malia kann ich nichts tun. Der Arzt sagte sogar, wir könnten nun nichts anderes mehr tun als warten, daß sie wächst, da sich ihr Zustand zu stabilisieren scheint. Du brauchst mich hier nicht mehr."

„Aber ich würde mich freuen, wenn du bleiben könntest."

„Ich weiß, aber Annie, versuch mich zu verstehen. Ich muß nach Hause in meine normale Umgebung, wo ich über alles nachdenken kann."

Anita seufzte. „Ich verstehe. Was wirst du Gordon sagen?"

„Ich werde ihm sagen, er soll mir schreiben." Teri stand auf. „Ich dusche schnell noch. Meine Sachen sind bereits gepackt."

Widerstrebend nickte Anita. „Okay. Ich mache Kaffee."

Mutter und Großmutter zeigten sich nicht so verständnisvoll wie Annie. Teri teilte ihnen ihre Entscheidung beim Frühstück mit. Bei Gordons Eintreffen versuchten sie noch immer, Teri umzustimmen.

„Was werden Sie wegen meiner Enkelin unternehmen?" fragte Großmutter Maria, als Gordon die drei Koffer nahm.

„Was sollte ich denn tun?" fragte Gordon und blieb geduldig an der Tür stehen. Alle im Haus sahen ihn an.

„Sie könnten zum Beispiel vor ihr auf die Knie fallen und ihr einen Heiratsantrag machen."

„Das habe ich schon getan", erwiderte Gordon, ohne mit der Wimper zu zucken.

Großmutter schien schockiert. Sie stemmte die Hände in die Hüften und drehte sich zu Teri um. „Und was hast du darauf geantwortet?"

„Großmutter, ihr seid verrückt! Wir müssen zum Flughafen!" Teri tat so, als würde sie in ihrer Tasche nach etwas suchen.

„Sie hat nein gesagt", antwortete Gordon an ihrer Statt.

„Und was haben Sie ihr gesagt?" fragte Großmutter.

„Ich sagte, ich würde warten."

Großmutter schnalzte mit der Zunge, und mit einer abwehrenden Handbewegung begab sie sich zum Wagen, wobei sie unlässig auf Spanisch vor sich hinmurmelte.

Teri vermied es, Gordon anzusehen. Sie stieg hinten ein und schwieg auf dem ganzen Weg zum Flughafen. In Lahaina verstellte Gordon seinen Rückspiegel so, daß er Teris Gesicht sehen konnte. Sie lehnte sich daraufhin noch dichter ans Fenster und starrte hinaus.

Es tat weh zu gehen. Sie liebte Maui. Doch einzugestehen, daß sie etwas oder jemanden liebte ... das konnte sie im Augenblick noch nicht.

Am Flughafen checkten Mutter und Großmutter zuerst ein, da ihr Flugzeug nach San Diego zwanzig Minuten vor Teris Maschine startete. Glücklicherweise bewahrte Mutter Ruhe. Sie erklärte Teri, sie würde alle ihre Weihnachtsgeschenke, die ja noch bei ihnen zu Hause waren, zusammenpacken und ihr nach Oregon schicken. Sie würde sich nach der günstigsten Beförderungsmethode erkundigen.

„Prima, Mutti. Ich gebe dir das Geld später zurück."

„Nichts da! Du brauchst mir das Geld nicht zurückzugeben! Ruf an, wenn du zu Hause bist, in Ordnung? Wie besprochen erkundigen wir uns abwechselnd nach Grace Malias Fortschritten."

„In Ordnung, Mutti." Teri lauschte auf den Lautsprecher, da gerade ein Flug aufgerufen wurde. „Das ist eurer", sagte sie.

Sie küßte ihre Mutter und gab auch Großmutter einen Kuß. Großmutter Maria gab ihr einen Kuß auf die Wange. Dann packte sie Teri am Arm und flüsterte ihr zu: „Sei nicht so stur."

„Großmutter!" sagte Teri und zog sich zurück.

Großmutter Maria drohte mit dem Finger und sagte: „Du weißt schon, was ich meine."

Teri wußte nicht, was sie antworten sollte, daher faßte sie die Drohung absichtlich als Scherz auf: „Und ich liebe dich auch."

Großmutter nahm Gordons Gesicht in beide Hände, lächelte ihn an und küßte ihn dann wortlos auf beide Wangen.

Gordon lächelte zurück, und sehr zu Teris Erstaunen sagte er zu Großmutter: „*Hasta*."

Woher kennt er nur das spanische Wort für „bis"?

Großmutter nickte zustimmend. „*Hasta*", wiederholte sie, als brauche sie keine Erklärung für Gordons Abschiedsgruß.

Mutter gab ihm ebenfalls einen flüchtigen Kuß auf die Wange und dankte ihm überschwenglich für alles, was er in der vergangenen Woche für sie getan hatte. „Ich kann mir vorstellen, daß Sie froh sind, sich jetzt wieder auf Arbeitssuche begeben zu können. Wir können Ihnen gar nicht genug für das danken, was Sie für uns getan haben."

„Es war mir ein Vergnügen, wirklich."

Die beiden Frauen stellten sich an der Schlange der Passagiere an und winkten ihnen noch einmal zu.

Nachdem sie außer Sichtweite waren, drehten sich Gordon und Teri schweigend um und gingen zum anderen Ende des Terminals, um auf Teris Flug zu warten. Sie saßen nebeneinander und starrten aus dem Fenster hinunter auf den großen Jet, der Teri fortbringen würde.

Endlich hatte Teri das Gefühl, sie müsse etwas sagen. Aber was? Ihr Herz klopfte zum Zerspringen. Dieser Gedanke beschleunigte ihren Herzschlag noch, und ihre Hände wurden feucht.

Gordon war völlig ruhig. Es schien fast, als sei er ins Gebet vertieft. Teri fiel nicht ein einziges Wort ein.

Auf einmal wurde Teris Flug aufgerufen. Wie von der Tarantel gestochen sprang sie auf. „Das ist mein Flugzeug", sagte sie.

Gordon begleitete sie zum Ausgang. Vor dem Seil, das den Wartebereich von der wartenden Crew trennte, blieb er stehen. „Ich nehme an, deine Antwort lautet noch immer nein", stellte er fest.

„Es würde nicht funktionieren, Gordon. Wir sind zu verschieden. Ich bin noch nicht bereit für eine ernste Beziehung." Teri hielt inne, überlegte fieberhaft, ob sie einen der wichtigen Gründe ausgelassen hatte, die sie sich zurechtgelegt hatte. Sie dachte daran, daß sie Leidenschaft brauchte, wußte aber nicht so recht, wie sie ihm das erklären sollte, darum fügte sie hinzu: „Und du bist soviel älter als ich. Es sollte nicht sein. Bitte versuch zu verstehen."

Und dann, als hätte er nicht ein einziges Wort von ihr gehört, sagte er: „Ich bleibe hier so lange stehen, bis du ja sagst." Er hielt inne. „Bis." Seine Worte klangen sehr bestimmt.

Die Wartenden, die hinter ihr standen, drängten weiter, und Teri mußte weitergehen. Gordon machte keinen Versuch, sie zu umarmen oder zu berühren. Sie ließ sich treiben und sah ihn über die Schulter hinweg an. Ihre Blicke trafen sich, und wie schon einmal zog er sie mit seinem Blick auf diese geheimnisvolle Art an sich und umarmte sie.

Teri wandte den Blick ab. Sie mußte stark bleiben. Einen klaren Kopf behalten. Sie hatte eine weise Entscheidung getroffen. Es war die richtige Entscheidung. Es mußte sein.

„Ihr Ticket, bitte", sagte die Flughafenangestellte an der Tür.

Teri reichte es ihr, bekam den Teil mit ihrer Platznummer zurück und bestieg, ohne sich noch einmal umzuschauen, das Flugzeug.

Kapitel Dreiunddreißig

Nachdem Teri endlich auf ihrem Platz saß, den Sicherheitsgurt angelegt und die Lüftung angestellt hatte, fühlte sie sich ein wenig besser. Sie wußte, daß es ihr besser gehen würde, sobald das Flugzeug in der Luft war.

Die Passagiere kamen langsam an Bord. Sie blätterte eine Zeitschrift durch. *Computerviren sind auf dem Rückzug. Na, das war doch eine gute Nachricht. Reisewecker können mit Ihrer Lieblingsmusik programmiert werden.*

Teri steckte die Zeitschrift weg und rutschte ein wenig näher ans Fenster, als ein Passagier sich neben sie setzte. Er war schon etwas älter und so dick, daß er den ganzen Sitz ausfüllte. Als er sich niederließ, stieß er einen tiefen Seufzer aus, so, als hätte ihn der Weg zu seinem Platz sehr angestrengt. Teri mied seinen Blick. Sie wollte keine Unterhaltung. Ihr einziger Gedanke war, wie schwer es werden würde, während des fünfstündigen Fluges an ihm vorbei zur Toilette zu gelangen.

Sie suchte in ihrer Tasche nach einem Kaugummi oder einem Pfefferminz. Es war jedoch nichts da. Unbewußt begann Teri, an den Fingernägeln ihrer rechten Hand zu kauen. Nervös wippte sie mit dem Fuß auf und ab und ließ die Ansagen der Flugbegleiterinnen über sich ergehen. Das Zeichen zum Anlegen des Sicherheitsgurtes war eingeschaltet; sie waren startbereit.

Wie lange dauert das denn noch? Wann geht es bloß endlich los!

Ganze zehn Minuten später ertönte die Stimme des Flugkapitäns über den Lautsprecher. „Leider muß ich Ihnen mitteilen, daß wir eine kleine Verzögerung haben. Das ist nicht ungewöhnlich, und wir werden sicher in wenigen Minuten zu unserer Startbahn rollen können. Bitte bewahren Sie Ruhe, und bleiben Sie angeschnallt."

Teri hatte alle Fingernägel ihrer rechten Hand abgekaut und nahm sich nun die der linken Hand vor. Dann erinnerte sie sich daran, daß Gordon sie an jenem Morgen am Strand gefragt hatte, ob sie an den Nägeln kaue, weil das das einzige sei, das er nicht ausstehen könne. Nun kaute sie erst recht weiter. Was ging es sie an, was Gordon mochte und was nicht? Sie wollte sowieso nicht an ihn denken. Sie flog nach Hause, und bald wäre er aus ihren Gedanken verbannt. Was fiel ihm eigentlich ein, sich so in ihre Gedanken einzunisten?

Sie nahm die Zeitschrift wieder zur Hand und versuchte vergeblich, mit ihren abgekauten Fingernägeln die Seiten umzublättern. *Warum habe ich das getan? Warum habe ich alle meine Nägel abgekaut?*

Und ganz plötzlich flossen die Tränen. Sie konnte sie nicht aufhalten. Große Wassertropfen rannen ihre Wangen hinunter und tropften auf die Zeitschrift.

Warum weine ich denn jetzt? Das kommt bestimmt von der Anspannung mit Annie und dem Baby und, und … ich brauche ein Taschentuch.

Teris suchte in ihrer Tasche verzweifelt nach einem Papiertaschentuch. Ganz unten in ihrer Tasche fand sie noch eine ziemlich mitgenommene Packung mit einem letzten Taschentuch darin. Sie zog das verschmutzte Papiertaschentuch heraus. Es klebte unten an der Packung fest.

Als sie es endlich lösen konnte, fiel ihr ein getrockneter Gegenstand auf den Schoß. Teri blinzelte und nahm das seltsame Ding zur Hand. Es war eine gepreßte Blume. Sie putzte sich die Nase und drehte die braune trockene Blume in der Hand. Es war eine Orchidee.

Wo habe ich die nur her, und warum habe ich sie aufgehoben?

Auf einmal machte es ‚klick', und die Erinnerungen stürmten auf sie ein.

„Seltsam, nicht?" hörte sie Gordons Stimme. „Die Blumen weigern sich auch nicht, zu der ihnen bestimmten Zeit aufzublühen. Warum tun wir es? ... Ich glaube, vier ist in Ordnung. Ich mag gerade Zahlen. Sechs wären noch besser als fünf ... ich könnte warten ... Umarmt er dein Herz mit einem Arm oder mit zwei? Beantworte diese Frage, und du wirst es wissen ... Zerbrechliche Menschen sind wir, die mit dem Ewigen zu kämpfen haben ... Das herrliche Hochzeitsfest des Lammes ... Ich werde in seine geöffneten Arme laufen!"

Das Flugzeug setzte sich langsam in Bewegung.

„Halt!" rief Teri so laut sie konnte. Sie öffnete ihren Sicherheitsgurt, nahm ihre Tasche und rief erneut: „Halt!"

Eine der Flugbegleiterinnen eilte auf sie zu.

„Ich muß aussteigen", sagte Teri außer sich zu dem dicken Mann, der zwischen ihr und dem Gang saß.

„Sie können jetzt nicht mehr aussteigen", gab er trocken zurück.

„Ich muß aber!" rief sie und kletterte über den Mann hinweg. Sie war sich darüber im klaren, daß alle Passagiere in ihrer Nähe sie anstarrten. Es war ihr egal.

„Bitte nehmen Sie wieder Platz", sagte die Flugbegleiterin und wollte sie wieder auf ihren Platz drücken.

„Sie verstehen nicht! Es handelt sich um einen Notfall! Ich muß unbedingt aussteigen! Können Sie denn nicht einfach die Tür öffnen und mich rauslassen? Wir sind doch noch nicht in der Luft!" Teri klang genauso verzweifelt, wie sie sich fühlte.

„Aber die Türen sind bereits gesichert", erklärte die Frau.

Eine andere Flugbegleiterin kam und sagte: „Es geht in Ordnung. Ich habe die Erlaubnis vom Captain. Wir können sie rauslassen."

Teri jagte den Gang entlang. Eine weitere Flugbegleiterin stand bei der nun geöffneten Tür und fragte: „Brauchen Sie medizinische Hilfe?"

„Nein!" rief Teri über die Schulter hinweg. Sie rannte zum Terminal. Ihre Gefühle und Gedanken wirbelten durcheinander. Sie hatte Gordon vor fünfundzwanzig Minuten verlassen. Er konnte mittlerweile schon halbwegs zu Hause sein. Sie würde ein Taxi nehmen. Oder einen Wagen mieten. Oder trampen. Es war ihr egal. Sie mußte zu ihm.

In dem Augenblick, als sie die Wartehalle erreichte, blieb Teri stehen. Gordon stand noch an derselben Stelle, wo sie ihn verlassen hatte. Seit seinen letzten Worten: „Ich warte hier, bis ..." hatte er sich nicht einen Zentimeter gerührt.

Teri stand wie erstarrt, keuchend, den Blick fest auf Gordon gerichtet. Mit einem Blick ihrer grauen Augen sagte sie ihm alles, was sie so lange in ihrem Herz verborgen hatte. Er stand lächelnd da und nahm jeden Satz ihrer wortlosen Botschaft auf.

Er streckte ihr beide Arme entgegen und forderte sie auf, in seine Arme zu kommen. Sie rannte, so schnell sie konnte, schlug die Arme um ihn und drückte ihn so fest an sich, daß sie das Gefühl hatte, ihr und sein Herz seien eins. Sie hielten einander fest umklammert.

„Gordon", flüsterte sie, und ihre Tränen durchnäßten sein Hemd, „ich liebe dich."

Er hob den Kopf, um ihr mit dem Finger die Tränen abzuwischen. „Ich nehme an, deine Antwort lautet ja?"

Teri blickte in seine Augen, die sie unverwandt anblickten. Tränen glitzerten darin. Sie erinnerte sich daran, daß er damals, als er ihr den Heiratsantrag gemacht hatte, gesagt hatte, die Engel würden zusehen. Sie konnte sie nun beinahe spüren. Sie waren um sie her und warteten wie Gordon gespannt auf ihre Antwort.

Teri flüsterte so leise, daß nur Gordon und die Engel sie verstehen konnten: „Ja."

Langsam zog er sie an sich und beugte seinen Kopf, um Teri den Kuß zu geben, den er für die Frau seines Lebens aufbewahrt hatte.

Sie schloß die Augen. Gordons Lippen berührten ihre. Und in diesem Moment explodierte in ihr ein Feuerwerk.